종합병원 2.0

Homo Infecticus

박재영 장편소설

종합병원 2.0

Homo Infecticus

청년의사

1

수술실에서 나와 시계를 보니 오후 3시다. 오전 8시에 수술실에 들어가서 위를 하나 떼고, 충수돌기를 하나 뗀 다음 다시 위 하나를 뗐다. 오늘 예정됐던 수술은 위전절제술 두 개 뿐이었지만 새벽에 응급실로 온 급성 충수돌기염 환자 때문에 점심시간이 없어져 버렸다. 점심은 수술실 내부에 있는 의사 휴게실에서 도시락으로 때웠다. 수술실에서 도시락 먹는 것이 오랜만이어서 그랬는지, 생각보단 먹을 만했다.

나는 도시락을 싫어한다. 레지던트 4년 동안 나는 줄잡아 2천 개의 도시락을 해치웠다. 도시락이라도 먹을 수 있음을 감지덕지하며. 병원에서 먹을 수 있는 도시락은 크게 두 종류다. 병원 구내식당에서 수술실로 공급해 주는 도시락과 병원 밖의 도시락 전문점에서 배달시켜 먹는 도시락.

전자는 작은 노트에 이름을 쓰고 먹으면 나중에 월급에서 공제된다. 도시락 하나에 3,000원이다. 가격에 비해서는 맛있다. 하지만 좀 싱겁고, 메뉴가 한정되어 있어 지겹다. 요일별로 메뉴가 조금씩 달라지지만 같은 요일이면 언제나 같은 반찬이 나온다. 오늘은 화요일이라서 제육볶음이 나왔다. 지난주 화요일에도 그랬고 다음 주 화요일에도 그럴 것이다. 도시락에 담긴 밥의 양은 적은 편이지만, 더 먹고 싶으면 휴게실에 별도로 마련된 전기밥솥에서 퍼먹으면 된다. 하지만 더 먹는 경우는 별로 없다. 레지던트 때는 시간이 부족해서, 지금은 배가 나오는 것이 싫어서다.

병원 밖의 도시락 전문점에 주문해서 먹는 것은 메뉴가 다양하다는 장점이 있지만 조미료가 너무 많이 들어가 있고 양이 적고 비싸다. 하지만 무엇보다 나쁜 점은, 병원 구내식당 도시락과는 달리, 미리 전화로 주문하지 않으면 도시락이 오지 않는다는 것이다. 수술을 하다 말고 허기를 느낀 다음 수술의 진행 상황을 고려하여 적당한 시각에 전화로 주문을 넣어야 하는데, 그게 말처럼 쉽지 않다. 몇 년 전만 해도 간호사나 인턴을 시키면 간단히 해결됐는데, 지금은 그게 안 된다. 요즘은 노동조합과 전공의협의회가 무척 힘이 세다. 그리고 인터넷이 무척 발달해 있다. 나는 병원 홈페이지 게시판에 내 이름이 치사하게 도시락 주문이나 시키는 교수로 거론되는 일이 생기기를 원하지 않는다.

오늘 점심시간에 집도한 충수돌기절제술은 사실 '꽝'이었다. 급성 충수돌기염으로 진단하고 수술에 들어갔지만 실제로는 충수돌기염이 아니었던 것이다. 사정을 잘 모르는 사람들은 이 말을 들으면 오진이라 생각하겠지만, 이런 경우는 심심찮게 발생한다. 그리고 적당한 비율로 발생하는 것이 정상이며 심지어 바람직하다고 외과 교과서에도 실려 있다. 흔히들 급성 맹장염이라고 부르는, 의사들은 '아뻬(appendicitis의 줄임말)'라 부르는 급성 충수돌기염은 외과 분야에서 가장 간단한 수술 가운데 하나이지만, 진단은 쉽지 않은 병이다.

아뻬의 대표적인 증상은 오른쪽 하복부가 아픈 것이다. 손으로 환자의 복부 여기저기를 만져보다가 특정한 부위, 당연히 충수돌기가 있는 곳을 건드렸을 때 환자가 소스라치게 놀라면 아뻬를 진단할 수 있다, 면 얼마나 좋을까. 문제는 그런 증상이 있다고 해서 반드시 아뻬라는 보장이 없으며, 그런 증상이 없다고 해서 반드시 아뻬가 아니라고 볼 수도 없다는 데 있다. 물론 다른 검사들도 한다. 혈액검사도 하고 엑스레이도 찍고 필요하면 초음파 검사도 한다. 그리고 가능성 있는 다른 질병들을 하나씩 제외해 나가는 과정도 거친다. 이런 과정을 룰 아웃(rule out)이라 하는데, 이런 과정들에도 불구하고 100% 확실한 진단을 내릴 수는 없는 경우가 적지 않다. 의학은 그런 것이다. 불확실성. 한때는 의학이 생각보다 불확실한 부분이 많은 게 마음에 들지 않았다. 하지만 어쩌면 그것은 다행이기도 하다. 의학이 그야말로 완전한 것이라면, 나쁜 결과는 오로지 의사의 몫이다. 하지만 다행스럽게도 의학은 적당히 불완전해서, 때로는 의사의 잘못도 의학의 불완전성이라는 말로 감추어진다.

진단이 확실하지 않은데도 치료를 시작할 수 있을까? 물론이다. 진단이 확실해질 때까지 기다리는 동안 환자의 상태는 더 나빠질 수 있다. 그리고 죽을 수도 있다. 그래서 의사들은 '추정진단(impression)'이라는 것을 우선 내리고, 그에 맞추어 치료를 시작한다. 나중에 확실한 병명이 밝혀져 추정진단이 '최종진단(final diagnosis)'으로 확정되는 경우가 더 많지만, 진단명이 바뀌는 경우도 적지 않다. 의학에서 '확진'은 대체적으로 병리 소견, 즉 현미경으로 세포를 관찰하는 방법으로 이루어지며, 질병에 따라서는 다른 방법으로도 가능하다.

어쨌거나, 아뻬는 수많은 질병 중에서도 진단이 까다로운 병이다. 진단이 훨씬 더 어려운 질병도 많지만, 아뻬 진단이 어려운 것은 조금 특별한 고민을 낳기 때문이다. 아뻬라면 즉시 수술을 시행해야 하지만 아뻬가 아니라면, 즉 단순한 복통 등이라면 수술 아닌 다른 치료법을 택해야 하기 때문이다. 여기서 '즉시'라는 말이 문제다. 진짜 아뻬일 경우, 수술 시기가 늦어지면 염증이 생겼던 충수돌기가 터져 버린다. 그러면 환자의 병명은 복막염으로 달라진다. 잘못된 추정진단이 옳은 진단명으로 바뀌는 것이 아니라 질병 자체가 달라지는 것이다. 아뻬가 감기라면 복막염은 폐렴이다. 배에 구멍 몇 개 뚫어 복강경으로 잠깐 수술하고 사흘이면 퇴원할 수 있는 것이 아뻬라면, 배에 커다란 수술자국을 남기고 일주일 이상 입원해야 하는 것이 복막염이다. 긴가민가하여 수술을 미루다가 아뻬 환자를 복막염 환자로 만드는 건 외과의사의 수치다. 환자에게도 못할 짓이다. 정반대의 상황도 있다. 긴가민가한 상황에서 수술을 시작했지만 배를 열고 보니 아뻬가 아닌 경우 말이다. 이 경우도 환자에게 못할 짓이지만, 적어도 외과의사에게 수치는 아니다. 그런 경우가 아주 많지만 않다면.

  아뻬일 확률이 99%라면 당연히 수술을 해야 할 것이다. 90%라면 어떨까? 그래도 해야 할 것이다. 80%라면? 70%라면? 60%라면? 50%라면? 의학은 그런 것이다. 확률게임.

  교과서는 말한다. 70% 이상이면 수술해야 한다고. 즉 아뻬가 아닌데도 억울하게 수술을 받게 되는 환자가 일부 발생하더라도 복막염으로 진행하여 생고생을 하게 되는 다수의 환자를 구하는 쪽을 택해야 한다고 말이다. 외과의사가 100명의 환자를 아뻬로 진단하고 수술을 시작했을 때 70~80명 정도가 진짜 아뻬 환자라면 그는 유능한 외과의사다. 그리고 이 비율이 90%라고 해서 반드시 더 유능한 의사인 것은 아니다. 기다리다 복막염으로 진행한 경우가 많다면 말이다. 이론적으로는 100%도 만들 수 있다. 무조건 기다리면 된다. 터질 때까지. 하지만 이런 의사가 있다면 그는 돌팔이다.

오늘 내가 수술한 그 환자는 진짜 아뻬가 아니었다. 여러 가지 소견상 아뻬일 확률이 80%는 넘는다고 생각했지만, 그는 아니었다. 나도 팔할 타자는 되는데, 오늘은 안타를 치지 못한 것이다. 안타깝지만 어쩔 수 없는 경우다. 그는 자신의 멀쩡한 충수돌기를 제거함으로써 다른 몇 명의 환자가 복막염에 빠지지 않게 하였으며, 자신이 앞으로 다시는 급성 충수돌기염 따위의 병에 걸리지 않게 되었다. 그 뿐이다. 하지만 문제는 그 환자가 병원장의 조카라는 데 있다. 아침 출근길에 병원장은 내 휴대전화로 전화를 걸었다. 대학생인 자신의 조카가 오늘 새벽에 우리 병원 응급실로 왔는데 당직 전공의는 아뻬로 생각하고 있다면서, '잘 부탁한다'고 말했었다.

의사들끼리 주고받는 '잘 부탁한다'는 말은 의사 아닌 사람이 의사에게 같은 말을 할 때와는 그 의미가 조금 다르다. 진료 자체를 더 열심히 해 달라거나 진료비를 할인해 달라는 의미보다는 '말'을 잘해 달라는 의미가 더 크다. '특별히 신경 쓰고 있다'는 말을 함으로써 환자가 '특별대우'를 받고 있다고 느끼게 해 달라는 것, 그리고 그 특별대우가 누구의 '빽' 때문인지를 확실히 알도록 해 달라는 것이다. 나는 오늘 아침에 응급실에서 그 환자의 어머니, 그러니까 우리 병원장의 제수 되는 사람에게 "원장님께 말씀 들었습니다. 특별히 신경 써서 치료해 드리겠습니다."라고 말했었다. 하지만 그녀의 표정은 별로 좋지 않았다. 당연히 받아야 할 대접을 받는다고 생각했을 수도 있다. 어쩌면 아들이 응급실에 도착한 지 다섯 시간이 지나서야 담당 교수가 나타났다는 사실을 불쾌해 했을지도 모른다.

사실 그 환자는 병원장의 조카이든 아니든 수술 결정을 내릴 만한 상황이었다. 하지만 어쩌면 아닐 수도 있다. 아뻬에 불과한 병원장의 조카를 복막염으로 만들었을 때의 난처함에 대한 걱정이 '아뻬일 확률'을 실제보다 더 높게 바라보도록 만들었을지도 모르는 것이다.

이런 경우, 즉 아뻬라고 진단하고 수술을 했는데 그렇지 않을 경우, 의사들의 대처 방식은 대체로 비슷하다. 환자나 보호자에게 '아뻬였다'고 말하는 것이다. 물론 이건 거짓말이다. 굳이 거짓을 말하고 싶지 않다면 좀 더 기술적으로 진실만 말할 수도 있다. "충수돌기를 잘 제거하고 나왔습니다. 사흘 후에는 퇴원하실 수 있으며, 앞으로는 평생 충수돌기염 걱정은 하지 않으셔도 됩니다."라고. 이건 진실이다. 진짜 아뻬가 아니더라도 충수돌기는 떼고 나와야 한다. 아뻬 수술을 받은 줄 알고 있는 사람이 먼 훗날 아뻬에 걸리게 되면 그야말로 낭패이므로.

아무런 문제도 생기지 않는다. 세상에는 몰라서 좋을 일이 꽤 있다. 외과 교과서에 '70%면 수술하라'고 적혀 있다는 둥 급성 충수돌기염이라는 질병의 특성상 이런 일이 어쩔 수 없이 발생한다는 둥 설명하는 것은 전혀 현명한 일이 못 된다. 환자가 보상을 요구하거나 소송을 걸 가능성이 있다. 수술비를 못 내겠다고 할 가능성은 좀 더 많다. 물론 소송이 걸린다 해도 나는 무죄다. 판사에게 외과 교과서를 읽어주는 수고를 해야 하고, 내 인사기록카드에 '급성 충수돌기염 오진으로 인한 소송 1건' 이라고 기록될 뿐.

나는 병원장에게 전화를 걸었다. 수화기를 들고 내선 번호를 누르는 동안에도 나는 내 대사를 확정하지 못하고 있었다. "수술, 잘 끝났습니다."라고 말할지 "저, 열고 보니 아빼가 아니었습니다." 라고 말할지. 비서는 병원장이 손님 접견중이라며 전화를 바꿔주지 않았다. 병원장쯤 되면 손님을 '만나지' 않고 '접견' 한다. 메모를 남기고 난 후 갱의실로 갔다. 초록색 수술복을 벗고 셔츠를 입으려는 순간 전화가 걸려왔다. 병원장이었다.

"어이 김 교수, 나 원장인데, 수술은 잘 끝났겠죠?"

나는 팬티만 걸친 채 엉거주춤한 자세로 대답했다.

"아, 예. 덕분에…."

덕분이라니. 이게 웬 어울리지 않는 대사.

"그래요. 계속 수고해 주세요. 그럼 바빠서 이만…."

다행이다. 나는 병원장에게 거짓말을 하지 않아도 됐다. 물론 수술은 잘 끝났다.

옷을 갈아입고 나는 교수실로 향했다. 오늘 오전에 회진을 돌지 않은 것이 떠올랐지만, 회진을 가이드할 레지던트들이 모두 바쁜 시각이니, 차라리 좀 더 있다가 회진을 도는 것이 나았다. 혼자서 회진을 돌아도 되지만, 언제부터인가 혼자 회진을 도는 것이 어색했다. 교수가 된 지 벌써 4년이었다.

교수실로 돌아와 커피를 마셨다. 전기 주전자에 물을 붓고 스타벅스에서 사 온 원두를 커피 프레스에 넣은 다음 물이 끓기를 기다렸다. 나는 커피는 내 손으로 타서 마시는 교수다. 내가 교실 비서에게 요구하는 것은 커피 잔을 매일 아침 하루 한 번만 씻어 달라는 것이다. 오늘 아침에는 커피를 마시지 않아서, 커피 잔은 깨끗했다.

커피를 한 모금 입에 물고 일정표를 들여다봤다. 분명히 오늘 저녁에 뭔가 일정이 있었던 것 같은데 기억이 나질 않았기 때문이다. 오늘 날짜 옆에는 이렇게 적혀 있었다. '6시 면접'이라고. 내년도 외과 전공의 지원자들에 대한 면접이 오늘이었다.

우리 병원 외과는 지난 3년간 연속해서 미달이었다. 정원은 여섯 명이지만 최근 3년 동안에는 각각 네 명, 세 명, 다섯 명밖에 뽑지 못했다. 아니 정확히 말하면 재작년에도 네 명을 뽑았지만 한 사람은 한 달을 넘기지 못하고 도망가 버렸다. 인턴을 다른 병원에서 수료한 그는 재작년 2월 25일 쯤에 우리 병원에 출근했다가 3월 20일 경에 도망을 갔다. 도중에 집에 간 적이 없으니, 딱 한 번 출근했다가 딱 한 번 퇴근한 셈이다.

외과가 미달인 것은 우리 병원만의 일이 아니다. 30년 전쯤에는 외과의 인기가 최고였다. 수석 졸업생이 외과를 택한다 해도 아무도 이상하게 생각하지 않았고, 그런 일은 실제로 많았다. 그 시절의 외과의사들은 일반외과를 뜻하는 GS(general surgery)를 그레이트 서저리(great surgery)의 약자라고 당당하게 말했고, 다른 의사들도 그들의 그런 자부심에 토를 달지 않았었다. 하지만 외과의 인기는 전국민의료보험이 실시된 1980년대 후반 이후 시들해지기 시작했고, 1990년대 중반 이후에는 3D과로 전락했다. 외과의사가 행하는 의료행위들의 가격이 턱없이 낮게 책정되었기 때문이다. 각 의료행위들의 가격을 책정하던 그 시절에, 외과의사들은 너무 바빠서 가격결정을 위한 회의에 참석하지 못했기 때문이라는 농담도 있다.

1990년대 중반 이후 각 병원 외과에서는 미달 사태가 속출했고, 외과 지원자들의 평균 성적도 떨어지기 시작했다. 사실 내가 외과의사가 될 수 있었던 것은 그 덕분이었다. 나는 10년만 먼저 태어났더라면 외과의사가 못 되었을 터다.

하지만 세상은 돌고 도는 것. 최근에는 외과의 인기가 조금씩 되살아나고 있다. 외과의사의 처우가 좋아졌기 때문이다. 건강보험체계가 바뀌었기 때문은 아니고, 단지 외과의사의 공급이 달리다 보니 수요공급의 원칙에 의해 외과의사의 봉급이 늘어난 것이다. 예나 지금이나, 의학을 배우는 학생들에게 외과는 가장 매력적인 분야 중의 하나여서, 대우가 아주 나쁘지만 않다면 외과의사를 꿈꾸는 의대생들은 언제나 있기 마련이다.

올해 지원자는 일곱 명이었다. 외과 교수들은 무척 좋아했다. 조금 들떠 보이기까지 했다. 몇 년 만에 '선발'의 즐거움을 갖게 된 교수들은 면접시험에서 지원자들을 어떻게 괴롭힐지 며칠 전부터 궁리하는 듯했다.

오늘 있는 면접시험은 사실 비공식적인 것이다. 필기시험을 치르기 이전인 것은 물론이고 아직 원서 접수 기간은 시작조차 되지 않았으니 말이다. 의료계에도 많은 변화가 있었지만, 레지던트 선발 과정은 과거의 관행이 그대로 남아 있다. 지원자는 원서 접수 이전에 미리 교실에 찾아와서 지원 의사를 밝히고, 교수들은 비공식적인 서류 전형과 면접을 통해 합격자를 내정하여 알려준다. 그러면 내정된 사람들만 원서를 접수하고 시험을 치르는 방식이다. 물론 내정되지 않은 사람도 원서를 낼 수는 있으며, 필기시험 성적이 좋을 경우 내정된 사람을 밀어내고 자신이 합격할 수도 있다. 실제로 그런 경우도 심심찮게 일어난다. 하지만 대체로는 내정자 이외에는 지원하는 사람이 별로 없다.

의료계 밖의 사람들은 이런 관행을 두고 비리 운운하면서 의심의 눈초리를 보내지만, 그리고 '무슨 과는 5천만원, 무슨 과는 1억원' 하는 식의 선정적인 기사가 신문에 나기도 하지만, 실제로 이 과정에서 돈이 오가는 경우는 별로 없다. 하지만 '아무개의 자식'이 지원했을 때에 가끔 불공정한 게임이 벌어지는 것만은 사실이다. 물론 최근의 외과처럼 지원자가 정원을 밑도는 경우에는 불공정 시비가 생길 여지가 없다.

  나는 어제 일곱 명의 지원자들의 이력서를 살펴봤다. 남자가 다섯, 여자가 둘이다. 요즘 의과대학에서는 여학생의 비율이 거의 절반에 이르는 것을 생각하면 아직도 외과는 여성이 지원하기에는 쉽지 않은 분야인 듯하다. 우리 의과대학을 졸업한 사람이 넷, 다른 의과대학을 졸업한 사람이 셋, 우리 병원에서 지금 인턴 과정을 밟고 있는 사람이 다섯, 다른 병원에서 일하고 있는 사람이 둘이다. 의과대학 성적은 비슷비슷하다. 여성 지원자 한 사람이 특출하게 좋은 편이고 남성 지원자 한 사람이 특히 나쁜 편이지만, 나머지 다섯 명은 고만고만하다. 의과대학에서는 상위 10%와 하위 10%만 빼면 나머지 80%의 실력은 거의 같다고들 한다. 다행히 지원자들 중에서 하위 10%에 속하는 사람은 없다. 그리고 '아무개의 아들이나 딸'도 없다.

  면접시험은 병원에 따라 그리고 과에 따라 조금씩 다른 형식으로 치러진다. 어차피 비공식적인 것이므로 특별한 형식이 있을 수가 없다. 우리 병원 외과의 면접시험은 교수 전원과 레지던트 전원이 참석한 가운데 행해진다. 장소는 의대 강의실 한 곳. 지원자가 한 사람씩 강단에 서서 간단한 자기소개와 지원 동기를 말한 다음 교수들의 질문에 대답하는 형식이다. 물론 다른 지원자들도 지켜보고 있다. 한 사람 당 적어도 15분 이상의 시간이 걸리므로, 총 시간은 두 시간 이상 걸린다.

교수들의 질문은 종잡을 수가 없다. 의학적인 지식을 테스트하는 교수도 있고 인생관을 묻는 교수도 있다. 장기자랑을 해 보라는 교수가 있는가 하면 영어로 질문하고 영어로 대답하라고 시키는 교수도 있다. 유능한 외과의사가 될 사람이 누구인지를 가리는 면접에서 왜 이런 걸 물을까 싶은 경우도 없지 않지만, 짧은 시간 동안이나마 교수들은 지원자들의 사람 됨됨이를 파악하고 싶어 하는 것이다. 결국 괜찮은 인간이 괜찮은 의사가 되는 법이니까.

하지만 면접시험에서 좋은 인상을 주는 것보다 당락에 더 큰 영향을 끼치는 것은 의과대학 졸업 성적과 '평판' 이다. 성적이야 성적 증명서로 한눈에 알 수 있지만, 평판이란 무엇인가. 교수들과 선배 레지던트들은 지원자들이 인턴 과정에서 어떤 모습을 보였는지에 대해 사전 조사를 한다. 특히 우리 병원에서 인턴 과정을 거친 사람이라면 조금만 조사하면 다 나온다. 다른 병원 출신의 경우에도 평판을 얻기는 그리 어렵지 않다. 의료계는 좁다. 전화 몇 통만 해 보면 충분히 가능하다.

지원자들 중 한 사람은 탈락시켜야 했다. 한 사람만 뽑는 것보다 한 사람만 탈락시키는 것이 더 어렵다. 교수회의를 거쳐야 하겠지만, 누가 탈락될지가 대충 보인다. 성적이 가장 나쁜 사람은 지금 우리 외과에서 근무 중인 인턴인데, 그 친구는 합격이 무난해 보인다. 심사위원들에게 평소에 점수를 많이 따 두었기 때문이다. 여성 지원자 두 사람도 모두 합격할 분위기다. 성적도 좋고 평판도 무난했다. 외과 교수들은 여성적인 면과 중성적인 면을 동시에 갖춘 여의사를 선호하는 편인데, 그들 둘은 대체로 그런 편이었다. 적어도 첫인상에서는.

내가 외과에 지원하여 면접시험을 치르던 때가 생각난다. 그 때는 여섯 명 정원에 여덟 명이 지원했었다. 아마도 내가 6등으로 뽑혔던 것이 아닐까 싶다. 내가 받았던 질문들 중 하나는 지금도 생생하게 기억이 난다.

"자네, 외과에서 안 받아주면 무슨 과로 가겠나?"

나는 2초 쯤 생각한 후에 이렇게 대답했고, 합격했었다.

"군대 갔다 와서 다시 지원하겠습니다."

2

1994년 2월 19일 토요일. 길게만 느껴졌던 인턴 시절도 거의 끝나가고 있었다. 12개월 동안 한 달씩 여러 과에서 근무했던 나는 인턴의 마지막 한 달을 외과에서 보내고 있었다. 이 무렵이면 인턴은 크게 두 종류로 나뉜다. 픽턴과 떨턴. 픽턴은 '픽스드 인턴(fixed intern)'의 줄임말로 어느 과에서 레지던트 수련을 받을지가 정해져 있는 상태에서 인턴 시절의 끝부분을 자신이 전공할 과에서 보내고 있는 사람을 말한다. 원래는 인턴을 시작할 때에 1년치 스케줄이 모두 정해져 있지만, 마지막 한두 달 스케줄을 서로 바꾸어서 미리 1년차 레지던트 연습을 하는 경우는 흔했다. 떨턴은 레지던트 전형에서 '떨어진 인턴'을 말한다. 물론 아예 어느 과에도 레지던트 지원을 하지 않고 1년쯤 쉬기로 마음먹은 인턴들도 일부 있지만, 이 경우도 대개는 떨턴이라

부른다.

떨턴들의 심경은 대단히 복잡하다. 대다수의 남자 인턴들은 군 입대를 앞두고 있으니 말할 것도 없고, 의대 졸업 직후 공중보건의사로 병역 의무를 마친 후 인턴이 된 사람들이나 여자 인턴들도 마음이 편치 않기는 마찬가지다. 물론 의과대학을 다니고 인턴을 하는 동안 쉬지 않고 달려온 처지이니, 일단은 꿀맛 같은 여유를 즐기게 된 사실이 반갑기는 하다. 그 동안 꿈꿔오던 배낭여행이나 특별한 취미생활을 계획하며 달콤한 상상에 빠져들기도 한다. 하지만, 마냥 즐겁지만은 않다. 우선 남들에게 뒤처진다는 생각에 괴롭다. 특히 재수도 유급도 경험하지 않은 인턴의 경우에는, 인생에서 처음 경험하는 좌절인지라 어떻게 대처해야 할지 잘 모른다. 게다가, 20대 후반 혹은 30줄의 나이에 의사면허증씩이나 손에 쥔 채 1년 동안 무작정 놀 수는 없으니 돈을 벌 궁리도 해야 한다. 인턴 과정만 마친 의사는 의대를 갓 졸업한 의사보다야 훨씬 낫지만 아직까지 혼자서 독립적으로 의사 노릇을 하기에는 부족한 점이 많다. 때문에 구할 수 있는 일자리도 많지 않고 구한다 한들 봉급도 그리 많지 않다.

외과 픽턴으로 보내고 있는 2월은 나의 인턴 시절 중에서도 최악이었다. 우선 말이 인턴이지 원래 1년차 레지던트가 해야 할 거의 모든 일은 이미 나에게 내려와 있었다. 원래 인턴이 해야 할 일들도 물론 그대로 남아 있었다. 2월이 시작된 이후 나는 아직 한 번도 집에 가지 못했고, 하루 평균 수면 시간은 기껏해야 3시간이었다. 게다가 며칠 전, 내 파트너였던 떨턴 녀석이 군대를 가 버렸다. 군의관 후보생들이 군에 입대하는 시점은 1년에 한 번으로 정해져 있는데 그게 2월 중순이었다. 원칙적으로는 군 입대 전날까지 인턴으로 일을 해야 했지만, 3년 아니 정확히는 훈련 기간까지 더해 38개월 동안 군 복무를 할 동료에게 그건 너무 가혹한 일이었다. 군에 입대할 인턴들은 최소한 입대 사나흘 전에는 병원에서 해방되었고, 내 파트너가 나에게 자신의 삐삐를 넘긴 것은 2월 11일이었다. 안 그래도 힘든 것이 인턴 기간인데, 1년차 레지던트의 일이 더해지고 두 사람 몫을 혼자 떠맡기까지 했으니, 줄곧 내 코에서는 단내가 났다.

그런 인턴에게 거의 유일한 희망은 주말이었다. 주말이라고 해서 병원을 나갈 수 있는 것은 아니었지만, 최소한 예정된 수술은 없었다. 나는 응급수술이 생기지 않기를 간절히 기원하며 지난 몇 주 중에서 그나마 가장 한가한 토요일을 보내는 중이었다. 병동에 입원해 있는 환자들도 대체로 평온했다. 도중에 삐삐가 울려 두어 번 깨기는 했지만, 인턴방 한 구석에서 두 시간 가까이 낮잠도 잤다. 오후도 거의 저물고 창밖이 어둑어둑해 질 무렵, 약간의 허기를 느끼면서 남아 있는 일들의 목록을 머릿속으로 생각하고 있는 참에 또 삐삐가 울렸다. 병동이었다. 병동으로부터 호출이 오는 까닭은 천차만별이다. 간단히 전화로 해결할 수 있는 일부터 환자에게 '어레스트(arrest, 심장 정지 또는 호흡 정지)'가 났다는 일까지. 어레스트가 난 경우라면, 영화에서 흔히 그러는 것처럼, 만사를 제쳐두고 눈썹을 휘날리며 달려가야 한다. 왠지 불길한 느낌으로 병동에 전화를 거니 익숙한 목소리가 전화를 받는다.

"뭐하나?"

앞으로 열흘 후면 3년차가 되는 2년차 레지던트다. 아랫사람에게 가장 무서운 윗사람의 질문 중 하나가 바로 이거다. 정말 뭘 하고 있는지 궁금해서 이렇게 묻는 사람은 없다. 대개는 뭔가 시킬 일이 있다는 뜻이다.

"아, 예, 뭐, 그냥, 이것저것…."

"바쁜가?"

이건 더 곤란한 질문이다. 바쁘지 않다고 대답할 경우 상대방의 대사는 둘 중 하나다. 일을 이렇게 펑크 내 놓고 있으니 바쁠 턱이 있나, 하는 질책이거나, 그럼 여차저차한 일 좀 해줘, 하는 지시다. 바쁘다고 대답해도 결과는 비슷하다. 일도 펑크 내면서 바쁜 척한다는 질타이거나, 일을 잘 못하니 더 바빠진다는 비난이거나, 그래도 이것 좀 해줘, 라는 뿌리칠 수 없는 부탁이거나.

사실 그 순간엔 전혀 바쁘지 않았다. 어쩔 수 없이 나는 사실대로 대답했다.

"지금은 별로 안 바쁩니다."

"오늘 할 일이 뭐가 남았지?"

"네, 저녁 회진 돌고 처방전 쓰면 됩니다."

"그럼 잠깐 일루 와봐."

전화를 끊고 벗어놓았던 가운을 챙겨 입었다. '시킬 일이 있으면 전화로 이야기하지, 굳이 오랄 건 뭐야?' 라는 생각이 들었다.

병동에 도착하니 앞으로 열흘 후면 3년차가 되는 2년차 레지던트는 앞으로 열흘 후에도 그 자리에 있을 간호사들과 농담을 주고 받는 중이었다. 앞으로 열흘 후면 1년차가 되는 내가 가까이 다가가니 그가 내 어깨를 툭 치며 말했다.

"외과 인턴 김도훈!"

군대식 억양으로 이렇게 부르는 그의 목소리에서 약간의 장난기가 느껴져 나도 비슷하게 대답을 했다.

"예, 외과 인턴 김도훈, 호출 받고 왔습니다."

"회진은 나 혼자 돌 테니까, 처방전 미리 써 놓고, 나가서 맥주나 한잔 하고 와라."

"네?"

이건 전혀 예상하지 못했던 것이다. 진담인지 농담인지 구별을 하지 못해 머뭇거리는 내게 그는 이렇게 말하고는 병실 쪽으로 발걸음을 옮겼다.

"마음 바뀌기 전에 얼른 나가라~잉. 너무 많이 먹지는 말고."

진담인 듯했다. 이번 주 내내 너무 고생했다고 주는 상일 수도 있고, 앞으로 더 긴 시간 동안 더 많은 고생을 할 것이니 마지막으로 숨 좀 돌리라는 뜻일 수도 있겠다 싶었다.

　지금은 병원 전산화가 많이 진행돼서 종이 처방전에 손으로 약 이름을 쓰는 경우가 거의 없어졌지만, 당시만 해도 인턴은 매일 밤 입원 환자들이 다음날 복용할 약 처방전을 써야 했다. 무슨 약을 처방할 것인지 결정하는 것은 레지던트나 교수님의 몫이었지만, 환자의 차트를 보고 그 처방을 베껴 쓰는 일은 인턴의 몫이었다. 인턴이 쓴 처방전은 한밤중에 병원 약제실로 보내지고, 약제실에서는 그 처방전에 따라 다음날 환자들이 복용할 약을 조제하여 새벽에 병동으로 보낸다. 인턴이 처방전을 쓰지 않으면 그 병동의 환자들 모두는 다음날 먹을 약이 없어지고 만다(이론상으로만 그렇다. 인턴이 응급수술에 불려 들어가거나 하는 등의 특별한 사유가 있으면 간호사들이 대신 써 주기도 한다). 적게는 이삼십 장, 많으면 백 장 가까운 처방전을 쓰는 데 걸리는 시간은 30분에서 한 시간. 그날 내가 써야 하는 처방전은 대략 오십여 장. 나는 평소보다 빠른 속도로 처방전을 써 내려갔다. 마음 같아서는 더 빨리 쓰고 싶었지만, 생각만큼 속도가 나지 않았다. 약제실의 약사가 약 이름을 잘못 읽거나 용량을 잘못 쓰면 큰일이므로 무작정 휘갈겨 쓸 수도 없는 노릇이었다. 처방전을 다 쓰고 나서 나도 모르게 심호흡을 했다. 간호사가 싱긋 웃으며 잘 다녀오라고 했다. 시계를 보니 이제 겨우 일곱 시였다. 병원 밖으로 나갈 수 있는 자유가 허락되었지만, 너무 갑작스레 맞은 자유라서 내게는 그 자유를 누릴 준비가 되어 있지 않았다. 준비가 덜 된 상태에서 맞이하는 민주주의는 곧 혼란으로 이어진다.

일단 나는 인턴방으로 돌아왔다. 몇몇 동료 인턴들이 자장면을 먹고 있었다. 탕수육까지 시킨 것을 보니 역시 토요일이긴 했다. 나는 내가 누리게 된 몇 시간의 호사에 대해 동료들에게 말을 할까 하다가 그만뒀다. 불쌍한 청춘들의 가슴에 공연히 불을 지를 필요는 없었다. 무엇을 할 것인지를 정하는 것보다 시급한 것은 오늘 저녁을 함께 보낼 사람을 찾는 일이었다. 여자 친구도 없었고, 의사 아닌 다른 친구들은 만난 지가 너무 오래되어 갑자기 연락하기도 뭐했다. 결국 동료 인턴들 중에서 찾아야 했다. 지금 이 시각에 인턴이 오프를 받을 수 있는 과는 몇 개 없었는데, 그 중 하나가 교대 근무를 하는 응급의학과였다. 하루 2교대를 하는 응급실 인턴의 교대 시간은 오전 여덟 시와 오후 여덟 시였다. 인턴방 벽에 붙어 있는 스케줄 표를 보니 이번 달에 응급실 근무인 인턴들 중에 상준이가 있었다. 의대 연극부 활동을 함께 했던, 가장 절친한 동기였다. 상준은 내과에 합격했지만 1월에 이미 내과를 픽턴으로 돌았기 때문에 2월에는 원래 스케줄대로 응급실에서 일하고 있었다.

나는 인턴방에서 상준을 호출했다. 인턴방 전화번호 네 자리 뒤에 '00'을 붙이는 것도 잊지 않았다. 00을 붙이는 것은 호출하는 사람이 동료 인턴이라는 일종의 암호였다. 이처럼 네 자리 숫자

뒤에 붙는 숫자는 또 있다. 11이 붙으면 1년차의 호출이라는 뜻이고, 44가 붙으면 4년차의 호출이라는 뜻이다. 늘 붙이는 것은 아니고, 뭔가 일상적이지 않은 상황에서의 호출에서만 그렇게 한다. 밥을 먹자는 등의 좋은 일일 때도 있고, 대단히 화가 났다는 뜻일 수도 있다. 82가 붙으면 시급한 호출이라는 뜻이다. 당연히 8282가 붙으면 더 시급하다는 뜻이고. 그러니, 가령 전화번호 네 자리 다음에 44828244 정도가 붙으면 그 호출은 그야말로 총알같이 응답해야 한다. 다른 사람이 쓰고 있는 전화기를 뺏어서라도 말이다.

나는 상준을 호출한 후 전화기 앞에서 잠시 기다렸다. 상준이 내 호출에 응하면 현재 응급실에서 일하고 있다는 뜻인 동시에 앞으로 1시간 후에는 그도 병원 밖으로 나갈 수 있다는 뜻이다. 응답이 오지 않는다면 상준은 지금 출근하는 중이라는 뜻이다. 병원 내에서 사용하는 호출기는 반경 500미터 안에서만 작동한다. 다른 과 인턴은 오프 때에 자신의 삐삐를 파트너에게 넘기고 나갈 때가 많지만 응급실 인턴은 그렇게 하지 않으니, 다른 인턴 누군가가 나의 호출에 응할 가능성도 없다. 잠시 후 전화벨이 울렸다.

"인턴 임상준입니다."

예의 우렁찬 목소리가 무척이나 반가웠다.

"나다, 도훈이. 응급실 조용하냐?"

"말 마라. 떡 치는 중이다. 좀 전에도 CPR(심폐소생술) 두 개

떴다, 씨팔."
"여덟 시에 교대 맞냐?"
"당근 빳다지!"
"나도 오프다. 술 먹자."

여덟 시가 되기를 기다리며 인턴방에서 텔레비전을 보았다. 텔레비전에서는 코미디 프로그램이 방영되고 있었는데, 익숙한 코너가 하나도 없어 어디서 웃어야 하는 건지 잘 분간을 할 수가 없었다. 코미디가 끝나고 나서 광고가 한참 이어지더니 주말 연속극이 시작됐다. '서울의 달'이라는 드라마였는데, 역시 처음 보는 것이었다. 한참을 보다 보니 한 배우가 '서울, 대전, 대구, 부산, 찍고~'라면서 스텝을 밟는 장면이 나왔다. 그 유행어는 나도 들어본 적이 있었다. 나는 '저 말이 여기 나오는 것이었구나'라고 생각했다.

여덟 시 이십 분쯤 인턴방으로 전화가 걸려 왔다. 전화벨이 한 번씩 규칙적으로 울렸다. 구내전화가 걸려왔다는 뜻이다. 병원 외부에서 전화가 올 때에는 전화벨이 두 번 연이어 울린 다음 조금 간격을 두고 다시 두 번 연이어 울린다. 하지만 인턴들 중에서 누구도 전화를 받으려 하지 않았다.

원래 그랬다. 인턴들은 인턴방으로 걸려오는 전화, 특히 구내전화는 아무도 받지 않으려 했다. 병원 내에서 특정한 인턴을 찾는 사람은 삐삐를 치지 전화를 걸지 않는다. 저런 전화는 십중팔구

귀찮은 전화다. 아무개 인턴이 혹시 인턴방 어딘가에서 쓰러져 자고 있지는 않은지 찾아보라거나 내과 인턴 있으면 아무나 응급실로 내려오라거나 하는 전화인 것이다. 공연히 받았다가 덤터기를 쓸 수 있다. 때문에 인턴방에는 언제나 병원 교육수련부 소속의 직원이 한 사람씩 근무를 한다. 세 사람이 3교대로 24시간 내내 자리를 지킨다. 그들은 인턴방에 간식도 비치해 두고 각종 문서 수발도 하고 전화도 받아준다.

하지만 그들에게 주어진 가장 중요한 임무는 한밤중이나 새벽에 자고 있는 인턴들을 깨우는 일이고, 그것이 굳이 교대근무가 필요한 이유이기도 하다. 당직 인턴들은 평균적으로 하루에 서너 시간밖에는 못 잔다. 그것도 수시로 잠을 깨야만 한다. 병동으로부터의 호출 때문일 수도 있고 응급수술 때문일 수도 있고 중환자의 상태를 체크해야 하기 때문일 수도 있다. 그런데 인턴도 사람인지라, 아무리 책임감이 강하다 해도 삐삐 울리는 소리에 깨어나지 못할 때가 있다. 때문에 인턴들은 제 시간에 일어날 자신이 없을 때 "두 시간 후에 깨워 주세요"라고 부탁한 다음 쓰러져 잠을 잔다. 그러면 그들은 정확히 두 시간 후에, 꿈속을 헤매고 있는 인턴들을 흔들어 깨운다. 아예 자신의 삐삐를 그들에게 맡겨 놓고 잠을 잘 때도 있다.

단잠을 자다가 듣는 그들의 목소리는 저승사자의 목소리처럼 느껴진다. 잠을 깨우는 그들에게 공연히 짜증을 부리기도 한다.

하지만 그들은 인턴들이 짧은 시간이나마 마음 놓고 잠을 청할 수 있도록 도움을 주는 고마운 사람들이다. 그러나 호칭이 마땅치 않았다. 인턴들 모두가 그들의 이름을 알기에, ○○씨, 라고 부르는 것이 통상적이었지만, 인턴들끼리 있을 때는 흔히 '깸돌이' 라고 불렀다. 마찬가지로, 여자 인턴방에는 '깸순이' 가 있었다.

그런데 지금은 깸돌이 아저씨가 없었다. 전화는 한참 동안 울리다가 조용해졌다. 나는 상준이가 걸었을지도 모른다는 생각을 했지만, 위험을 무릅쓰고 싶지는 않아서 받지 않았다. 잠시 후 내 호출기가 울렸다. 응급실 번호 뒤에 00이 붙어 있었다. 상준이였다.

"교대했다. 내려와라."

가운을 벗으며 생각하니 호출기가 문제였다. 레지던트 선생님에게 맡길 수도 없었고 인턴방에 그냥 두고 나가기도 찜찜했다. 이 시간에 나를 호출할 사람은 레지던트 선생님 아니면 병동 간호사 말고는 없었는데 그들은 모두 내가 외출한다는 사실을 알고 있으니, 인턴방에 두고 나가도 별일은 없을 듯했다. 하지만 인턴이 자신의 삐삐를 소지하지 않는 것은 죄악이다. 어차피 병원 근처의 술집에 가 있을 테니 그냥 들고 나가기로 했다. 가까운 술집에서는 병원 삐삐가 터지니까.

거리는 의외로 따뜻했다. 겨울이 거의 끝나가고 있었다. 상준과 내가 오랜만에 만나는 것은 아니었다. 온 병원을 돌아다니는 것이 인턴의 일이니, 우리 두 사람은 지난 1년 내내 수시로 병원 곳곳에서 마주치곤 했었다. 하지만 함께, 그것도 단 둘이서 술을 먹은 것이 언제인지는 기억조차 가물가물했다. 토요일 밤 거리를 헤매는 청춘들을 유혹하는 형형색색의 간판들이 많았지만, 우리는 미리 약속이나 한 듯이 '이모집'으로 향하고 있었다. 이모집은 의대 연극부원들의 단골 술집이었다. 내가 의대에 들어오기 훨씬 전부터 의대 연극부원들은 이 집을 수시로 드나들었다고 했다. 간판에는 '동원식당'이라는 전혀 다른 이름이 적혀 있었지만, 우리 모두는 그 집을 이모집이라 불렀고 주인아주머니를 이모라고 불렀다.

이모는 우리를 반갑게 맞아주었다. 언젠가 우리보다 한참 선배들이 이 집을 드나들기 시작하던 시절에는 이모라는 호칭이 어울리는 연배였겠지만, 지금은 그렇지도 않았다. 이모는 나이를 먹었지만 손님들은 여전히 파릇파릇한 대학생들이다. 이제 우리들 말고는 모든 손님들이 이모를 할머니라 부르고 있었다.

"뭐 주까?"

이모는 우리 테이블로 다가오지도 않고 멀찌감치 서서 물었다.

"두꺼비하고 계란말이 따블 줘, 이모." 상준이가 대답했다. 나는 이모에게 저런 말투로 말해 본 적이 없었지만, 상준이는 저렇게 말하는 것이 너무 자연스러웠다.

"야, 밥이나 찌개는 안 시키냐?" 내가 말했다.

"어허, 약한 모습. 우리가 언제부터 밥과 술을 구별했다고."

"그러지 말고 밥도 시키자. 우리 몸이 어디 1년 전의 몸이냐?"

상준이는 내가 불쌍해 보였는지 그러자고 했다. 1년 전이었더라면 어림없었을 일이다. 어쩌면 그도 내심 밥을 시키고 싶었을지도 모른다. 아닌 게 아니라 상준의 술잔이 비는 속도가 예전 같지 않았다.

우리는 마치 10년 만에 만난 여고 동창생들처럼 수다를 떨었다. 하지만 소주 두 병을 비울 때까지도 우리가 나눈 대화는 모두 병원과 관련된 이야기였다. 동료 인턴들 중에서 누군가가 뭘 잘못해서 어떻게 깨졌다거나, 어느 레지던트가 무슨 사고를 쳐서 어떻게 뒤집어졌다거나, 어느 교수의 성질이 외모와는 달리 대단히 더럽다거나, 어떤 어려운 시술을 처음으로 성공해 보았다거나, 어떤 특이한 환자를 만났다거나 하는 등등.

하지만 우리는 지난 7년 동안 만나오면서 이런 종류의 대화를 나눈 적이 한 번도 없었다. 우리가 나눈 이야기는 주로 연극, 문학, 그리고 여자 이야기였다. 어쩌다가 서로의 집안 이야기를 나눌 때도 있었다. 상준의 입에서 저렇게 많은 의학용어들이 튀어나오는 것을 나는 본 적이 없었다. 어딘지 모르게 낯설었다. 생각해 보니 우리는 시험공부도 함께 한 적이 거의 없었다. 의대생들의 시험공부 스타일은 크게 두 가지다. 도서관이나 자신의 집에서 혼자 열심히 공부하는 사람과 서클룸 같은 곳에서 몇 사람이 모여서 떠들면서 공부하는 사람. 나는 전자였고 상준은 후자였다. 꼭 그런 것은 아니었지만 혼자서 공부하는 사람의 성적은 최상위권 아니면 하위권이고, 모여서 공부하는 사람들은 중간층이었다. 늘 하위권을 맴도는 나에게 여러 친구들이 모여서 함께 밤을 새자고 권하기도 했었지만, 나는 그 방법이 익숙하지 않았다. 하지만 상준은 시험기간이면 언제나 서클룸에서 밤을 꼬박 새곤 했다. 커다란 목소리와 커다란 주먹으로 졸고 있는 친구들을 깨워 가면서.

빈 소주병이 세 개였다. 내가 한 병, 상준이 두 병쯤 마셨을 게다. 나는 적당히 취해 있었고 상준은 아직 멀쩡했다. 늘 그랬다. 내가 네 병째 소주를 주문하며 말했다.

"상준아, 우리가 이렇게 병원 이야기만 계속 하니까 좀 이상하지 않냐?"

상준이 잠시 나를 물끄러미 바라봤다. 저놈이 무슨 말을 하려 그러나 싶은 표정으로.

"왜? 특별히 할 이야기가 있었던 거야?"

"아니, 그게 아니라, 옛날에는 안 그랬으니까."

"병원 얘기만 하는 거 보니까 우리가 진짜 의사가 되긴 됐나보네."

우리는 함께 피식 웃었다. 어서 졸업하고 의사가 되고 싶다고 생각했던 시절이 있었다.

"네가 다른 재밌는 얘기 좀 해 봐라." 상준이 말했다.

그런데 화제가 없었다. 최근에는 연극도 영화도 책도 본 적이 없었고, 서로의 집안 사정은 이미 충분히 알고 있었고, 오래 전부터 좋아하는 여자는 있어도 사귀는 여자는 없었고, 새로 눈독을 들이는 여자도 없었다.

"어머닌 잘 계시냐?" 내가 물었다.

상준의 아버지가 폐암으로 돌아가신 것은 우리가 본과 3학년이던 해 초여름이었다. 벌써 3년이 다 되어간다. 나는 삼일 내내 학교를 빼먹고 함께 장례를 치렀었다. 상준에겐 남동생이 하나 있었지만 다른 친척은 거의 없었다. 전업주부였던 어머니는 그 후 캐주얼웨어를 판매하는 의류회사의 매장을 하나 열었고, 골초였던 상준은 담배를 끊었었다. 상준이 입고 있는 옷은 대부분 같은 상표였고, 내게도 같은 상표의 옷이 몇 벌 있었다.

"한 달에 두어 번 보던 아들, 요즘은 매일 본다고 좋아하신다."

응급실 근무는 힘들지만 집에 자주 갈 수 있어서 좋았다. 게다가 매일 정해진 시각에, 그것도 저녁 여덟 시라는 이른 시각에 퇴근할 수 있으니 더 좋았다. 대부분의 인턴들은 당직이 아닌 날에도 주어진 일을 모두 처리해야 오프를 나갈 수 있었는데, 일이 끝나는 시각은 운이 좋으면 밤 아홉 시나 열 시, 운이 나쁘면 자정을 넘겨 새벽 한두 시였다. 때문에 당직이 아닌 인턴들도 흔히 병원에서 잠을 잤다. 한밤중에 퇴근했다가 다음날 새벽 6시까지 출근하느니 차라리 잠을 조금 더 자는 편을 택하는 것이다.

"요즘 자주 집에 갔으니 오늘은 안 가도 되겠네?" 내가 말했다.

"늦더라도 가야지. 일주일 후부터는 공포의 100일 당직 들어가잖아."

1년차 레지던트를 처음 시작할 때 100일 동안 병원에서 연당(연속당직)을 서는 것은 여러 과에서 관례였다. 인턴과 1년차 레지던트는 그 업무와 책임이 크게 다르다. 아무리 유능한 인턴이었다 하더라도 1년차가 시작되는 3월 1일부터 훌륭한 레지던트가 된다는 것은 불가능한 일이다. 인턴이 하는 일은 주로 진료 보조 업무일 뿐이라서 스스로 판단을 하고 결정을 해야 하는 경우가 많지 않지만, 레지던트 1년차는 입원 환자 진료에 있어서 일차적인 책임을 져야 한다. 그래서 흔히 1년차를 주치의라고도 부르는데, 혹자는 주치의 시절을 의사 생활의 꽃이라 부른다. 환자를 가장 직접적으로, 가장 오랫동안, 가장 인간적으로 만날 수 있는 시기인 동시에, 자신이 택한 전공 분야에서 꼭 습득해야 할 기본적인 지식과 술기를 체화할 수 있는 시기이기 때문이다. 100일 당직은 그저 '의사'이기만 했던 인턴을 'ㅇㅇ과의사'로 새롭게 탄생시키는 첫 번째 관문과도 같았다.

그러고 보니 나는 100일 당직 준비를 하나도 못 하고 있었다. 100일 당직 준비란 다른 게 아니라 넉넉한 속옷과 양말과 셔츠를 미리 비축해 놓는 것이었다. 100벌씩 준비하지는 못한다 하더라도, 최소한 셔츠 10벌과 속옷 20벌과 양말 30켤레 정도는 준비해 두어야 한다. 무좀에 걸리지 않으려면 구두도 한두 켤레는 여벌이 있어야 한다. 물론 병원 내에 빨래방도 있고 병원 바로 앞에는 상가도 있지만, 1년차에게는 시간도 없고 정신도 없다. 갈아입을 여유만 있어도 감지덕지할 뿐이다. 물론 많은 경우에 애인이나 부인이나 동생이나 어머니가 가끔씩 커다란 옷가방을 들고 병원에 찾아오지만, 모두가 그런 것은 아니다. 몇몇 특이한 레지던트들은 속옷이나 양말을 최대한 오래 입고 신은 다음 아예 버리기도 한다. 물론 그 기간이 너무 길어지면 주변 사람들에게 지탄을 받게 되지만.

소주 네 병을 비운 다음 우리는 이모집을 나왔다. 그냥 헤어질 수는 없었다. 이런 시간은 언제 다시 올지 몰랐다. 어디 가서 맥주나 한잔 더 하기로 했다. 수많은 카페들 가운데 가장 가까운 곳으로 들어가니 테이블이 딱 하나 비어 있었다. 역시 토요일 저녁이었다.

"야, 카페라는 곳에 들어와 본 게 도대체 얼마 만인지 모르겠네." 상준이 말했다.

지금은 둘 다 애인이 없다. 여자를 사귀지 않는 남자들은 카페에 갈 일이 별로 없다. 그 남자들이 인턴이라면 특히 더 그렇다. 우리는 푹신한 의자에 몸을 묻은 다음 약속이나 한 듯 거의 동시에 입이 찢어져라 하품을 했다. 그리고는 한동안 아무 말도 하지 않았다. 화제가 떨어져서가 아니라 피곤해서였다.

주문한 맥주가 나오자 상준이 몸을 일으켜 내 잔에 맥주를 채웠다. 나는 상준의 잔에 맥주를 채웠다. 상준이 맥주를 한 모금 마시더니 갑자기 생각났다는 듯 입을 열었다.

"야, 최민규라는 환자, 너네 파트지?"

"응? 그게 누군데?"

"왜, 스플레넥토미(splenectomy, 비장절제술) 받은 고등학생 있잖아."

"아, 그 학생. 모레 쯤 퇴원할 걸."

"응급실에서 이 형님이 처음 봤는데 말야, 한 건 했잖아."

"왜? 어떻게 됐는데?"

아직은 1년차의 일이 모두 내게로 내려오기 전이라서, 우리 파트 환자이긴 했지만 자세한 사정은 나도 잘 모르고 있었다.

"며칠 전에 17세 남자 환자가 응급실로 왔단 말야. 주소는 상복부 동통. 증상이 생긴 지는 4~5일 됐고 그날 낮부터 심해졌다고 하더라구. 애가 좀 창백해 보이기는 했지만 걸어서 들어왔고, 열도 없고, 그냥 배탈이려니 했지. 응급실에 자리도 없고 해서 그냥 집 근처의 작은 병원으로 가라 그럴까 하는 생각도 했는데, 애 얼굴이 너무 하얀 거야. 땀도 삐질삐질 흘리는 것이 맹장인가 싶기도 하고. 일단은 피지칼 이그잼(physical exam, 이학적 검사)을 하려고 애를 눕히는데 너무 아프다면서 눕지도 못하는 거야. 환장하지. 배를 만져봐야 노티(notify, 상급자에게 보고하는 것)를 하든 말든 할 거 아냐. 이게 엄살인가 싶기도 하고."

"그래서?"

"혈압은 100에 70인데 맥박은 정상. 복부 엑스레이도 정상. 헤모글로빈이 좀 낮았지만 다른 랩(임상병리검사)도 정상. 특별한 과거력도 없음."

"그래서?"

의대생 시절에도 숱한 증례토론을 했지만, 학생 때 접하는 것과는 느낌이 확실히 달랐다. 이젠 나에게도 실제로 닥치는 일들이기 때문이었다.

"뭔가 아리까리할수록 히스토리 테이킹(history taking, 병력 청취)이 중요하잖아. 근데 이것저것 물어봐도 애가 별 얘기를 안 하는 거야. 그때 이 형님이 딱 느낀 게, 뭔가 숨기는 게 있다, 싶은 거야."

"왜 그렇게 생각했는데?"

"몰라 임마. 그냥 느낌이지. 옆에 엄마 아빠가 다 있었는데, 애가 좀 쫄아 있는 것 같더라구."

"부모는 뭐래?"

"엄마는 아무 말도 안 하고, 아버지는 자세히 이야기하라고 애만 윽박지르지 역시 아무 것도 몰라."

"그래서 어떻게 했어?"

"일단 플루이드(수액) 달았지. 배 아픈 건 플루이드만 달아도 좋아지는 경우가 많잖아."

"그렇지. 혈압도 낮으니까."

"두 시간 쯤 그렇게 됐는데 아버지가 와서 그러는 거야. 애가 점점 더 힘들어한다고. 그래서 혈압을 쟀더니 90에 60인 거야."

"어허. 그럼 노티해야지."

젊고 건강한 사람의 혈압이 이런 식으로 떨어지는 것은 흔한 일이 아니다. 단순한 배탈이 아니라 뭔가 심각한 문제가 있다는 뜻이다. 응급실 인턴은 아주 단순한 환자가 아닌 이상 응급의학과 레지던트에게 보고를 하는 게 원칙이다.

"노티를 했지. 응급의학과 선생님이 내 이야기를 듣더니 이렇게 묻는 거야. 어떻게 했으면 좋겠나, 하고."

"그래서 뭐라 그랬어?"

"좀 이상하니까 CT를 찍어보는 게 좋겠다고."

"그랬더니?"

"그랬더니 뭐뭐를 의심해서 CT를 찍었으면 하냐고 또 묻지 뭐야."

"그래서?"

"근데 뭐 떠오르는 게 없더라구. 잠시 통박 굴리다가 뭐라도 하나 말해야겠기에 스플린 럽쳐(spleen rupture, 비장파열)를 이야기했지."

"야, 스플린이 괜히 터지냐?"

"응급의학과 선생님도 똑같이 말했지. 하지만 CT에서 스플린 럽쳐 나왔다는 게 중요한 거 아니겠냐."

"에이 그건 그냥 때려맞춘 거잖아."

"아니지, 고삐리들은 서로 치고 박고 싸우기도 하고 그러니까 의심해볼 만하지, 뭐."

"애가 아무 말도 안 했다며?"

"그게 사연이 있지. CT 찍은 다음에 아버지한테 비장 파열이라고, 외부 충격이 있었던 모양인데 애가 말을 안 해서 원인은 모르겠다고 그랬더니 아버지가 그러는 거야."

"뭐라고?"

"그게, 저, 5일 전에 받은 충격으로도 오늘 그럴 수 있나요, 라고."

"자기가 때렸대?"

"야구 방망이로 배를 찔렀단다."

"찔러? 휘두른 건 아니고?"

"휘둘렀으면 이제야 왔겠냐?"

비장은 위 조금 아래에 있는 장기로 면역 기능과 조혈 기능을 담당하지만, 15~16세 이후의 성인에겐 아주 중요한 장기는 아니다. 복부에 강한 충격이 가해지면 파열될 수 있고, 그럴 경우 수술을 통해 비장을 떼어내야만 한다. 복강 안에서 출혈이 계속되는 것이라 수술이 늦어지면 환자의 생명이 위험해진다. 대개는 충격을 받은 직후에 발견되지만 지연성 비장파열이라고 해서 천천히 진행되는 경우도 간혹 있다. 이런 경우는 진단하기가 어렵다.

"애는 왜 그 이야기를 안 했을까?" 내가 물었다.
"아버지가 무서웠겠지. 근데 아버지가 뭐하는 사람인 줄 아냐?"
"뭐하는 사람인데?"
"대학교수."
"교수씩 되는 사람이 애를 야구 방망이로 패? 애가 개망나닌가?"
"팬 건 아니고 찔렀다니까."
"그래도 세게 찔렀으니까 비장이 터졌지."
"원래 그렇게 폭력적인 사람은 아닌가봐. 애도 범생이 계열이고."

문제의 핵심은 아버지의 너무 높은 기대였다. 똑똑하고 성공한 아버지일수록 멍청하고 게으른 자식을 그냥 두고 못 보는 경우가 많다. 그리고 그런 아버지일수록 권위적인 경우가 많다. 그 정도가 지나치면 어떤 식으로든 문제가 생긴다. 가끔씩 신문에 나는 명문가 자제의 탈선 기사의 이면에도 그런 사연이 있을 것이다.

"나도 아버지한테 참 많이 대들었었는데." 상준이 불쑥 말했다.
"왜 그랬냐, 임마."
"글쎄 말이다. 어린 마음엔 아버지가 참 무책임해 보였거든."
"무책임하게 너무 일찍 가셨지."
"아들에게 아버지란 존재는 원래 그런 것 같아. 두려움의 대상이다가 미움의 대상이다가 나중에는 연민의 대상이 되는."

"너는 나중에 좋은 아버지 돼라."

"우선은 결혼부터 해야지."

"윤주는 잘 지낸다냐?"

"윤주야 잘 지내지. 나도 잘 지내고. 둘이 함께 지내는 게 아니라서 문제지."

윤주는 상준이 몇 년 전부터 연모하는 의대 후배였다. 이번에 졸업하고 며칠 후부터 우리 병원 인턴으로 근무할 예정이었다.

카페를 나오니 자정이 넘은 시각임에도 거리는 사람들로 북적였다. 나는 그냥 병원에서 자자고 말했지만, 상준은 굳이 집에 가겠다고 했다. 두 시간을 덜 자더라도 엄마 보고 오겠다고 했다.

"짜식, 평소에 잘 하지." 내가 말했다.

"지금이 평소야." 상준은 이렇게 말하고는 택시에 올라탔다.

3

오늘은 혜수의 생일이다. 며칠 전부터 나는 전화를 걸까 말까 망설이고 있었다. 그녀의 단축번호는 22번이다. 10년 전, 휴대전화를 처음 갖게 되었을 때부터 그랬다. 처음 휴대전화를 구입한 후 단축번호 기능이 있다는 것을 알았을 때, 나는 그녀의 전화번호를 1번에 저장하고 싶었다. 하지만 그렇게 했다가 그 사실이 다른 누군가에게 알려지는 것이 싫었다. 아니 혹시라도 그녀에게 알려지는 것이 싫었다. 대부분의 사람들이 단축번호 1번에 저장하는 것은 애인이나 배우자의 번호다. 그녀는 단 한 순간도 나의 애인이었던 적이 없었다. 그녀는 22번이 되었다. 그녀의 생일이 10월 22일이기 때문이다.

혜수는 지금 평택에 있는 한 종합병원에서 내과의사로 근무하고 있었다. 그녀는 나의 3년 후배다. 내가 그녀를 처음 본 것은

1990년 여름이었다. 당시 본과 2학년이었던 나는 학창 시절의 마지막 연극 공연을 준비하고 있었다. 의대생의 서클 활동은 대개 예과 입학 직후부터 본과 2학년 가을까지 3년 반 동안 활발히 이루어진다. 우리 연극부도 그랬다. 본과 3학년이나 4학년이 공연에 참여하면 안 된다는 규칙 따위는 없었지만, 3학년이나 4학년이 참여하는 일은 거의 없었다. 그 이전까지는 여느 대학생들처럼 여름과 겨울에 2개월씩의 방학이 있지만, 본과 3학년 이후의 방학은 2주 아니면 3주에 불과하여 물리적 시간이 없었다. 그리고 후배들에게 기회를 양보하는 측면도 있었다.

우리 연극부의 공연은 1년에 두 번 있었다. 나는 그때까지 배우로는 세 번의 공연에 참여했었다. 나머지는 기획을 맡은 적도 있고 무대장치를 맡은 적도 있다. 나보다 배우의 자질이 더 많았던 상준은 네 번 무대에 섰었다. 이번에는 둘 다 무대에 선다. 어차피 전문 배우가 될 가능성은 없다. 어쩌면 평생 마지막이 될지도 모르는데, 망치질이나 하면서 보내고 싶지는 않았다.

우리는 여름방학이 시작되자마자 작품을 고르기 시작했다. 최종적으로 후보에 오른 작품은 〈사천(四川)의 선인(善人)〉과 〈라쇼몽(羅生門)〉이었다. 〈사천의 선인〉은 베르톨트 브레히트의 대표작 중 하나이고, 〈라쇼몽〉은 아쿠타가와 류노스케의 소설 두 편을 각색하여 구로자와 아키라가 만든 동명의 영화 때문에 세계적으로 유명해진 작품이다. 둘 다 대학 연극부가 공연하기는 쉽지 않은 작품이었지만, 연출을 맡았던 낙경과 상준과 나, 이렇게 세 사람의 본과 2학년들은 '마지막' 공연이기에 더 특별한 추억을 만들고 싶었다. 상준은 〈사천의 선인〉을 더 원했고 낙경은 〈라쇼몽〉을 더 원했다. 나는 둘 다 너무 어렵지 않을까 걱정을 하며 선택을 못하고 있었다. 많은 양의 소주를 마셔 없앤 이후에 우리는 〈라쇼몽〉을 최종 선택했다. 2년 전 우리가 브레히트의 다른 희곡을 무대에 올렸다는 점이 가장 크게 작용했다. 브레히트는 80년대 대학 연극부가 가장 선호하던 작가 중의 하나였다.

영화 〈라쇼몽〉은 아쿠타가와 류노스케의 두 개의 단편 〈라쇼몽〉과 〈덤불속〉을 섞어서 각색한 것이다. 영화 제목으로는 〈라쇼몽〉이 쓰였지만, 사실 〈라쇼몽〉에서는 배경만 가져왔고 스토리는 주로 〈덤불속〉에서 가져온 것이다. 엄밀히 말하면 우리가 무대에 올리려는 작품은 류노스케의 소설이 아니라 아키라의 영화였다.

영화는 한 강간 살인 사건과 관련된 네 명의 등장인물이 같은 사건을 두고 서로 전혀 다른 이야기를 하는 상황을 그린다. 서로 자신이 무사를 죽였다고 주장하는 산적, 무사(의 영혼), 무사의 부인, 그리고 또 다른 목격자인 나무꾼은 모두 극한의 상황에서 이기적이고 자기중심적으로 행동한다. 하지만 원작소설의 작가가 냉소적인 태도를 견지하는 데 반해 구로자와 아키라는 원작엔 없는 휴머니즘과 인간에 대한 신뢰를 표현하고 있다. 아마도 그것이 영화 〈라쇼몽〉에게 1951년 베니스영화제에서 그랑프리인 황금사

자상을, 그리고 1982년 베니스영화제 50주년 기념 회고전에서 역대 베니스영화제 수상작 중에서도 최고의 작품에 수여한 '사자 중의 사자 상'을 안겨준 원동력일 것이다.

사실 나는 〈라쇼몽〉에 대한 세계적 찬사 때문에 이 작품을 공연하고 싶지 않기도 했다. 어쩌면 상준도 그랬을지 모른다. 독일 작가의 작품이 위대한 것은 별 갈등 없이 인정할 수 있지만 일본 작가의 작품이 위대하다는 사실을 인정하기엔 마음속 깊은 곳에서 약간의 저항이 일었던 것이다.

〈라쇼몽〉의 준비 과정은 힘들었지만 재미있었다. 상준의 배역은 산적이었다. 캐스팅은 연출자의 고유 권한이었지만, 연출자가 누구라 해도 상준의 배역은 산적이었을 것이다. 상준의 얼굴과 몸집과 목소리는 산적 역할에 딱이었다. 내 배역은 무사였다. 연극의 한 장면에서 상준과 나는 칼싸움을 벌여야 했는데, 그 장면을 연습하느라 내 몸 여기저기에는 멍이 들었다.

공연 준비가 한창이던 어느 날, 낙경은 배경 음악으로 사미센(三味線)이라는 일본 악기의 소리를 쓰고 싶다고 말했다. 나는 그날 사미센이라는 악기 이름을 처음 들었다. 낙경의 설명에 의하면 사미센은 일본의 전통 현악기로, 우리나라의 해금과 비슷한 악기였다. 해금은 두 줄, 사미센은 세 줄인 것이 달랐다. 낙경은 언젠가 일본 영화에서 사미센 소리를 들어봤는데, 단순하면서도 서정적인 소리가 우리 연극에 잘 어울릴 것이라고 말했다. 하지만 문제는 사미센 소리를 구할 수 없다는 데 있었다. 우리나라에는 사미센을 파는 곳도 없었고 그걸 연주할 수 있는 사람도 없었다. 대형 음반 매장에도 사미센 음반은 없었다. 당시에는 인터넷도 없었으니, 다른 사람들의 지식을 검색할 방법도 없었다. 우리 전통 악기인 해금으로 분위기를 내 볼까 싶기도 했지만, 해금 소리는 왠지 우리 연극과 어울리지 않았다.

결국 우리는 사미센을 포기하고 서양의 현악기를 쓰기로 했다. 여러 차례 짧은 연주와 효과음이 필요했기에 기존 음반 중에서는 우리가 쓸 만한 부분을 찾지 못했고, 결국 우리는 의대 오케스트라 친구들에게 도움을 요청했다. 당시 오케스트라 악장을 맡고 있는 친구에게 사정을 이야기했더니 두 사람의 후배를 소개해 줬다. 혜수는 그렇게 찾아온 오케스트라 단원 두 사람 중의 하나였다.

혜수는 당시 예과 1학년으로, 첼로를 맡고 있었다. 바이올린을 맡고 있는 예과 2학년 남학생도 하나 왔었는데, 그 녀석의 이름은 지금 기억나지 않는다. 클래식 음악에 조예가 깊지 않았던 우리는 바이올린과 첼로 연주를 잠깐씩 들어본 다음 첼로를 선택했다. 사실은 첼로를 선택했다기보다 혜수를 선택했다고 하는 편이 옳을 것이다. 혜수는 그날 흰색 치마에 분홍색 폴로셔츠를 입고 있었다.

여름은 금세 지나갔다. 처음엔 낯선 선배들을 무척 어려워하는 듯했던 혜수는 우리와의 만남이 반복될수록 말수와 웃음이 늘어났다. 그녀가 우리 연극부원들을 재미있어 했는지 연극이라는 작업 자체를 재미있어했는지는 분명하지 않다. 사실 혜수가 그렇게 여러 번 우리의 연습 장소로 올 필요는 없었다. 하지만 우리는 이 연극에서 음악이 대단히 중요하다고, 그리고 가장 잘 어울리는 연주가 나오려면 연극의 내용을 가슴으로 이해해야 한다고 설레발을 쳤다. 혜수는 결국 공연 당일에도 무대 뒤에서 첼로를 연주했다. 우리는 아마도, 〈라쇼몽〉과 첼로를 결합시킨 세계 최초의 팀이었을 게다.

2학기 개강 직후, 우리는 사흘 동안 네 차례 공연을 했다. 상준과 내가 그렇게 연습을 많이 했던 칼싸움 장면에선 거의 모든 관객들이 웃음을 터뜨렸다. 우리는 관객을 웃길 의도가 전혀 없었건만. 류노스케의 라쇼몽은 시니컬했고 아키라의 라쇼몽은 휴머니스틱했다면, 우리의 라쇼몽은 진지하면서도 코믹했다. 우리는 진지함만을 추구했는데도 말이다. 마지막 공연이 끝난 날 우리는, 언제나 그렇듯, 밤새도록 쫑파티를 했다. 혜수는 그날 쫑파티에 참석한 유일한 비연극부원이었다.

사실 낙경과 상준과 나는 모두 혜수를 좋아했었다. 혜수는 이십대 남자들, 특히 감수성이 예민한 '문청' 계열의 남자들을 흔히 사로잡는, 어두움과 밝음이 공존하는 스무 살 여자였다. 혜수는 어느 순간에는 복잡한 사연을 간직한 성숙한 여인이었고, 다른 어느 순간에는 떨어지는 가랑잎을 보며 눈물짓는 여고생이었고, 또 다른 어느 순간에는 호들갑스러울 정도로 유쾌한 여대생이었다.

하지만 낙경에게는 이미 여자 친구가 있었고, 나에게는 용기가 없었다. 여자 친구는 없고 용기는 넘쳐났던 상준은 그해 가을 그녀에게 추파를 던졌지만, 그녀는 예의 바르게 '노'라고 답했다. 우리가 늘 웃으면서 이야기했지만, 상준은 남자들이 좋아하는 타입이지 여자들, 그것도 이십대 초반의 여자들이 좋아할 타입은 아니었다.

우리는 한동안 혜수를 잊고 지냈다. 아주 가끔씩 서클룸들이 모여 있는 의대 지하층 복도에서 마주치기는 했지만, 늘 의례적인 인사만 주고받을 뿐이었다. 안녕하세요. 응, 잘 지내니? 네. 그럼 또 보자. 세상은 넓고 여자는 많았다. 그리고 시간은 없고 할일은 많았다.

학교가 아닌 곳에서 혜수를 다시 만난 것은 1992년 7월, 김포공항에서였다. 그리고 그 만남은 순전히 우연이었다. 상준과 나는 본과 4학년이 되어 학창 시절의 마지막 여름방학을 막 맞이한 상태였다. 혜수는 의과대학 6년 중에서도 가장 힘들다는 본과 1학년 1학기를 마친 직후였다. 상준과 나는 여름방학을 이용하여 유럽으로 배낭여행을 떠나는 길이었고, 혜수도 다른 친구 셋과 함께 유럽행 비행기를 타려는 참이었다. 상준과 나의 방학은 3주, 혜수의 방학은 2개월이었지만, 여행기간은 3주와 4주로 거의 비슷했다. 대학생들의 배낭여행은 80년대 후반부터 조금씩 유행하기 시작했었다. 요즘 대학생들은 호텔 팩이니 뭐니 해서 훨씬 우아한 배낭여행을 떠나지만, 그때 우리가 하려 했던 것은 진정한 배낭여행이었다. 생전 처음으로 단수 여권을 손에 쥐었던 상준과 내가 짰던 19박 20일의 일정 가운데에는 열차에서 보내는 밤이 여섯 개나 있었고, 우리의 예산은 교통비와 유스호스텔 숙박비를 빼면 하루 만원이었다.

상준과 나는 홍콩을 거쳐 로마로, 혜수 일행은 암스테르담을 거쳐 프랑크푸르트로 가는 비행기를 타게 되어 있었다. 혜수의 일정을 확인한 상준과 나는 우리 일정을 조금 조정해서 며칠 동안 함께 다니자고 제안을 했다. 역시 배낭여행이 처음이었던 혜수는 흔쾌히 동의했다. 우리는 2주 후 일요일에 파리에서 만나기로 했다.

여행 중의 2주는 학기 중의 2주보다 훨씬 짧았다. 혜수와 약속한 날이 벌써 내일이었다. 토요일 밤, 우리는 스트라스부르 중앙역 광장에 앉아서 맥주를 마시며 쉬고 있었다. 스트라스부르는 프랑스와 독일의 국경에 위치한 작은 도시로, 알퐁소 도데의 소설 〈마지막 수업〉의 배경이 된 곳이기도 하다. 파리로 가는 야간열차가 도착할 때까지는 몇 시간이 남아 있었다.

"두렵지 않냐?" 내가 말했다.

"뭐가?" 상준이 말했다.

"의사가 된다는 거."

"짜식. 의사 될 걱정이나 해라."

우리는 이번이 없는 한 6개월 후에는 의사가 될 터였다. 여기서의 이변이란 의사국가시험에 불합격하는 일을 말한다. 둘 다 성적이 아주 좋은 편은 아니었지만 면허시험에 낙방할 만큼 엉터리로 의대 생활을 해 온 것은 아니기에, 낙방할 걱정은 사실 없었다. 하지만 의사가 되어 환자의 생명을 책임져야 한다는 사실은 두려울 수밖에 없는 일이었다. 우리는 아직 아는 것이 너무 없었다. 아니 머릿속에 지식은 많았지만 할 줄 아는 것이 별로 없었다.

"의사가 되기야 하겠지. 하지만 우리가 지금 할 줄 아는 게 도대체 뭐가 있냐?" 내가 말했다.

"닥치면 다 한다. 처음부터 잘하는 사람 어딨냐. 1년 전 생각해 봐라. 용 됐지." 상준이 말했다.

맞는 말이었다. 1년 전, 3학년 1학기를 마치고 나서 처음 가운을 입고 임상실습을 돌기 시작했을 때와 비교하면 할 줄 아는 게 엄청나게 늘어나 있었다. 1년 전만 해도 환자의 팔목에서 동맥혈 채취라도 할라치면 손이 부들부들 떨리고 온 얼굴에 땀이 흐르곤 했었다. 아직은 모르는 게 너무 많지만, 이제 내가 뭘 모르는지는 알게 되었다.

"이런 여행, 또 할 수 있을까?" 내가 물었다.

"이런 여행, 또 할까봐 두렵다, 야. 다음 여행은 돈 좀 번 다음에 하자. 거지 여행은 이번으로 끝내고 말야." 상준이 말했다. 사실 그때 우리는 거지꼴이었다.

"대개 돈이 있으면 시간이 없고 시간이 있으면 돈이 없지. 우리는 둘 다 없고." 내가 말했다.

"생각을 좀 긍정적으로 해 봐라. 돈이 없으면 시간이 있고 시간이 없으면 돈이 있다고." 상준이 말했다.

"우린 둘 다 없다니까."

"우리에겐 그래도 젊음이 있잖아. 건강도 있고."

"오호, 웬 공자님 말씀?"

"실습 돌면서 그런 거 안 느꼈냐? 건강하다는 게 얼마나 큰 축복인지."

"그건 그래. 요즘엔 젊은 사람들도 왜 그렇게 이상한 병에 많이 걸리는지."

"우리는 벽에 똥칠할 때까지 살면서 여행도 다니고 연극도 하자구."

"벽에 똥칠하면서 여행은 무슨. 특별히 가고 싶은 곳이라도 있냐?"

"나는 호주에 가보고 싶어."

"왜?"

"글쎄, 그냥. 계절도 반대고, 캥거루도 뛰어다니고."

"그래, 10년쯤 후에 한번 가자."

파리는 더웠다. 서울보다 위도가 10도 이상 높은 곳이지만 오히려 서울보다 더 더운 듯했다. 혜수 일행과 만나기로 한 장소는 개선문 아래였다. 햇볕을 피해 태양의 반대편 벽에 기대 앉아 있었지만 숨이 턱턱 막혔다. 한국어로 수다를 떠는 젊은이들이 적지 않았다. 약속시간이 좀 지났지만 아직 그녀들은 보이지 않았다.

잠시 후, 샹젤리제 쪽을 무심히 바라보고 있던 내 눈에 혜수가 들어왔다. 그런데 좀 이상했다. 저 멀리 보이는 사람은 분명 혜수였지만, 내가 지금까지 보아왔던 그 혜수가 아니라 다른 사람인 것처럼 느껴졌다. 혜수가 달라진 것인지 내가 달라진 것인지 알 수 없지만, 지금 와서 생각하면 나는 그 순간부터 혜수를 사랑하기 시작했던 듯하다.

"저기 온다." 나보다 늦게 발견한 상준이 나보다 먼저 외쳤다. 하마터면 나는 그 소리를 못 들을 뻔했다. 아주 잠깐 동안이었지만 내 눈에는 혜수만 보였고 내 귀에는 아무 소리도 들리지 않았다. 2년 전 혜수를 처음 보았을 때나 그 이후 여러 번 스쳐 지나갈 때에도 그렇지 않았었는데, 왜 그 순간에 그런 감정을 느꼈었는지는 지금도 모르겠다.

혜수는 배낭을 메고 있었다. 우리는 유스호스텔에 배낭을 두고 나와서 빈손이었지만, 혜수는 조금 전에 파리에 도착한 모양이었다. 혜수의 일행은 둘이었다. 혜수 옆에 낯익은 얼굴이 하나 더 있다는 사실과 옆에 있을 줄 알았던 두 사람이 없어졌다는 사실도 그제야 깨달았다.

"둘 뿐이네?" 내가 말했다. 아마도 내 목소리가 조금은 떨렸던 듯도 하다.

"두 사람은 니스에서 헤어져서 스페인으로 넘어갔어요." 혜수가 말했다.

우리 네 사람은 그날 오후부터 다음날 저녁까지 내내 함께 다녔다. 에펠탑과 몽마르트와 노트르담 성당과 루브르 박물관을 돌아 봤고, 맥도널드에서 햄버거를 세 번 먹었다. 혜수 일행의 숙소도 우리와 같은 유스호스텔이었다. 한국인 배낭여행객들은 다 그곳에서 묵는 모양인지 한국사람 천지였다.

파리에서의 세 번째 날이 밝았다. 우리는 모두 다음날 아침에 파리를 떠날 예정이었다. 혜수는 오르세 미술관과 퐁피두센터를 가고 싶어 했다. 상준은 루브르 미술관을 본 것만으로도 충분히 머리에 쥐가 난다면서, 베르사이유 궁전과 벼룩시장을 가자고 했다. 나는 미술관을 택했고 혜수의 친구도 미술관을 택했다. 상준은 장난스럽게 버럭 화를 내면서 그렇게는 안 된다고, 한 사람은 자신과 함께 가야 한다고 주장했다. 상준은 여기까지 와서 혼자 다닐 수는 없다며, 그날 여행의 파트너로 혜수나 내가 아니라 혜수의 친구를 선택했다. 혜수의 친구는 아주 잠깐 혜수의 표정을 살피더니 상준과 동행하겠다고 말했다. 나는 가슴이 뛰기 시작했다.

유스호스텔에서 가장 가까운 지하철역까지의 거리는 100미터가 채 안 됐다. 2주 전 김포공항에서 마주쳤을 때만 해도 조금은 분위기가 서먹했지만, 그날 혜수는 나와 함께 있는 걸 전혀 불편해하지 않았다. 하지만 내 마음은 편하지 않았다. 개선문 아래에서 처음으로 느꼈던 야릇한 감정이 이틀 사이에 그 실체를 확실히 드러냈기 때문이다. 혜수에게 내 마음을 숨기는 것만으로도 힘들었고, 혜수에게 좀 더 괜찮은 사람으로 보이고 싶은 마음 때문에 더 힘들었다.

오르세 미술관은 정말 넓었다. 퐁피두센터는 정말 희한하게 생겼었다. 하지만 그곳에서 본 그림들은 하나도 생각이 나지 않는다. 하루 종일 나는 혜수와 꽤 많은 이야기를 나누었지만 그 내용도 기억이 안 난다. 나는 그저 혜수의 옆모습을 훔쳐보면서 내가 느끼고 있는 이상한 감정의 실체를 파악하려 안간힘을 쓸 뿐이었다.

퐁피두센터가 문을 닫을 시간이 다 되어 밖으로 나왔지만 아직 바깥은 환했다. 거리로 나오자마자 혜수가 물었다.

"도훈 오빠. 이제 뭘 할까요?"

혜수는 이렇게 말하면서 두 다리를 모은 채 무릎을 조금 굽혔던 것 같다. 확실하진 않지만.

"어? 그, 글쎄." 나는 마음속으로 스스로를 질책했다. 그걸 미리 생각해 두지 않다니.

"파리에서의 마지막 밤인데, 그냥 유스호스텔로 가기는 아깝잖아요." 이렇게 말하며 혜수는 웃었다. 눈을 찡긋했던 것 같기도 하다. 확실하진 않지만.

"유람선이나 탈까?" 내 입에서 문득 이런 말이 나왔다. 말을 하자마자 약간의 후회가 밀려왔다. 촌스럽게 유람선이라니.

하지만 혜수는 좋은 생각이라며 맞장구를 쳤다. 혜수는 가이드북에서 미리 읽었는지, 센 강의 유람선 이름이 '바토 무슈'라고, 저녁 식사까지 배에서 먹으면 500프랑이나 한다고, 하지만 그냥 배만 탈 경우에는 그렇게 비싸지 않더라고 말했다.

우리는 지도를 보며 유람선 선착장까지 걸었다. 아주 먼 길은 아니었지만 걷다보니 날이 어두워지고 있었다. 배가 고팠지만 또 맥도널드로 때우고 싶지는 않았다. 햄버거가 지겨워서가 아니라 혜수와의 근사한 식사에 대한 소망 때문이었다.

"어차피 야경을 볼 거니까, 우리 여기서 밥부터 먹자."

"비싸 보이는데요?"

"비싸봐야 얼마나 비싸겠어? 만날 햄버거로 때웠는데, 한 끼쯤은 제대로 먹어야지."

우리가 들어간 레스토랑은 테이블이 열 개 남짓 있는 프랑스 식당이었다. 다행히 영어 메뉴판이 있었고, 가격도 적당했다(맥도널드의 다섯 배쯤 됐다). 하우스 와인도 두 잔을 시켰다. 내 지갑에 현금은 얼마 없었지만 신용카드가 있었다. 당시만 해도 대학생이 신용카드를 갖기는 쉽지 않았는데, 지난 3월에 한 은행의 직원들이 학교에 찾아와 단체로 신용카드를 발급해 주었었다. 의대 본과 4학년은 다른 대학생들과 달리 대학원생으로 취급한다고 은행 직원들이 말했었다. 실제로 그런 규정 따위는 없었을 것이다. 곧 의사가 될 사람들이니, 규정을 좀 어기더라도 미리 고객을 확보해 둘 요량이었을 게다.

바또 무슈는 한강의 유람선과 비슷한 크기였지만 구조가 좀 달랐다. 한강의 유람선은 의자가 선실 안에만 있지만 바또 무슈는 선실 지붕 위에도 의자들이 많이 놓여 있었다. 관광객들은 주로 지붕 위에 앉았고, 우리도 그렇게 했다. 여름이지만 밤이어서 강바람이 무척 시원했다.

배가 움직이기 시작하자 스피커에서는 주변에 보이는 건물들에 대한 안내 방송이 흘러나왔다. 처음에는 불어 설명이, 그 다음에는 영어와 스페인어와 일본어 설명이 차례로 나왔다.

배가 오르세 미술관 앞을 천천히 지나갈 무렵, 내가 혜수를 불렀다.

"혜수야."

"네?"

"니가 좋아졌다." 에둘러 말하는 좋은 방법이 떠오르지 않았다.

혜수가 나를 빤히 바라봤다. 무슨 표정인지 알기가 어려웠다.

"언제부터요?"

예상하지 못했던 반응이었다. 농담으로 받아넘기거나 진담이냐고 묻거나 그저 당황할 줄 알았는데, 언제부터냐고 다시 묻다니.

"솔직히 말하면, 후배로는 2년 전부터, 여자로는 엊그제 개선문에서부터."

"그럼, 제가 좀 늦었네요."

당황하는 쪽은 오히려 나였다. 그녀의 말이 무슨 의미인지 알아차리기 위해 내가 머뭇거리는 사이에 혜수가 이렇게 덧붙였다.

"저는 어제부터니까요."

우리의 첫 키스는 바또 무슈 위에서 이루어졌다. 한강 유람선에서라면 많은 사람이 쳐다보았겠지만, 그곳에서는 아무도 우릴 쳐다보지 않았다. 내가 먼저 그녀의 입술에 다가갔는지 그녀가 먼저 내 입술에 다가왔는지는 확실하지 않다. 우리가 그 며칠 사이에 왜 서로에게 호감을 느꼈는지가 지금도 불확실한 것처럼. 아무런 이유가 없는 사랑이 진짜 사랑이라는 말이 정말인 것일까?

나는 정오를 넘기면서 반복적으로 시계를 보고 있었다. 혜수는 오전에 외래 진료를 하고 있을 터였다. 오전 진료는 원래 12시까지지만, 나는 12시 20분이 되도록 시계만 바라보고 있을 뿐 전화기를 꺼내지 않았다. 종합병원 내과의 진료가 이삼십 분 정도 길어지는 것은 다반사였다. 너무 일찍 전화를 걸면 그녀의 전화기에 내 번호만 남을 뿐 전화가 연결되지 않을 것이고, 조금 늦게 전화를 걸면 점심 식사 중이라서 편안한 통화가 어려울 것이었다. 12시

30분이 되자 나는 휴대전화를 꺼내어 단축번호 22번을 눌렀다.

"여보세요." 혜수는 늘 이렇게 전화를 받는다. 액정 화면에 내 이름이 뜬 것을 확인했겠지만, 누구인지 모르는 듯한 담담한 목소리다.

"진료 끝났나?"

"오늘은 좀 일찍 끝나서 지금 밥 먹는 중." 너무 늦게 걸었다.

"어, 그럼 나중에 다시 걸까?"

"아니, 괜찮아. 말씀하세요." 혜수의 말은 절반만 존댓말이었다.

"생일, 축하한다고."

"이 나이에 생일은 무슨."

"저녁 약속 있니?"

"별로 가고 싶지 않은 모임이 하나 있긴 한데…."

"오랜만에 밥이나 먹자."

혜수가 오늘은 아무런 핑계를 대지 않았다. 혜수에게 줄 선물은 이미 지난달에 사 두었었다.

4

예상은 했지만, 1년차 생활은 정말 힘들었다. 픽턴 생활을 경험해 보았음에도 불구하고 모든 일이 서툴기만 했다. 무엇보다 잠을 못 자는 것이 가장 힘들었고, 환자와 보호자들에게 시달리는 일도 만만치 않았다. 하루 일과는 거의 비슷했다. 새벽 5시 기상. 세수와 양치질만 겨우 한 다음 환자들 드레싱을 마치면 5시 40분. 그때부터 미친 듯이 뛰어다니면서 아침 회진 준비. 밤사이에 달라진 환자들의 상태를 파악하고, 새벽에 찍은 엑스레이 사진과 새벽에 실시한 혈액검사 결과를 확인하다 보면 금세 7시가 다가온다. 7시가 되면 치프 레지던트 선생님과 함께 회진을 돈다. 우리 파트 교수님의 수술이 없는 날이면 8시에 교수님과 함께 회진을 다시 돌고 나서 병동에서 여러 가지 일을 처리하지만, 수술이 있는 날이면 늦어도 7시 40분까지는 수술실로 가서 8시에 시작되는 첫 수술 준비를 해야 한다.

외과 수술은 다양해서, 1시간이면 끝나는 것부터 10시간 이상 소요되는 것까지 있다. 하지만 1년차가 하는 일은 수술의 종류와 무관하게 비슷했다. 보통의 수술에는 외과의사가 3~4명 참여하는데, 교수님이 집도의이고 나머지는 제1조수, 제2조수, 그리고 제3조수 등으로 나뉘는 수술보조이다. 외과의사가 된 지 몇 달밖에 채 안 되는 나는 당연히, 언제나, 가장 말단이었다. 나에게 주어진 임무는 집도의가 수술을 원활하게 진행할 수 있도록 시야를 확보하는 것이다. 집도의는 언제나 넓은 시야를 원하지만, 수술의 편의성을 조금 높이기 위해서 무작정 절개선을 길게 넣을 수는 없다. 절개선은 무조건 짧을수록 좋다. 그래야 회복도 빠르고 흉터도 작다. 때문에 절개선을 최소한의 길이로 넣은 다음 각종 도구들을 사용하여 당기거나 밀거나 젖혀 수술 시야를 확보하는 것이 필요하고, 그 일은 말단 조수의 임무인 것이다.

하지만 이게 전부는 아니다. 1년차가 하는 일은 꽤 많다. 우선 환자가 수술실에 처음 들어오면 수술 부위를 철저하게 소독하는 일을 해야 한다. 베타딘이라는 독한 소독약에 적신 거즈로 수술 부위를 문지르는 것인데, 안쪽에서 바깥쪽으로 원을 그리면서 소독을 해야 하는 등 나름대로 노하우가 필요하다. 조금이라도 (상대적으로) 더러워진 거즈가 이미 (상대적으로) 깨끗해진 부위로 다시 옮겨가지 않는 게 중요하다. 아무렇게나 문지르다가는 지켜

보고 있던 윗년차 레지던트의 불호령이 떨어진다.

 수술 중에 고이는 피를 석션(suction)이라는 기구로 빨아들이기도 하고 소량의 출혈을 거즈로 닦아내는 일도 한다. 어떤 집도의는 필요한 순간에 '석션', '거즈' 등의 말을 하여 타이밍을 잡기가 쉽지만, 어떤 집도의는 아주 과묵하여 수술 중에 거의 아무런 말도 하지 않는다. 출혈의 양과 수술의 진행 정도를 고려하여 적절한 타이밍에 재빨리 피를 닦아내야 하는데, 이게 말처럼 쉽지가 않다. 너무 늦어도 너무 일러도 집도의의 심기를 거스른다. 집도의의 손놀림과 '박자'를 잘 맞추어야 음악이 끊어지지 않는다. 어설프게 손을 놀리다가는 손등을 얻어맞는다. 단단한 수술도구가 손가락뼈에 부딪치는 소리는 조용한 수술실에서 아주 크게 들린다. 딱. 매우 아프다. 하지만 아프다고 손을 움찔했다가는 그 소리가 한 번 더, 더 크게 울린다. 빡.

 수술 종반부의 봉합도 일부 담당한다. 배를 봉합하는 건 손등이나 얼굴을 꿰매는 것과는 차원이 다르다. 피부가 두껍고 피하지방이 많기 때문이다. 봉합에 쓰이는 바늘의 크기는 아주 다양한데, 배를 닫을 때 쓰는 바늘이 가장 큰 편이다. 바늘의 크기에 따라 바늘을 물어 고정시키는 니들홀더의 크기도 달라진다. 가장 큰 바늘은, 상어는 몰라도 웬만한 참치는 잡을 수 있을 만큼 크다. 아주 작은 바늘도 놀리기 어렵지만 아주 큰 것도 마찬가지로 어렵다. 또 구박을 받는다. 봉합은 외과의사가 하는 일 중에서 그야말로 기본인데, 나는 아직 그 기본이 안 되어 있는 것이다.

외과 1년차 초년병을 더욱 힘들게 하는 것은 모르는 것이 있어도 마음대로 물어볼 수도 없다는 것이다. 특히 수술 중에는 더 그렇다. 어설픈 질문은 집도의의 연주를 방해하니까. 사실 별로 궁금한 것도 없다. 호기심은 의식주가 해결된 후에 생기는 법이다. 설령 궁금한 것이 있어도, 바보 같은 질문을 했다가는 "정말 그것도 모르나?" 하는 타박만 들을 뿐이다. 나중에, 조용히, 그나마 비슷한 처지의 2년차 중에서도 성격이 좋은 사람을 찾아서 물어야 한다.

속인이 처음 입산을 하면 마당을 3년은 쓸고 장작을 3년은 패야 비로소 수도를 시작할 자격이 주어진다던가? 다행이다. 외과의사는 3개월 정도 불면(不眠) 수행을 하고 3개월 정도 묵언(默言) 수행을 하고 나면 수도를 시작할 자격은 주어진다.

수술이 없는 시간에는 병동과 중환자실을 오가면서 입원 환자들의 상태를 살피고, 환자나 보호자들에게 여러 가지 설명도 한다. 1년차가 일차적으로 책임을 맡고 있는 입원 환자는 대개 20~30명 수준이지만, 매일 4~5명의 환자가 퇴원하고 새로 입원하기 때문에 그 모든 환자들의 각종 검사결과와 몸 상태를 파악하는 일은 쉽지 않다. 한 환자에 대해서 좀 알게 됐다 싶은 때가 되면 그 환자는 퇴원을 하고, 새로운 환자가 들어온다. 그럼 또 새로운 환자를 파악하느라 고생을 해야 한다. 물론 응급실에서 콜이 오면 달려가서 환자를 진찰한 후 윗년차에게 보고를 해야 한다. 게다가 많은 정보들 가운에 뭐가 진짜 중요한 것이고 뭐가 덜 중요한 것인지 이해하는 능력이 아직 부족하기 때문에 열 개의 사항 중에서 아홉 개를 알고 있더라도 가장 중요한 한 가지를 놓쳐서 윗사람들에게 곤욕을 치르기도 한다.

저녁 6시나 7시쯤 저녁 회진을 돌고 나면 그나마 숨을 돌릴 수 있게 된다. 그때쯤이면 특별한 일이 없는 한 저녁 식사도 할 틈이 생긴다. 아침을 거르는 것은 당연하고 점심 식사도 흔히 거르기 때문에 저녁 식사는 정말 중요하다. 언제 다시 밥을 먹을 수 있을지 모르기 때문에 시간이 나고 먹을 것만 있다면 외과 레지던트는 최대한 많이 먹어야 한다. 이런 식습관이야 인턴 때부터 단련된 것이지만, 1년차의 식생활은 인턴의 그것보다 더 열악하다. 인턴을 가리켜 흔히 삼신(三神)이라 부른다. 먹는 데는 걸신, 자는 데는 귀신, 일하는 데는 등신이라는 얘기다. 1년차도 별반 사정이 다르지 않다. 인턴에 비해 할 줄 하는 일이 많아지기는 했지만, 먹고 자는 부분은 비슷한 것이다.

저녁을 먹은 후에는 내일을 위해 여러 가지 준비를 해야 한다. 내일 수술할 환자가 있으면 환자의 상태가 수술에 적합한지 여부를 더욱 철저히 체크해야 하고, 환자나 보호자에게 수술에 대해 설명한 후 수술동의서도 받아야 한다. 수술실에 이미 환자가 들어간 상황에서 수술을 진행할 수 없는 사유—가령 동의서에 서명이 없다거나 심전도에 이상이 있었는데 해결이 안 되었다거나—가 뒤늦게 발견되면 그야말로 '대박'이다. 교수님은 노발대발, 수술 스케줄은 왕창 엉키고, 마취과 볼 면목도 없고, 환자나 보호자에게 설명하기도 난망이다. 속세에서는 대박이라는 말이 주로 좋은 쪽으로 쓰이지만, 병원에서는 정반대다. 그런 일은 한 병원의 외과 전체를 통틀어 기껏해야 1년에 두어 건 있을까 말까다. 당연히 그 대박의 책임은 1년차고, 그는 '개념 없는 1년차'라는 낙인이 찍힌다. 그 낙인이 지워지기까지는 상당히 긴 시간과 노력이 필요하다.

물론 응급실에서는 계속해서 콜이 오고, 병동에서도 수시로 입원 환자에 대한 문의전화가 온다. 아주 운이 좋으면 밤 9시나 10시쯤 기본적인 일과는 끝난다. 하지만 그게 전부는 아니다. 당직이 아니더라도 남아 있는 여러 가지 잡일들이 있기 마련이고, 일주일에 몇 번씩 열리는 각종 컨퍼런스에서 발표할 자료도 준비해야 한다. 수술실에서 혼나지 않으려면 외과의사의 기본인 타이(tie, 실로 혈관이나 장기를 묶는 매듭) 연습도 해야 한다. 당직인 경우에는 말할 것도 없다. 응급실과 중환자실과 병동을 계속 오가야 하고, 그러다가 응급수술이라도 잡히면 한밤중에 꼼짝없이 두어 시간은 수술실에 잡혀 있어야 한다. 물론 밤을 꼬박 새는 경우도 심심찮게 있다.

외과 아닌 다른 과의 레지던트들도 바쁘긴 마찬가지라서, 젊은 의사들 중 상당수는 적어도 한두 가지의 '직업병'을 갖고 있다. 가장 대표적인 것은 무좀과 변비다. 무좀은 신발과 양말을 자주 갈아 신지 못하고 발도 자주 씻지 못하니 일단 생기기가 쉽다. 밥을 제때 못 먹고 불규칙한 생활을 하는데다가 싱싱한 채소나 과일은 거의 먹지 못하고 양념통닭, 탕수육, 족발, 피자 등을 시켜먹는 경우가 많으니 변비도 흔히 생길 수밖에 없다.

  하지만 이런 직업병들에 더해 외과계 레지던트들에게 추가로 생기는 대표적 증상으로 가려움증이 있다. 멀쩡해 보이는 젊은 청년이 자주 아랫배나 목덜미나 손목 근처를 긁고 있다면 한번쯤 외과의사가 아닌가 하고 의심해 봐도 좋다. 이런 증상의 주범은 수술복과 소독약이다. 수술복 하의는 딱 한 가지 사이즈밖에 없다. 아무리 배가 나온 의사도 입을 수 있을 만큼 헐렁한 바지에는 고무줄이나 단추는 없다. 한복처럼 끈으로 동여매는 방식인데, 한창 수술이 진행 중일 때 바지가 흘러내리는 불상사를 막으려면 끈을 단단히 조여야 하고, 그러다보니 늘 배꼽 몇 치 아래에는 매듭이 놓여 있게 된다. 소독약 성분이 있는 매듭이 몇 시간씩 혹은 하루 종일 같은 부위를 자극하니 피부 자극이 만만찮다. 목덜미는 더하다. 그곳에는 마스크의 매듭과 수술모자의 매듭이 함께 놓이기 때문이다. 튼튼한 피부를 가진 사람은 그저 틈날 때마다 벅벅 긁으면 되지만, 조금 민감한 피부의 소유자라면 수시로 연고를 발라야 하기도 한다. 손과 손목에는 여차하면 피부염이 생긴다. 수술실에 들어가기 전에는 구두나 닦으면 딱 알맞을 솔에 베타딘을 잔뜩 묻혀 손과 팔을 한참씩 문질러야 하고, 수술 장갑 내부에도 소독약 성분이 있기 때문이다. 무좀도 외과의사들에게 더 많다. 수술실에서 맨발로 신는 슬리퍼가 공용으로 쓰는 것이라, 서로 무좀을 옮기기 때문이다. 같은 병원 수술실을 드나드는 무좀 환자들의 발에서 곰팡이 균을 채취하면 그 모양이 모두 똑같을지도 모른다.

내 발에 생전 처음으로 무좀이 생겼다는 사실을 알게 된 것은 공포의 100일 당직이 절반쯤 지났을 무렵이었다. 4월도 거의 다 지나고 5월이 코앞이었다. 하지만 계절의 변화는 오로지 환자들이 입고 있는 옷차림에서만 느낄 수 있었다. 어느 날 오후 수술실에 있는데 발가락 사이가 좀 가렵다 싶은 느낌이 들었다. 오른발과 왼발을 번갈아 움직이며 한쪽 발가락으로 반대쪽 발가락을 긁어 보았지만 가려움은 없어지지 않았다. 드디어 내게도 무좀이 생겼구나, 하는 생각을 하는 참에 교수님의 불호령과 함께 주먹이 날아왔다.

"왜 이렇게 꼼지락거려!"

교수님의 주먹은 내 배를 가볍게 때렸다. 내 몸이 흔들리는 바람에 수술 시야가 잠시 흔들렸던 모양이다. 선 채로 졸다가 야단을 맞는 경우가 많기는 하지만, 전혀 졸지 않았는데도 야단을 맞으니 조금은 억울했다. 하지만 배를 맞는 것은 내가 큰 잘못을 하지는 않았다는 뜻이다. 내가 큰 실수를 했을 때 혹은 교수님의 심기가 더 불편할 때에는 교수님의 주먹이 내 머리통으로 날아온다. 머리를 때리는 것이 더 큰 제재가 되는 이유는 머리가 '오염지대'이기 때문이다. 손과 팔과 배는 이중 삼중으로 소독된 공간이지만 목 위는 그렇지 않다. 마스크나 모자를 쓰고 있지만 그것들은 단순한 차폐물일 뿐이다. 기침이나 재채기를 할 때 튀어나오는 침이나 머리카락을 차단하기 위한 도구인 것이다. 때문에 수술자는 '절대로' 손을 목 위로 올려서는 안 된다. 안경을 올려서도 안 되고 땀을 닦아서도 안 되고 마스크를 만져서도 안 되고 머리를 긁적여서도 안 된다. 만약 그렇게 한다면? 수술실 밖으로 나가서 다시 소독을 하거나 수술 장갑을 갈아 껴야 한다. 나도 지난 두 달 사이에 딱 한 번 머리를 맞았다. 응급수술 때문에 밤을 꼬박 샌 다음 날 오전 내내 수술실에서 비몽사몽 헤맸던 날이다. 어느 순간 내 이름이 크게 불리는가 싶더니 머리에 충격이 전해졌다. 깜짝 놀라 고개를 들어보니 교수님은 오른손을 수술대 반대편으로 쭉 뻗고 있었고, 간호사는 새 장갑을 준비하고 있었다.

아직 의과대학 저학년이던 시절, 하늘같은 선배들이 수술실에서 졸다가 얻어맞거나 쫓겨났다는 이야기를 할 때, 나는 어이가 없었다. 아무리 피곤해도 그렇지, 환자의 배를 열어 놓은 채 어떻게 졸 수가 있단 말인가. 그러다가 엉뚱한 곳을 자르거나 하면 큰일일 텐데, 어떻게 그렇게 무책임한 짓을 한단 말인가. 하지만 임상실습을 돌게 된 후에는 그게 그렇게 황당하거나 부조리한 일이 아니라는 것을 알게 됐다. 집도의가 수술 도중에 조는 경우는 결코 없다. 메스를 잡은 의사가 졸다가 동맥을 자르는 일 따위는 일어나지 않는다. 제 1조수도 조는 일은 없다. 정신을 더 바짝 차리고 있기 때문이기도 하겠지만, 집도의나 제 1조수는 밤에는 잠을 잔다. 하지만 제 3조수는 밤에도 잠을 못 잔다. 때문에, 단순한 일을 하는, 가령 커다란 주걱처럼 생긴 수술도구를 환자의 배 안에 넣은 채 1시간쯤 똑같은 자세로 서 있는 제 3조수는 졸 수 있다. 졸다가 손을 움찔하기도 하고 무릎이 순간적으로 꺾이기도 한다. 그래도 환자에게는 아무런 일도 생기지 않는다.

내가 의과대학에 입학할 때부터 외과의사가 되겠다고 생각했던 것은 아니다. 하지만 의학을 공부하면 할수록 외과의 매력을 조금씩 느끼게 됐다. 의학의 여러 분야들 가운데 맺고 끊는 것이 가장 확실한 분야. 모든 경우가 다 그런 것은 아니지만, 환자의 문제를 한 번의 수술로 완전히 해결해 버리는 명쾌함. 단 1초도 긴장의 끈을 놓을 수 없는 수술실의 아름다운 긴장. 피가 솟을 때의 그 야릇한 희열. 피가 솟는 혈관을 재빨리 찾아서 묶음으로써 솟는 피를 멈추게 할 때의 더 야릇한 희열. 언제나 견지해야 하는 냉철함. 사실 나는 맺고 끊는 것이 확실한 편이 못 된다. 어쩌면 내가 그렇지 못하기에 그게 더 매력적으로 보였는지도 모른다. 아니면 외과의사가 되면 내 우유부단한 성격이 고쳐질 것이라 기대했는지도 모르겠다.

외과에 지원할까, 하는 마음이 스멀스멀 생겨나던 무렵, 한 외과 교수님이 들려준 다음과 같은 문장은 내가 외과 지원을 결정하는 확실한 계기가 됐다.

"외과의사는 자신의 나이보다 젊어야 한다. 아니 최소한 젊음에 가까워야 한다. 그는 결코 떨리지 않는 강하고 안정된 손을 가져야 한다. 그리고 그는 왼손을 오른손만큼 자유자재로 쓸 수 있어야 한다. 외과의사는 날카로운 눈과 좋은 시력을 가져야 한다. 그리고 항상 맑은 정신을 지녀야 한다. 외과의사는 환자를 대할 때 연민으로 가득 차 있어야 한다. 그러나 그는 환자의 울음소리에 흔들리지 않아야 한다. 그래야 너무 빨리 서두르지 않을 수 있으며 필요한 것보다 모자라게 자르지 않을 수 있다. 그럴 때만이 통증으로 소리 지르는 환자 때문에 아무런 감정의 동요를 일으키지 않고 모든 일을 처리할 수 있는 것이다."

이는 고대 로마의 의학자 셀수스의 말이다. 나는 이런 외과의사가 되고 싶었다.

하지만 외과의사가 아무 것도 해 줄 수 없는 경우가 흔하다는 것을 깨닫는 데는 그리 오랜 시간이 걸리지 않았다. 외과의사가 된 지 두 달 가까이 지났을 무렵, 한 여자환자가 입원을 했다. 스물일곱 살의 그녀는 위암 말기였다. 그때 내 나이도 스물일곱이었다. 그녀는 4개월 전 며칠째 지속되는 소화불량과 복통 때문에 동네 의원을 찾았었고, 위궤양을 의심해서 시행한 내시경 검사에서 상당히 진행된 위암이 발견되어 우리 병원 외과로 전원된 환자였다. 처음에는 외과 환자였지만 여러 가지 검사 결과 수술이 불가능한 상태임이 밝혀져 종양내과로 옮겨졌고, 종양내과에서 입원과 퇴원을 몇 차례 반복하며 항암제를 투여했지만 경과가 좋지 않았다. 암세포는 이미 그녀의 몸 곳곳에 퍼져 있었다. 그녀가 다시 외과로 옮겨진 것은 암 덩어리가 십이지장과 위 연결부위를 완전히 막아 버려 물 한 모금도 먹을 수 없는 상태가 되어 버린 이후였다. 이럴 때 외과에서는 고식적 수술(palliative surgery)이라는 것을 시행한다. 근치를 위한 수술이 아니라 생명이 유지되는 동안 조금이라도 편안하게 지낼 수 있도록 도움을 주기 위한 임시방편적 치료다. 우리가 그녀에게 해 준 수술은 음식물 통로를 꽉 막고 있는 암 덩어리를 잘라내어 음식물이 내려갈 수 있는 길을 내는 수술이었다.

그녀에게 더 이상의 항암치료는 별 의미도 없었고, 그녀도 그걸 원하지 않았다. 얼마 남지 않은 생애를 항암치료의 고통 속에 보내고 싶지는 않았을 것이다. 환자가 젊으면 병에 대한 저항력도 강해서 암세포와의 싸움에서 유리할 것으로 판단하는 일반인들의 생각과는 달리, 젊은 환자의 경우에는 암세포 자체의 증식력도 훨씬 더 강하기 때문에 오히려 예후가 더 좋지 않은 것이 보통이다.

그녀는 국문과를 졸업하고 입원하기 얼마 전까지 모 기업의 홍보실에 근무했었다. 처음 자신의 병명을 알았을 때의 표정이 어떠했는지는 모르지만, 지금 그녀의 표정은 의외로 평화로웠다. 체념한 것 같은 표정이기도 했다. 그녀는 혼자 있는 시간이 많았는데,

고통 때문에 괴로워할 때를 빼면 주로 시집을 읽거나 뭔가를 노트에 쓰고 있었다. 그녀의 머리맡에 있는 시집들 중에는 내가 예전에 읽었던 것도 있었다. 내가 그 시집을 읽었다고 말하자 그녀는 반색을 하며 반가워했다. 이미 적지 않은 환자들의 죽음을 목격한 이후였지만, 나는 창백한 그녀의 얼굴과 마주하는 것이 괴로웠다. 그녀가 고통으로 소리를 지른 적은 없었지만, 내 마음은 동요하고 있었다. 내가 아직 훌륭한 외과의사가 되지 못했기 때문일 것이다.

수술 후 5일째 되던 날, 드레싱을 하고 있는 나에게 그녀가 물었다.

"선생님, 의사의 가운은 왜 하얀색이죠?"

그녀의 난데없는 질문에, 나는 그럴듯한 대답을 얼른 생각해 내지 못했다. 몇 년째 날마다 걸치고 있는 가운의 색깔은 당연히 하얀색이었을 뿐, 그 이유 따위를 생각해 본 적은 한 번도 없었다.

"글쎄요. 깨끗해 보이기 때문이 아닐까요? 잘 더러워지니까 자주 갈아입으라는 뜻일 수도…."

"제 생각에는요, 모든 빛을 흡수하는 검정색과는 달리 흰색은 모든 빛을 반사하고 어떤 빛도 받아들이지 않기 때문인 것 같아요."

그녀의 의중을 제대로 이해할 수 없었던 나는 이렇게 물었다.

"그게, 무슨 뜻이죠?"

"의사는 환자의 질병 앞에서 냉정해야 하잖아요. 환자의 이런 저런 사연들 때문에 마음이 흔들리고 의학적 판단이 흐려지거나 해서는 안 된다는 뜻으로 의사에게 흰 옷을 입힌 게 아닐까 하는 생각을 해 봤어요."

"재미있는 해석이네요."

그녀의 말이 뜻하는 바가 무엇인지 잘 알 수가 없었다. 그녀가 만나는 의사들이 하나같이 너무 냉정해 보인다는 뜻인지, 내 마음이 그녀 앞에서 흔들리고 있음을 알아차렸다는 뜻인지. 물론 둘 다 아닐 수도 있었다.

드레싱을 끝내고 반창고를 붙이는 내게 그녀가 다시 물었다.

"지금, 많이 바쁘세요?"

"뭐 그럭저럭…." 실제로는 해야 할 일이 산더미처럼 쌓여 있었다.

"부탁 하나만 해도 될까요?"

"하세요. 뭔데요?"

"여기서 좋아하는 시 하나만 읽어주실 수 있으세요?"

그녀가 시집 하나를 내밀면서 말했다. 내가 읽어 보았다고 말했던 그 시집이었다. 문득 뒤통수가 따가워졌다. 필시 병실에 있는 다른 환자와 보호자들이 우리의 대화를 듣고 있을 터였다. 대부분의 환자들은 하루 종일 심심하기 때문에, 주변의 다른 사람들이 나누는 이야기에 자연스럽게 귀를 기울이는 법이다. 거절하기도 뭐하고 부탁을 들어주기도 뭐했다. 엉겁결에 나는 그녀가 건네는 시집을 받아들었고, 책장을 뒤적였다. 하지만 읽어줄 만한 시가 없었다. 내가 특별히 좋아하는 시가 없어서가 아니라 내용이 문제였다. 그녀에게 과연, 치열하게 사랑하고 싶다고 노래하는 '외눈박이 물고기의 사랑'이나 '세상 어딘가의 아픔과 눈물이 또 다른 어딘가에서는 등불일 수 있다'는 시구들이 어떤 의미를 가질 수 있을지 의심스러웠다.

내가 어렵게 선택한 것은 어느 인도 시인의 '서시'였는데, 태어나 옷 한 벌을 빌렸다가 비를 맞고 색이 바래고 어깨가 남루해진 이제 주인에게 다시 그 옷을 돌려준다는 내용이었다. 짧은 시였지만 읽는 동안 이 시를 괜히 택했다는 생각을 했다. 차라리 연애시를 읽는 것이 좋았을 듯했다. 아니나 다를까, 그녀는 시무룩한 표정으로 한동안 말이 없었다.

내가 무언가 말을 해야겠다고 생각하는 순간에 병실 문이 열렸다. 영양실에 근무하는 아주머니가 환자들이 먹을 식사를 가져온 것이었다. 일일이 환자의 이름을 확인한 후에 건네지는 쟁반을 그녀도 받았다. 쟁반 위에는 흰 죽과 몇 가지 밑반찬이 놓여 있었다. 나는 어색함을 깨뜨릴 요량으로 말했다.

"저 아주머니도 흰 옷을 입으셨네요."

그녀는 내 말에는 대꾸하지 않고 잠시 동안 쟁반 위를 바라보더니 이렇게 말했다.

"위를 잘라내도 배는 고프네요."

"마음속의 수많은 허영에 비하면 식욕은 참 정직한 것이지요."
나는 또 부적절한 대사를 뱉고 말았다.

며칠 후 그녀는 일단 퇴원을 했고, 나는 다른 파트로 옮겨갔다. 그녀가 다시 내 마음을 뒤흔든 것은 그로부터 한 달 후였다. 어느 날 밤, 병동 복도에서 마주친 동료 1년차가 나를 불러 세우더니 쪽지를 하나 건넸다.

"고마웠어요. 하고 싶은 말이 많았지만, 시간이 너무 없었어요. 혹시, 비를 맞고 색이 바래서 남루해진 제 옷을 보시게 되더라도, 흉하다 여기지 않으셨으면 해요. 편안한 마음으로 다시 처음으로 돌아갑니다. 늘 행복하세요."

이렇게 쓰인 쪽지 말미에는 그녀의 이름이 적혀 있었다. 내가 환자로부터 받은 첫 번째 쪽지였다.

"이 환자, 익스파이어했어?" 의사들이 환자의 사망을 말할 때는 익스파이어(expire)라는 동사를 쓴다. 환자나 다른 사람들이 알아듣지 못하도록 일부러 그렇게 하는 것이다. 의사들이 죽는다는 말을 입 밖에 내는 것을 환자들이 좋아할 리가 없으니까.

"응. 어제. 너에게 전해달라고 병동에 맡겨 놓았대."

그녀는 심폐소생술도 거절하고 조용히 숨을 거두었다고 했다. 소란스러운 과정 하나 없이. 그녀는 내게 무엇을 고맙다고 한 것일까. 내가 그녀에게 해 준 것은 시 하나 읽어준 것뿐인데.

5

혜수와의 약속 시간은 7시였다. 오후에는 수술이 두 건 잡혀 있다. 그 중 한 건은 로봇 수술이다. 내가 레지던트 때만 해도 복강경 수술이 최신 수술법이었지만, 이제 복강경 수술은 흔하디흔한 방법이었다. 로봇 수술이라는 이름은 매우 거창하게 들리지만 원리는 간단하다. 수술 과정 중 필요한 아주 미세한 손동작을 기계가 대신해 주는 것으로, 손의 떨림을 최소화하는 역할을 한다. 로봇이 수술을 하면 외과의사는 할 일이 없겠다고 생각할지 모르지만, 결국 로봇의 미세한 움직임을 조작하는 것은 외과의사다. 로봇 수술을 처음 접했을 때는 사실 별로 마음에 들지 않았다. 환자와 조금 떨어진 채 모니터를 보며 복잡한 장치들을 만지작거리는 것은 외과의사의 기질과는 사실 맞지 않는 일이다. 긴장의 정도는 비슷하지만 그 팽팽한 긴장에서 오는 쾌감이 없었다.

세상이 아무리 발전한다 해도 외과의사의 역할을, 비록 일부라 하더라도, 로봇에게 빼앗길 줄은 몰랐다. 하지만 남들이 새로운 방법을 시작하면, 그리고 그 방법이 과거의 방법에 비해 조금이라도 나은 점이 있다면, 그리고 그 방법을 사용하면 더 많은 비용을 청구할 수 있다면, 병원에서는 도입할 수밖에 없다. 비용 대비 효과가 조금 떨어지는 경우라도 말이다. 사실 의학 분야에서 비용 대비 효과를 정확히 계측하는 것은 불가능에 가깝다. 사람이 1년 더 사는 것, 사람이 1년 더 조금 건강하게 사는 것, 사람의 배에 흉터가 1센티미터만큼 작게 남는 것, 하루 세 번 먹던 약을 하루에 한 번만 먹으면 되는 등의 효용을 어떻게 돈으로 계산할 수 있을까.

비록 내가 원했던 것은 아니지만, 우리 병원 외과에서 로봇 수술을 새로 배워야 하는 사람은 나였다. 의과대학의 교수 사회도 철저한 서열 사회여서, 괴롭거나 짜증스러운 일은 주로 젊은 교수들의 몫으로 떨어진다. 젊은 교수들은 우선 환자도 많이 봐야 한다. 요즘은 대학병원의 교수들도 수입을 많이 올려야 한다는 압력에 시달린다. 젊은 교수들은 논문도 많이 써야 한다. 전임강사로 처음 임용된 이후 조교수와 부교수를 거쳐 정교수 자리까지 오르는 데에 가장 중요한 요인 중 하나가 논문 점수이기 때문이다. 외과처럼 응급 환자가 있는 분야에서는 때에 따라 한밤중에 불려나오는 일도 있다. 거기에 더해 잡다한 여러 가지 사무도 처리해야 한다. 레지던트나 학생들 교육의 일차적인 책임도 대개는 젊은 교수들이 진다. 조교수에서 부교수로 승진하기 위해 애쓰고 있는 서른아홉 살의 외과의사인 나는, 올해부터 레지던트와 학생 교육 책임도 맡았다. 레지던트 때만큼 바쁘다고는 할 수 없지만, 그때보다 체력과 정열은 부족해지고 그 자리에 욕심과 불안이 들어선 탓에 하루하루는 늘 팍팍하다.

외과의사의 손을 로봇이 대신하게 되는 것처럼, 시간이 흐르면 많은 것이 달라진다. 어릴 때부터 줄곧 나는 시간이 흐르는 것이 즐거웠다. 시간이 더 빨리 흘렀으면 했다. 일곱 살 때는 어서 열 살이 되고 싶었고 열여섯 살 때는 어서 스무 살이 되고 싶었다. 스무 살이 되고 싶었다기보다는 대학생이 되고 싶었다. 예과 시절에는 한편으로 여유 있는 대학 생활이 좋으면서도 어서 본과에 진급하여 의학을 공부하고 싶었고, 해부학과 생화학을 배울 때는 어서 임상 과목을 배우고 싶었다. 가운을 입고 임상실습을 돌면서 가짜 의사 노릇을 할 때에는 진짜 의사가 될 날을 손꼽아 기다렸다. 인턴이 되니 레지던트가 되고 싶었고, 레지던트를 시작한 후에는 전문의 될 날만을 기다렸다. 전문의를 따고 나서 군의관으로 복무할 때는 갑자기 찾아온 한가함에 적응하지 못하고 어서 병원으로 돌아가고 싶었다.

늘 앞으로만 가고 싶었던 시절은 군대를 제대할 무렵 끝이 났다. 군복을 벗는 것이 홀가분하기는 했지만, 병원으로 돌아가 펠로우(임상강사)가 되는 것보다는 다시 레지던트 시절, 아니 의대생이나 고등학생 시절로 돌아가고 싶었다. 신분이 바뀔 때마다 많은 것들이 달라졌지만, 언제부터인가 내게 일어나는 변화는 그리 달갑지 않은 것이 되었다. 그게 서른을 훌쩍 넘기게 되면 누구에게나 일어나는 현상인지 나에게만 일어나는 현상인지는 확실하지 않다. 왜 과거에는 시간이 빨리 흘러가기를 희망했을까. 그때는 인생의 길이가 길어질수록 더 행복해진다고 믿었던 것일까. 아니면 공기의 소중함을 모르듯 젊음이 유지되는 동안에는 젊음의 소중함을 모르기 때문일까. 더 높은 지위에 오를수록 훨씬 더 큰 책임이 따라온다는 이치를 미처 몰랐기 때문일까. 마흔을 코앞에 둔 지금, 아직도 의사 사회에서는 때때로 '의사면허증에 잉크도 안 마른 놈' 소리를 듣지만, 이제는 가끔씩 일종의 상실감이 밀려온다. 때로는 마음이 조급해지고 때로는 사는 것이 허무해지기도 한다.

가을을 타는 것도 아닌데, 요즘 부쩍 이런 생각을 자주 하는 듯하다. 아마도 몇 가지 이유가 있을 게다. 몇 달 후면 우리 나이로 마흔이 된다는 것, 그런데도 불구하고 아직 가정을 꾸리지 못하고 있다는 것, 언제부터인가 나보다 젊은 환자들의 죽음을 목도하는 경우가 슬슬 늘어난다는 것, 아마도 내년 봄 인사에서 나는 논문 점수가 모자라 부교수로의 승진이 어려우리라는 것, 그리고 혜수가 여전히 마음을 열지 않는다는 것.

물론 시간이 흐르는 동안 나 혼자 변화하는 것은 아니다. 세상 모든 사람들이 변한다. 그리고 그 변화 중에는 좋은 것도 있고 나쁜 것도 있다. 물론 관점에 따라서 좋은 것이 나쁜 것일 수도 있고 나쁜 것이 좋은 것일 수도 있다. 좋지도 않고 나쁘지도 않은 변화도 있고 좋기도 하고 나쁘기도 한 변화도 있다. 좋은 변화인지 나쁜 변화인지 도무지 알 수 없는 변화도 있다.

내가 1년차였던 12년 전과 비교하면, 지금 레지던트들은 정말 많이 다르다. 아마도 나보다 12년 먼저 레지던트가 되었던 선배들도 이런 감정을 느꼈었겠지만, 시간이 흐를수록 변화의 속도가 점점 빨라지는 것을 감안한다면 지금 내가 느끼는 생경함이 더 크리라.

지금 1년차들 대부분은 1980년에 세상에 태어난 친구들이다. 광주에서 그 일이 있었던 해에 세상에 태어났고, 서울올림픽이 열리던 해에 초등학교 2학년이었고, 내가 레지던트 1년차이던 해에는 중학교 2학년이었고, 2002년 월드컵 때에는 대학생이었던 아이들이다.

그들은, 적어도 내 눈에 비친 그들은, 우리 세대보다 밝고 경쾌하고 자유롭다. 그리고 인생을 즐길 줄 안다. 쓸데없는 고민을 떠안고 사는 데 익숙했던, 그래야만 하는 줄 알았던 우리 세대의 그 시절을 생각하면 얼마나 부러운지 모른다. 하지만 개인주의에 빠져 있어 다른 사람의 처지를 이해하는 능력이 부족하고 버릇이 없다. 내가 이렇게 말하는 것을 우리 아버지 세대가 들으면 어이가 없어 혀를 차겠지만, 풍족함 속에서 고생을 모르고 살아서 그런지 어려움을 이겨내는 힘도 모자라는 것 같다.

'노땅' 소리를 들을까봐 티를 내지는 않지만, 요즘 레지던트들과 생활하다 보면 이들이 도대체 부끄러움, 미안함, 연민 따위의 감정을 알기는 하는 것일까 싶은 생각이 들 때가 많다. 나와 우리 동료들은 부끄러운 게 많았고 미안한 게 참 많았다. 그리고 불쌍하고 딱하게 여기는 것이 많았다. 나를 위해 희생한 부모에게 미안했고, 민주화운동을 하다가 교도소에 간 동료에게 미안했고, 공부 잘하는 형 때문에 공연히 구박 받는 동생에게 미안했고, 과외 아르바이트를 하면서 짧은 시간의 노동으로 많은 돈을 받는 것이 미안했다. 공부만 열심히 하면 되는 여건 속에서도 시간을 허송하는 것이 부끄러웠고, 마땅히 알아야 할 치료법을 모르는 것이 부끄러웠고, 바쁘다는 이유로 세상이 어떻게 돌아가는지도 모르는 것이 부끄러웠고, 피곤하다는 이유로 환자에게 퉁명스럽게 대하는 것이 부끄러웠다. 몹쓸 병을 진단 받고 굳은 표정을 짓는 환자가 안타까웠고, 눈앞에 닥친 죽음 앞에서 체념하는 환자가 안타까웠고, 아픈 아이 때문에 눈물짓는 젊은 엄마가 안타까웠고, 아픈 것보다 병원비 많이 나올 것을 더 걱정하는 사람들의 초라한 행색이 안타까웠다.

하지만 요즘 레지던트들은 그런 감정들을 별로 느끼지 않는 듯했다. 조금 과장해서 말한다면, 그들은 자신에게 주어져 있는 수많은 자산들, 이를테면 명석한 두뇌와 좋은 환경과 건강과 의사면허증들을 모두 당연한 것으로 여겼다. 그렇게 생각하니 당연히 자신만만하고 가벼워지는 것인지도 모른다. 어깨에 짊어지고 있는 것이 없는데 무거울 리가 없는 것이다.

그들이 자부심이나 자신감을 갖는 건 자연스럽고 필요하기도 한 일이지만, 때로는 그 정도가 지나쳐서 버릇없는 행동을 하기도 한다. 권위주의를 타파해야 한다고 너무 오래 너무 크게 외쳐왔기 때문일까, 요즘 분위기는 정상적으로 존중 받아야 할 권위 자체가 부정되고 있는 것이 아닌가 싶기도 하다. 병원에서도 상황은 똑같다. 윗년차 레지던트는 물론이고 교수들에 대해서도 요즘 레지던트들은 존경의 마음이 전혀 없는 듯하다. 떠받들어주기를 바라는 것은 아니지만, '내가 이 정도 월급 받고 이렇게 많이 일해 주는 것을 고맙게 생각하라'거나 '당신은 가르쳐야 할 의무가 있고 나는 배워야 할 권리가 있다'거나 '그저 세상에 먼저 태어나서 나보다 좀 더 많은 경험을 갖고 있을 뿐, 당신이 나보다 더 훌륭한 인간은 아니지 않느냐'거나 '어차피 몇 년 함께 지내고 나면 남남이 될 텐데 뭘 그러냐'는 듯한 태도가 느껴질 때에는 등골이 서늘해지기도 한다. 그들에게 병원은 그저 자신들의 일터일 뿐인 듯했다. 우리에게 병원은 학교이자 전쟁터이자 예배당이었는데 말이다.

물론 나는 이런 이야기를 제자들에게 하지는 않는다. 교수의 말이니 듣기야 하겠지만, 속으로 얼마나 고깝게 생각할 것인지를 알기 때문이다. 고대 메소포타미아 유물에도 '요즘 젊은 것들은 버릇이 없다'는 기성세대의 푸념이 남아 있다지만, 나는 초현대식으로 지어진 우리 병원의 후미진 벽에 똑같은 글귀를 새겨 넣고 싶을 때가 많다.

수술은 네 시 무렵에 끝났다. 저녁 회진을 좀 미리 돌기로 했다. 수술실을 나오기 전, 피부 봉합 등 마무리를 하고 있는 1년차와 3년차에게 다섯 시부터 회진을 돌 터이니 준비를 하라고 지시했다. 1년차가 조금 당황하는 것을 보니 환자 파악이 덜 된 모양이다.

우리 파트 1년차 윤상철. 우리 모두가 찰리라고 부르는 친구다. 찰리는 상철의 미국 이름이다. 찰리는 중학교 3학년 때 미국으로 유학을 가서, 고등학교와 대학교를 모두 미국에서 졸업했다. 대학에서는 생화학을 전공했고, 그 이후 의과대학(메디칼스쿨)을 마치고 의사가 됐다. 미국에서는 일반 대학을 졸업한 후에야 의과대학에 진학할 수 있다. 12년을 미국에서 살았고 미국 의사면허까지 취득한 찰리가 한국에 와서 다시 의사면허시험을 보고 한국에서 인턴과 레지던트 과정을 밟는 것은 매우 드문 일이다. 때문에 그가 우리 병원에서 인턴을 시작했을 때 한 신문에는 그의 인터뷰 기사가 실리기도 했다. 찰리는 자신이 한국으로 돌아온 이유에 대해 기자에게는 '그저 한국 사람으로서 한국에서 살고 싶었을 뿐'

이라고 말했었지만, 진짜 이유는 따로 있었다.

찰리의 아버지는 기러기 아빠였다. 찰리가 어머니와 함께 미국으로 떠나던 당시에는 그런 용어도 없었지만, 한 대기업의 부장이었던 아버지와 전업주부였던 어머니는 그런 결정을 내렸었다. 물론 찰리는 한참 후에야 알게 되었지만, 찰리 부모의 결정이 오직 찰리의 교육 때문만인 것은 아니었다. 사이가 그리 좋지 않았던 찰리의 부모가 이혼 대신 선택한 일종의 별거였던 것이다. 찰리의 부모는 찰리가 의과대학에 입학하던 해에 이혼을 했고, 찰리는 이혼 직전이 되어서야 저간의 사정을 알게 되었다. 이혼 후에도 꼬박꼬박 도착하던 생활비가 끊어진 것은 그로부터 2년 후였다. 생활비와 동시에 찰리 아버지와의 연락도 끊어졌다. 당시 남자 친구가 있었던 찰리의 어머니는 오래지 않아 그 남자 친구와 재혼을 했고, 찰리는 의과대학을 졸업하자마자 아버지를 찾으러 한국으로 온 것이었다. 하지만 찰리는 한국에 온 지 3년이 가까워오는 지금까지 아버지를 찾지 못하고 있었다. 찰리는 부모가 이혼한 해 여름방학에 한국에 들어와 아버지를 만난 이후 아직 아버지를 본 적이 없었다.

찰리는 한국에서 죽 생활한 다른 1년차들과 비슷하면서도 달랐다. 개인주의적인 면이야 미국 물을 오래 먹었으니 당연했고, 나름대로 복잡한 가정환경에도 불구하고 삶의 무게 같은 것이 별로 느껴지지 않는 것도 비슷했다. 하지만 그는 적어도 책임감이라는 측면에서 다른 레지던트들보다 앞서 있었다. 모르긴 해도 미국에서 의학을 공부하는 동안 의사라는 특별한 전문 직종에게 주어지는 책임의 크기가 얼마나 큰 것인지를 몸으로 익혔기 때문일 것이다. 찰리는 미국식의 자유분방한 행동으로, 가령 컨퍼런스에서 주임교수의 말을 끊으며 갑자기 질문을 한다거나 치프의 부당한 지시에 대해 정색을 하고 반론을 펼친다거나 해서 우리를 당황시키기도 했지만, 그는 최소한 부끄러움이 무엇인지 아는 듯했고 다른 사람에게 피해를 끼쳐서는 안 된다는 관념이 몸에 배어 있었다.

찰리가 외과에 들어온 이후 외형상으로 크게 달라진 것도 한 가지 있었다. 그건 매주 한두 번씩 열리는 컨퍼런스 때에 영어 발표가 행해지기 시작했다는 점이다. 이건 주임교수의 지시였는데, 찰리는 모든 발표를 영어로, 그리고 다른 발표자들도 최소한 1년에 한 번 이상은 영어로 발표를 해야 했다. 물론 영어 발표가 있는 날에는 다른 모든 참석자들도 영어로 묻고 답해야 했다. 주임교수가 이런 방침을 공표했을 때에는 모든 사람들이 한숨을 내쉬었지만, 영어 발표가 행해지는 컨퍼런스는 나름대로 우리에게 즐거움을 줬다. 주임교수의 형편없는 콩글리시를 들으면서 터져 나오는 웃음을 참는 일은 괴롭고도 즐거운 일이었던 것이다. 주임교수는 어쩌면 '너희들은 나처럼 영어를 못해서 남들의 웃음거리가 되지 말아야 한다'고 말하고 싶었는지도 모를 일이다.

나는 찰리와 함께 평소보다 1시간 일찍 저녁 회진을 돌았다. 수술실에서 나와 회진 준비를 할 시간이 없었던 찰리는 환자들의 상태에 대한 나의 질문에 제대로 답변을 못했다. 나는 찰리의 당황하는 모습을 보면서, 혹시 찰리가 갑자기 "교수님, 회진 시간을 아무런 예고도 없이 갑자기 1시간이나 앞당기는 것은 부당합니다"라고 외치지는 않을까 하는 생각이 들었다. 다행히 찰리는 아무런 불평도 하지 않았다. 어쩌면 찰리도 오늘 저녁에 데이트 약속이 있는지 모른다.

나는 7시 10분 전에 약속장소에 도착했다. 혜수는 초밥을 좋아했고, 나는 강남에 있는 한 일식집에 작은 방을 예약해 두었었다. 혜수는 이미 도착해 있었다.

"일찍 왔네?"

"나도 방금 왔어."

종업원이 메뉴판을 테이블 위에 놓은 다음 조용히 밖으로 나갔다. 나는 잠시 동안 혜수의 얼굴을 바라봤다. 좋아 보였다. 혜수도 잠시 나를 바라보더니 시선을 어디론가 옮겼다.

"야, 이게 얼마만이냐." 나는 짐짓 과장된 목소리로 이렇게 말했다. 우리가 마지막으로 만난 것은 한 달 전이었다. 혜수는 내 말에 빙긋 웃을 뿐 아무런 대답을 하지 않았다.

"잘 지냈어?" 내가 물었다.

"늘 그렇지, 뭐." 혜수가 대답했다.

"배고픈데 주문부터 하자. 뭐 먹을래?" 내가 물었다.

혜수는 메뉴판을 잠시 들여다보다가 고개를 들고 이렇게 말했다.

"여기 꽤 비싼데? 오빠가 사는 거지?"

"그럼그럼. 네가 먹어봐야 얼마나 먹겠냐."

"매 코스는 15만원, 란 코스는 12만원, 국 코스는 10만원…. 그럼 매 코스 해야겠네."

혜수는 오늘 기분이 좋은 편이거나, 나에 대한 부담이 좀 적어졌거나 둘 중의 하나다. 평소에는 이런 농담을 하지 않는다. 그리고 가장 비싼 코스를 주문하는 일도 없다.

"오케이. 오랜만에 맛있는 것 좀 먹어보자."

하지만 혜수는 주문을 받으러 온 종업원에게 '특초밥 정식'을 시켰다. 그럴 줄 알았다. 6만원에 부가세가 또 붙는 메뉴지만, 그 집에서는 두 번째로 싼 것이었다.

우리는 초밥을 먹으면서 줄곧 병원 이야기만 했다. 의사들이 모이기만 하면 환자 이야기를 하는 것은 의사가 되고 나서 몇 년 동안뿐이다. 어느 시점이 지나면 환자 이야기는 지겨워진다. 환자 이야기는 점점 줄어들고, 그 자리는 다른 이야기들로 채워진다. 최근에 새로 개업한 동료가 얼마나 돈을 잘 버는지, 병원의 아무개 교수가 누구누구와 바람을 피웠는지, 쓸데없는 데 집착하는 병원장이나 주임교수가 어떤 황당한 지시를 했는지, 고문관 레지던트가 또 무슨 사고를 쳤는지, 그리고 정상적인 의료행위에 대해

과잉진료라며 삭감의 칼날을 들이대는 심사평가원이 최근에는 또 무슨 시비를 걸었는지, 보건복지부가 이번엔 또 무슨 한심한 정책을 내놓았는지, 등등. 우리도 이런 이야기들을 한참 동안 나누었다. 하지만 우리 또래의 의사들이 흔히 하는 몇 가지, 즉 아이들 교육 이야기와 골프 이야기와 자동차 이야기는 우리의 화제가 되지 못했다. 우리는 둘 다 아이도 없고 골프도 안 친다. 자동차도 그저 교통수단일 뿐이다.

정작 하고 싶었던 이야기는 하나도 하지 못한 채 시간은 지나갔고, 우리 앞에는 벌써 후식이 놓여 있었다. 나는 화제를 바꾸고 싶었다. 화제를 바꿀 때는 과감해야 한다.

"생일 선물이야." 나는 미리 사 두었던 선물을 내밀었다.

"어어, 이런 거 받아도 되나?" 어어, 라고 길고 낮은 소리를 내는 것은 혜수가 무슨 말을 할지 망설일 때에 흔히 나타나는 습관이었다.

"알지? 내 생일도 얼마 안 남았어."

혜수는 포장지를 뜯고 상자를 열었다. 상자 속에는 핸드백이 있었다.

"어어, 이건, 너무 과한 선물 같은데?"

"지난달에 학회 다녀오다가 면세점에서 싸게 샀어."

사실이기는 해도 굳이 말하지 않아도 되는 말이었다. 하지만, 혜수에게 부담을 덜 주고 싶어서 사족을 달았다. 내가 혜수에게 하는 세 번째 선물이었고, 앞의 두 선물에 비하면 훨씬 비싼 것이긴 했다. 하지만 면세점에서 판매하는 핸드백 중에서는 비교적 저렴한 헝겊 핸드백이었다. 혜수의 옷이나 장신구는 무채색이 많았다. 내가 고른 것도 짙은 회색이었다.

"고맙긴 한데, 이 원수를 어떻게 갚죠?"

혜수가 받아줘서 내가 더 고마웠다. 내가 혜수에게 처음 주었던 선물은 목걸이였다. 벌써 14년 전의 일이다. 작은 보석이 하나 박혀 있긴 했지만 싸구려였고, 지금은 그 모양도 잘 기억이 나지 않는다. 혜수가 그 목걸이를 아직 갖고 있는지도 알 수 없다. 아마 없어졌을 것이고, 혹 운이 좋으면 혜수의 화장대 어느 구석에 처박혀 있을 것이다. 두 번째로 주었던 선물은 지갑이었다. 5년 전이었고, 혜수의 결혼 선물이었다. 내가 좋아하는 여인의 결혼 선물을 고르는 일은 참 어려웠다. 영원히 변하지 않는 것을 줄 수도 없었고 그렇다고 금세 없어져 버리는 것을 주기도 싫었다. 그리고 참 여러 물건들에는 누가 부여했는지 모를 갖가지 '의미'가 담겨 있었다. 손수건이나 구두는 이별을 뜻했고, 스카프나 모자는 사랑을 뜻했다. 가장 애매한, 별다른 의미 부여를 하지 않아도 되는 중립적인 선물로 고른 것이 지갑이었다. 그때 골랐던 지갑도 회색이었다. 나는 그 지갑을 혜수의 결혼식 일주일 전에 주었다. 결혼하기 전에 밥이나 한번 같이 먹자고 하여 불러냈고, 저녁만 먹은 다음 선물을 주고 헤어졌었다. 나는 혜수가 택시를 타고 떠나기 직전에, 행복하게 잘 살라는 인사와 함께 아주 가벼운 포옹을 해주었다. 포옹이라기보다는 서양식 인사에 가까웠다. 마음은 꽉 끌어안고 싶었지만, 그러면 안 될 것 같았다. 그때의 내 마음을 혜수도 알고 있었을 것이다.

우리는 식사를 끝내고 밖으로 나왔다. 나는 맥주나 한잔 할까 해서 차를 놓고 왔고, 혜수는 평택에서 곧바로 오느라 차를 두고 오지 못했다.

"차가 있으니 술은 못하겠고, 어디 가서 차라도 한잔 해야지?" 내가 물었다.

"오랜만에 남산이나 올라갈까요?"

혜수가 말하는 오랜만이 얼마만인지 알 수 없었다. 내가 혜수와 함께 남산공원에 갔던 것은 10년도 더 된 일이다. 그때부터 따지면 매우 오래된 일이지만, 남산 중턱에 있는 호텔이나 레스토랑에 가는 것도 남산에 간 것으로 친다면 그리 오래된 일도 아니었다.

혜수는 하얏트호텔로 차를 몰았다. 혜수는 1층 로비에 들어서자마자 커피숍 쪽으로 향하는 대신 발걸음을 지하층으로 옮겼다.

"바에 가게? 차는 어쩌구?"

"대리운전 부르지 뭐."

실내는 어두웠고, 한 흑인 연주자가 피아노를 조용히 연주하고 있었다.

"맥주는 배부르니까, 양주 어때요?" 혜수가 말했다. 뭔가 할 말이 있는 모양이었다.

우리는 별로 말이 없었다. 나에게 불리한 게임이었다. 혜수는 내가 무슨 말을 할지 알고 있지만 나는 혜수가 무슨 말을 할지 모르기 때문이다.

"아무래도 안 될 것 같아요." 혜수가 입을 뗐다. 내 청혼을 받아들일 수 없다는 말이다.

"혹시 새로운 이유라도 생겼나?" 혜수는 지난번에 내 청을 거절할 수밖에 없는 이유를 제대로 대지 못했다. 그저 안 될 것 같다는, 나에게 미안한 마음이 들어서라는 게 다였다.

"……." 혜수는 말없이 고개를 저었다.

"내가 아무하고든 결혼이라도 했다가 이혼한 후 다시 올까?"

"말도 안 되는 소리 하지 말아요."

"그렇게 해서 미안한 마음이 없어진다면야 못할 것도 없지."

"아직 내 마음이 허락하질 않아요."

"아직이라면, 얼마나 더 있어야 허락이 떨어질 것 같은데?"

"글쎄 그건 모른다 그랬잖아."

"그럼 니 마음이 허락할 때까지 무작정 기다리면 되겠네. 10년이면 될까?"

"내 참. 세상에 좋은 여자가 얼마나 많은데. 도대체 왜 꼭 나랑 결혼하겠다는 건데?"

"그거야 나도 모르지. 내 마음이 그렇게 허락한 거니까."

"허락이 아니라 심통을 부리는 거겠지. 집착일지도 모르고."

혜수가 피투성이인 채 우리 병원 응급실에 왔던 것은 지금으로부터 3년 전 어느 날 밤이었다. 나는 논문을 쓰느라 밤늦게까지 연구실에 있다가 퇴근을 하는 참이었다. 내가 응급실 문 앞을 지나는 순간 119 구급차가 요란한 사이렌을 울리며 들이닥쳤고, 구급차에서 환자를 실은 카트가 내려지는가 싶은 순간 연이어 그녀가 내렸다. 처음에는 내 눈이 착시 현상을 일으키는 줄 알았지만, 확실히 그녀였다. 그녀의 시선은 카트에 누워 있는 환자에게 고정돼 있었다. 교통사고였다.

나중에 알게 된 정황이지만, 그녀가 운전하던 자동차가 유턴을 하는 찰나에 다른 승용차가 신호를 무시하고 달려든 것이었다. 그녀는 크게 다치지 않았지만 조수석에 타고 있던 남편은 중상을 입었다.

안 그래도 시장통처럼 복잡한 응급실은 일순간에 난리가 났다. 당시 혜수는 우리 병원 감염내과 교수였고, 변호사였던 남편은 우리 병원 병원장까지 지내고 정년퇴임한 내과 명예교수의 아들이었다. 수많은 의사들이 환자 곁에 달라붙었다. 환자는 다리가 부러지고 머리가 깨졌고 의식이 없었다. 머리에도 손상이 있어 보였지만 혈압도 매우 낮은 것이 복강 내 출혈이 있는 듯했다. 응급 처치만 한 이후 CT를 찍어 보니 간이 파열되어 있었다. 심하지는 않았지만 머리에도 출혈이 있었다. 초응급상황이었다.

환자는 곧바로 수술실로 옮겨졌다. 나를 포함해서 외과 교수 두 명과 레지던트 둘까지 네 명의 외과의사가 응급 수술을 시작했다. 하지만 환자의 배를 여는 순간, 우리 모두는 나쁜 결과를 직감했다. 간의 대부분이 파열되어 있었고, 출혈은 걷잡을 수가 없었다. 동시에 세 군데 혈관으로 수혈을 하고 다른 두 군데 혈관으로는 수액을 공급하면서 출혈 부위를 하나씩 잡아나갔지만, 환자의 혈압은 당최 오를 줄을 몰랐다. 수술이 시작되고 나서 1시간 반이 지나는 동안 무려 40팩의 피가 들어갔지만, 그리고 수많은 약물을 들이부었지만, 환자의 심장이 끝내 멈추고 말았다. 수술실 안에서 심폐소생술이 시행됐지만, 그의 심장 박동은 되돌아오지 않았다. 외과의사들이 가장 싫어하는 '테이블 데쓰(table death)'였다.

수술실 밖으로 나오기가 싫었다. 혜수의 참혹한 표정을 보아야 하는 것이 싫었다. 왜 하필 내가 이 순간에 이 자리에 있어야 하는지 알 수 없었다. 수술실 밖에는 혜수와 혜수의 시부모가 와 있었다. 다행히 수술실 안에서 있었던 일에 대한 설명은 내 몫이 아니었다. 함께 집도했던 교수님께서 슬픈 소식을 전하는 동안 혜수는 주저앉지도 못한 채 벽에 기대어 흐느끼고 있었다. 나는 달려가서 안아주지도 못했고, 아무런 위로의 말도 전하지 못했다.

6

시간은 언제나 일정한 시간으로 흐르지만, 사람은 상황에 따라 시간의 속도를 다르게 느낀다. 우리가 보낸 레지던트의 첫 100일은 정말 더디게 흘렀다. 30일이 지나고 60일이 지날 때까지만 해도 팽팽한 긴장감 속에서 날짜를 계산할 틈도 없었지만, 환자 보는 일이 조금씩 익숙해질수록 하루하루는 점점 더 지겨워졌다. 그와 비례하여 우리의 신경은 점점 더 날카로워졌고, 우리의 외모는 점점 더 후줄근해졌다. 그리고 우리는 많은 사람들과 싸웠다. 동료들끼리 얼굴을 붉히기도 했고 간호사들과 가시 돋친 설전을 벌이기도 했고 환자들과 말다툼을 벌이기도 했다. 방사선사, 임상병리사, 의무기록사 등 병원 내의 여러 다른 직종들과도 툭하면 충돌했다. 하지만 싸울 수 있는 대상이 있는 경우는 그나마 괜찮았다. 더 많은 경우에 우리는 그저 분노하며 욕을 할 뿐,

싸울 수는 없었다. 부당한 혹은 부당하게 느껴지는 윗사람들의 처사에 분노했고, 말도 안 되는 의료제도에 분노했고, 무례하기 짝이 없는 몇몇 환자들의 언행에 분노했고, 불합리한 병원 내의 규정들에 분노했다. 그러나 분노를 풀 길이 별로 없었다. 거의 유일한 출구는 동료 1년차들이었다. 우리는 모이기만 하면 누군가를 욕했다. 우리는 입에 욕을 달고 살았다. 과도한 스트레스를 받으면서도 그걸 해소할 통로가 마련되지 않은 채 오랜 시간이 흐르면, 누구든 성격이 나빠지기 마련이다.

마침내 100일 당직이 끝나는 날이 찾아왔다. 꽃샘추위가 기승을 부리던 때에 시작된 연당(연속 당직)이 끝나는 시점이 되니 벌써 초여름이었다. 100일 당직이 끝나는 날, 기나긴 연당의 마침표를 축하하는 회식이 있었다. 이날은 모든 1년차들이 오프를 받았고, 대신 2년차들이 모두 남아 병원을 지켰다. 1년차 전원과 3, 4년차 레지던트와 교수님 대부분이 참석하는 이날 회식은 입국식 이후 가장 큰 행사였다. 입국식은 신입 1년차들이 의국원이 된 것을 축하하는 회식으로 3월 중순 경에 행해지는데, 그날 1년차들은 비록 100일 당직 중임에도 불구하고 술독에 빠져 인사불성이 되는 일이 허용됐다.

100일 당직을 끝내고 마시는 소주는 달콤했다. 하지만 그 달콤함이 오래 가지는 못했다. 체력이 고갈된 상태라서 그런지 평소보다 훨씬 취기가 빨리 올랐다. 그리고 그토록 기다려왔던 날임에도 불구하고 그다지 기분이 좋지도 않았다. 해방감이 전혀 없었다고 하면 거짓말이겠지만, 해방감보다는 책임감이 더 크게 느껴졌고 앞으로 남아 있는 날들에 대한 걱정도 새삼 밀려왔다. 100일 당직이 지나고 나면 모든 사람들은 1년차의 실수와 무지에 대해 덜 관용적이 된다. 어느 정도의 실수를 해도 '처음이니까'라는 이유로 용서가 되는 시절이 끝난 것이다. 100일 당직이 끝났다고 해서 날마다 집에 갈 수 있는 것도 물론 아니다. 기껏해야 일주일에 한두 번 오프를 받을 뿐, 거의 대부분의 날을 병원에서 지새워야 하는 것은 똑같다. 2년차, 3년차, 4년차가 되면 당직의 빈도가 이틀에 한 번, 사나흘에 한 번, 일주일에 한 번 하는 식으로 줄어들지만, 1년차 동안에는 365일 가운데 최소한 300일은 병원에서 보내야 한다.

100일 당직이 지나고 난 후에는 며칠에 한 번씩 오프가 생겼지만, 가끔씩 병원 밖으로 나갈 수 있다는 것을 빼면 1년차의 생활은 별다를 것이 없었다. 첫 오프에는 쌓여 있는 빨래들을 챙겨서 집에 다녀왔고, 두 번째 오프에는 반팔 셔츠와 면바지를 몇 벌 사느라 오랜만에 신용카드를 사용해 봤다. 세 번째 오프는 토요일에 생겨서 시간이 좀 더 많았다. 먼저 이발을 했고, 오랜만에 서점에도 들렀다. 베스트셀러 코너에 꽂혀 있는 책들이 모두 낯설었다. 몇 권의 책을 뒤적였지만 한 권도 사지는 않았다. 책을 산다 한들 읽을 시간이 없었다. 네 번째 오프날에는 영화라도 하나 볼 생각을 가졌었지만, 해야 할 일들을 모두 처리하고 나니 벌써 밤 10시가 넘어 집에 가는 것도 포기하고 당직실 침대에 몸을 누였다.

상준과 내가 다시 이모집을 찾은 것은 다섯 번째 오프날이었다. 벌써 6월말이었다. 학생 시절에는 일주일에 두어 번씩은 가던 이모집인데, 이번에는 2월말 이후 4개월만이었다. 이모는 우리 둘을 반갑게 맞아주었다. 뻔질나게 드나들던 의대생들이 인턴이 되고 레지던트가 되고 나면 발길을 뚝 끊는 이유를 이모도 이미 알고 있었다.

100일 당직의 관행은 모든 과에 공통된 것은 아니었다. 내과, 외과, 산부인과, 소아과, 정형외과, 신경외과, 흉부외과 등 몇몇 과에만 있는 관행이었다. 나머지 과들은 대체로 첫 한 달 정도만 연속해서 당직을 설 뿐이다. 4월만 되면 많은 동료 1년차들은 가끔씩이라도 병원 밖으로 외출을 나갔고, 100일 당직이 절반도 지나지 않은 우리들은 그들을 부러운 눈으로 바라보곤 했었다.

상준도 100일 당직의 긴 터널을 잘 빠져나온 후였다. 상준도 내 얼굴을 보면서 같은 생각을 했을지는 모르겠지만, 나는 100일 전의 상준과 지금 내 앞에 있는 상준이 다른 사람처럼 느껴졌다. 뭐랄까, 그에게서는 전사(戰士)의 풍모 비슷한 것이 느껴졌다. 그는 지난 100일 동안 수많은 환자들의 생명을 위협하는 보이지 않는 적들과 싸워왔을 터였다. 내과에서는 외과보다 훨씬 많은 환자들이 죽어나간다. 대학병원의 외과의사가 주로 하는 일은 코앞에 닥친 사신(死神)들을 일단은 멀찌감치 내쫓는 것이지만, 내과의사는 더욱 기승을 부리는 죽음의 사자들에게 할큄을 당하는 환자들의 마지막 전투를 지켜보며 응원하는 일까지 해야 한다. 아니, 그들과 함께 싸워야 한다. 환자의 마지막 하루, 마지막 1시간, 마지막 1분까지 함께 하면서 그야말로 사투를 벌이는 것이다. 진정한 의사는 적어도 100명쯤의 환자를 떠나보낸 후에야 만들어진다고들 하는데, 상준은 지난 100일 동안 벌써 10명쯤의 환자를 떠나보냈는지도 모른다.

"어떻게 지냈냐?" 내가 상준의 잔에 소주를 부으며 물었다.

"몰라서 묻냐?" 그는 씩 웃으면서 이렇게 대답하고는 술잔을 단번에 비웠다.

"요즘은 어느 파트 돌아?"

"엔도." 엔도는 엔도크리놀로지의 줄임말로 내분비내과를 뜻하는 말이다. 왠지 그의 말수가 줄어든 것처럼 느껴졌다.

"그나마 좀 낫겠네?" 내분비내과 1년차는 심장내과나 소화기내과 1년차에 비하면 '그나마' 삶의 질이 좀 나은 편에 속한다.

"뭐 꼭 그렇지도 않아. 환자가 50명이다, 50명." 그가 일차적으로 책임지고 있는 입원환자가 50명이라는 말인데, 환자가 이 정도면 아무리 서둘러도 회진 한 번 도는 데 두 시간은 족히 걸린다.

"김갑수 선생님 파트?" 내분비내과에만 여러 명의 교수가 있고, 1년차는 대개 한 명의 교수님 환자를 전담한다. 김갑수 교수는 환자가 많기로 유명한 분이다. 상준은 고개를 끄덕이며 다시 술잔을 비웠다.

"천천히 좀 먹어라."

"빨리 마시고 빨리 취하고 빨리 자야 내일 새벽에 또 일찍 일어나서 일하지."

그건 그랬다. 우리가 이모집에 들어온 지 30분도 채 안 지났지만, 이미 열 시가 지난 시각이었다.

"지난달에는 어디 돌았었지?"

"옹코 손." 옹코는 옹콜로지의 줄임말로 종양내과를 뜻하며, 뒤에 붙은 손은 손현철 교수 파트였다는 말이다. 손현철 교수는 우리 병원에서 가장 평판이 좋은 교수 중의 하나다. 환자들에게도 명망이 높았고, 레지던트들에게도 존경을 받았다. 같은 종양내과 레지던트라도 손현철 교수 파트를 맡느냐 한상구 교수 파트를 맡느냐에 따라 삶의 질은 크게 달라진다. 노동 강도는 비슷할지 몰라도, 한 교수 파트를 맡는 것이 훨씬 힘들다. 한 교수는 여러 가지로 악명이 높은 교수였다. 능력도 없으면서 성격이 괴팍하고 돈만 밝히는 것으로 알려져 있기 때문이다. 논문 데이터도 흔히 조작한다는 소문까지 있다. 직접 겪어보지 않아 사실 여부는 모르겠지만, 아니 땐 굴뚝에 연기 나는 법은 없다.

"옹코 한 아니어서 다행이었네."

"외과까지 소문났냐?"

"원래 유명하잖아. 정말 그러냐?"

"말 마라. 너, 한 교수가 그 실력으로 어떻게 우리 병원 교수가 됐는지 아냐?"

"글쎄? 아버지나 장인이 유명한 사람인가?"

"다른 병원 가면 학교 망신이라고 내부에 붙잡아 둔 거래." 상준은 이렇게 말하면서 껄껄 웃었다. 오랜만에 듣는 상준의 호탕한 웃음소리다.

"손현철 선생님은 진짜 좋더냐?"

"베스트 오브 베스트지. 컨퍼런스 할 때 톡식한 것만 빼면."

손 교수는 평소에는 한없이 유순한 사람이지만 컨퍼런스 때와 레지던트가 실수를 했을 때에는 그야말로 무서운 사람이었다. '톡식(toxic)'이라는 말은 원래 '독성이 있는'이라는 뜻이지만, 병원에서는 '지독한', '무서운', '엄한' 사람을 가리키는 은어다. 하지만 나쁜 의미로 쓰이는 경우보다 좋은 의미로 쓰이는 경우가 더 많다. 그런 엄격함은 의사에게 꼭 필요한 덕목이기 때문이다.

"컨퍼런스 때 쓸데없는 이야기만 하는 교수보단 낫잖아."

"그야 그렇지. 야, 나는 손 교수님 때문에 기부금도 냈다."

"뭘 기부금?"

상준이 들려준 이야기는 이랬다.

월요일 아침 7시 정각. 종양내과의 손 교수가 6층 병동에 도착하자, 차트를 보고 있던 상준은 황급히 자세를 바로잡으며 꾸벅 인사를 했다. 언제나 정확히 아침 7시면 회진을 시작하는 손 교수였다. 언제부터인지 손 교수는 병원에서 '칼손'으로 불렸는데, 언뜻 들어서 외과의사에게나 어울릴 만한 별명이 그에게 붙은 까닭은 손 교수가 자신에게나 후학들에게 그만큼 철저하고 빈틈이 없기 때문이었다.

손 교수의 회진은 언제나 6층에서 시작되었다. 손 교수가 맡고 있는 환자들이 2층이나 12층에도 입원하고 있는 경우가 많았지만, 그가 매일 아침 처음으로 들르는 병실은 언제나 6층에 있는 병실들이었다. 그것은 6층 병동의 가장 구석진 곳에 있는 몇몇 병실들이 관례적으로 말기 암환자들을 위한 병실로 할애되었기 때문이었고, 생명의 마지막 불씨를 자신에게 맡기고 있는 환자들이 밤을 무사히 넘겼는지를 확인함으로써 하루를 시작하는 것은 손 교수의 오랜 습관 중의 하나였다.

말기 암환자들을 한 곳에 모아 놓은 까닭은 6층 병동의 한편에 호스피스 센터가 있기 때문이기도 했지만, 어차피 자신의 생이 오래 남지 않았음을 잘 알고 있는 환자가 머지않아 완쾌되어 퇴원하게 될 환자들의 틈에 끼어 있는 것보다는 같은 처지의 환자들이 서로를 의지하며 지내는 것이 더 좋기 때문이었다. 동병상련이라는 말이 세상의 어느 곳보다도 절실하게 와 닿는 곳이 바로 거기였다.

6인실에 입원해 있던 환자 중의 하나가 갑자기 상태가 나빠져서 중환자실로 옮기거나 세상을 뜨기라도 하면, 같은 병실에 입원해 있던 다른 모든 환자들은 상당히 큰 충격을 받고 어떤 환자들은 급격하게 투병의지가 약해지기도 하는 것이 보통이다. 호스피스 병동이라고 해서 크게 다를 리는 없지만, 모든 환자들이 어느 정도는 마음의 준비가 되어 있기도 하려니와 기나긴 투병 과정과 호스피스 자원봉사자들의 도움으로 인해 삶과 죽음에 대해서 어느 정도는 초월한 듯한 태도를 갖게 된 환자들이 대부분인 6층의 경우는 분명히 조금은 다른 데가 있다.

6개의 병상 모두에 초췌한 모습의 말기 환자들이 퀭한 눈을 뜨고 앉거나 누워 있는 병실에 들어가는 사람은 누구나 무겁게 가라앉은 그 분위기에 주눅이 들기 마련이다. 왠지 그 방은 형광등 불빛도 유난히 어두운 듯하다. 상준도 처음에는 마찬가지였다. 다른 병실에 들어갈 때와 똑같은 표정을 지을 수 있으면 좋으련만, 짐짓 밝은 표정을 지으려는 시도는 오히려 부자연스러움으로 이어지곤 했다. 하지만 정작 그 속에서 하루 24시간을 보내는 환자들은 오히려 언제나 평온했다. 심지어 곁에 있던 환우 하나가 중환자실로 옮겨지는 모습을 보면서도 마치 직장 동료를 출장이라도 보내는 듯한 담담한 표정을 띠고 있을 때도 있다. 시간이 흐르면서 상준의 표정도 조금씩 자연스러워졌다.

다행히 지난밤에 세상을 떠나거나 상태가 급격하게 나빠진 환자는 없었다. 상준은 병동에 서서 손 교수에게 환자들의 상태에 대해서 간단한 브리핑을 한 다음, 새로운 환자 한 사람이 외과에서 전원되어 온 사실을 보고했다. 58세 여자 환자로 위암 진단 후 위전절제술을 받고 항암치료를 네 차례나 받은 환자인데, 난소로 전이된 것이 발견되었을 뿐 아니라 심폐 기능까지 급격히 떨어져서 종양내과로 전원된 것이었다.

상준은 손 교수보다 두 발 정도 앞서서 608호의 문을 열었다. 어제 저녁에 이 병실로 옮겨온 그녀의 자리는 출입문 바로 앞의 1번 베드였다.

"아까 말씀드린 신환입니다."

"선생님, 안녕하셨어요?"

누워 있던 그녀가 몸을 일으키면서 손 교수에게 인사를 했다. 상준은 그녀가 '안녕하세요'가 아니라 '안녕하셨어요'라고 인사하는 걸 듣고 순간적으로 아차 싶은 마음이 들었다. 그녀의 차트에는 종양내과 진료 기록이 없었다. 그렇다면 손 교수와 원래부터 친분이 있는 사람? 환자에게 특별히 잘못한 것은 없었지만, 왠지 긴장감이 느껴졌다. 교수님을 원래 알면 안다고 말이라도 해 주지, 하는 생각도 들었다.

"아, 예."

의례적인 대답을 한 손 교수는 잠시 동안 그녀의 얼굴을 쳐다본 후에야 그녀가 누구인지를 알아보았다.

"어, 아주머니께서 어떻게 여기에?"

"기억해 주시는군요, 고맙게도."

"어째 한동안 안 보이신다 했더니, 세상에, 편찮으신 줄은 몰랐습니다."

 모두가 바쁜 월요일 아침이라, 병실에는 환자들 외에는 간병인 한 사람만이 있을 뿐이었고, 그녀의 곁에는 아무도 없었다. 환자가 호스피스 병동까지 오는 동안 수많은 고통을 함께 겪게 되는 것이 가족들이었고, 그래서인지 다른 병동처럼 보호자가 언제나 곁에 있어 주는 환자도 많지 않았다. 경제적인 부담도 크기 마련이기에, 호스피스 병동에는 6인실이 있을 뿐 1인실은 물론 2인실도 아예 없었다.

"선생님께서 아시는 분인 줄은 몰랐습니다."

 다른 환자들을 살핀 손 교수가 608호를 나설 때 상준이 작은 목소리로 이야기했다.

"임 선생, 저 분이 누구신지 아는가?"

 그녀는 십 년 이상 이 병원에서 호스피스로 자원봉사 활동을 하신 분으로, 이 병원에 호스피스 제도가 정착되는 데에 큰 도움을 주신 분이었다. 삼십 년 가까이 암 환자들만을 치료해 온 손 교수가 얼굴을 기억하는 몇 안 되는 자원봉사자 중의 한 분이기도 했다.

"자네가 친어머니라고 생각하고 잘 좀 보살펴 드리게."

 손 교수가 무척이나 침통한 얼굴로 말했다. '칼손'이라는 별명답게, 환자들의 안타까운 사연이나 애끓는 신음소리에도 어지간해서는 표정의 변화가 없는 손 교수에게 조금은 이례적인 일이었다.

  손 교수가 그런 반응을 보인 데에는 사연이 있었다. 그녀의 남편이 바로 그 병동에서 세상을 떠난 것이 십여 년 전이었고, 그녀의 남편을 담당했던 의사가 역시 손 교수였던 것이다. 당시만 해도 이 병원에 호스피스 제도가 도입된 지 얼마 되지 않았을 때였을 뿐더러 일반인들은 호스피스가 뭐하는 것인지조차 잘 모를 때였다. 그녀의 남편은 간암 말기에 이 병동에 입원했었고, 끝까지 남편에게 암이라는 사실을 숨기면서 남편에게 삶에 대한 희망을 주고자 했던 그녀는 '편안한 죽음'을 도와주겠다고 나서는 호스피스 자원봉사자들에게 강한 거부반응을 보였었다.

  하지만, 남편은 희망의 끈을 놓지 않으려는 아내를 위해서 자신의 병명을 모르는 척했을 뿐이었다. 참을 수 없는 고통이 점점 더 자주 찾아오던 어느 날, 굳이 그럴 필요가 없다고 생각한 남편은 더 이상 서로에게 거짓말을 하지 말자는 이야기를 했고, 그녀는 참아 왔던 눈물을 터뜨렸었다.

  그녀의 남편이 자신의 인생을 정리하던 마지막 몇 달 동안, 그녀는 너무나도 헌신적으로 남편을 위해 애쓰는 자원봉사자들에게 깊은 감명을 받았고, 결국 남편이 세상을 편안한 미소와 함께 하직한 다음부터 스스로 호스피스 자원봉사자가 되었다. 그들 부부에게는 자식도 없었고 남편의 죽음 이후 경제적으로도 많이 쪼들렸지만, 그녀는 몇 달 동안이나 받아야 하는 교육과정을 모두 마친 후 가장 열성적으로 자원봉사를 했다. 이후 그녀는 죽음과 얼굴을 맞대고 싸우고 있는 환자들과 함께 십여 년을 보낸 것이었다.

그녀가 '환자로서' 6층 병동에 머문 시간은 그리 길지 않았다. 동료 자원봉사자들의 낮은 흐느낌 속에서 죽음을 맞은 그녀는 얼마 남지 않은 재산마저 말기 암환자들을 위해 써달라며 호스피스 센터에 기부하고 떠났다. 그녀는 호스피스 병동의 환자들이 대개 그렇듯 미리 DNR(Do Not Resuscitate) 서약을 해 둔 상태였다. DNR은 말기 환자들이 마지막 순간에 인공호흡기나 심폐소생술 등 생명을 조금 연장할 수 있는 최후의 처치들을 원하지 않는다는 뜻을 미리 표해 두는 것이다. 아직 우리나라에선 법적 근거가 없지만, 대학병원들은 관례적으로 환자의 이런 의사를 존중하는 편이다.

또 한 사람의 환자를 하늘나라로 보낸 손 교수는 상준에게 불쑥 말했다.

"임 선생, 월급 받는 통장 있지?"

"예? 예."

"한 달에 몇 천 원씩만 저들을 위해서 쓰는 것이 어떻겠나? 종양내과 돈 기념으로 말야."

상준은 그날 오후 호스피스 사무실을 찾아가 계좌번호를 물었다. 미처 몰랐었는데, 자동이체를 통해 소액의 기부금을 내고 있는 사람이 수백 명이 넘었다. 그 중에는 병원 직원들도 많았다. 손 교수는 매달 십만 원씩을 내고 있다는 사실도 알게 됐다. 상준은 곧장 구내 은행으로 가서 자동이체신청서를 작성했다. 비어 있는 금액란에 얼마를 쓸지 잠시 고민한 후 상준은 '이만 원'이라고 썼다.

7

아침부터 비가 내렸다. 겨울을 재촉하는 비다. 아직 11월 중순이지만, 비가 오면서 기온이 급강하하여 한겨울처럼 추웠다. 환자들 중에는 이미 파카를 꺼내 입은 사람들도 제법 있었다. 날씨가 갑자기 추워지면 환자들의 예약 부도율이 높아진다. 비가 많이 오거나 눈이 내린 날도 그렇다. 이런 날엔 응급실을 찾는 환자들의 수도 줄어든다. 때문에 레지던트들은 비를 좋아한다. '유비무환'이라는 옛말이 하나도 틀리지 않는다며 낄낄거린다.

내 오후 외래도 조금 일찍 끝났다. 예약 환자는 마흔 명이었는데 그 중 일곱이 오지 않았다. 그들 중 대부분은 비가 오지 않는 다른 날에 예약과 무관하게 들이닥쳐 진료를 받겠다고 할 것이고, 약속을 지켜 병원에 온 환자들을 더 기다리게 만들 터였다. 외래 진료실에서 나오면서 윤상철에게 전화를 걸었다. 곧바로 저녁 회진을 돌 요량이었다. 통화 연결음으로 시끄러운 랩 가수의 목소리가 흘러나온다. 우리말인 것 같긴 한데 무슨 소린지 도통 알아들을 수가 없었다. 한참 만에 전화를 받은 찰리는 내 말은 듣지도 않고 "선생님, 잠시 후에 전화 드리겠습니다" 하더니 전화를 끊어 버렸다. 이것도 요즘 젊은이들의 특성인가? 무슨 바쁜 일이 있는지 몰라도, 내가 레지던트 때만 해도 교수의 전화를 이렇게 받는다는 건 상상할 수 없는 일이었다.

교수실에 가서 기다리기도 뭣하고 외래 복도에 그냥 서 있을 수도 없어서 나는 병동으로 발걸음을 옮겼다. 곧 전화가 걸려오려니 하면서. 대부분의 의사들은 12층부터 시작하여 아래층으로 내려가면서 회진을 돈다. 계단을 올라가는 것보다는 내려가는 것이 편하기 때문이다. 어쩌면 12층이 특실들로만 이루어진 병동이기 때문인지도 모르지만. 특실에 입원한 환자들일수록 불평이 많다.

엘리베이터가 12층에 도착하자 땡 하는 소리와 함께 문이 열렸고, 곧바로 찰리의 목소리가 들렸다.

"도대체 몇 번을 말씀드려야 합니까? 그렇게는 안 된다니까요."
"아, 참, 젊은 친구가 왜 이리 융통성이 없어?"
"결국 저보고 거짓말을 하라는 건데, 그럴 수는 없습니다."
"이봐 의사 양반, 거 되게 딱딱거리네. 자넨 애비 에미도 없나?"
"이 보세요, 말 함부로 하지 마세요. 지금 애비 에미가 왜 나옵니까?"

찰리는 60세 전후의 남자와 언쟁을 벌이고 있었다. 저녁 식사가 나오는 시간이라 병동에는 반찬 냄새 밥 냄새가 가득했다. 가까이 걸어가면서 남자의 얼굴을 보니 며칠 전 수술한 여자 환자의 남편이었다.

"무슨 일이십니까?" 내가 물었다.

언쟁을 벌이느라 내가 다가오는 줄도 몰랐던 두 사람의 시선이 동시에 내게 향했다. 두 사람 모두의 눈빛에서 반가움이 느껴졌다.

"선생님, 이 환자분이 글쎄…."

"윤 선생은 좀 있다 말씀하세요." 내가 이렇게 찰리의 말을 잘랐다. 내막은 알지 못하지만, 이런 경우 환자 쪽의 이야기를 먼저 들어주는 편이 낫다. 그리고, 내막은 알지 못하지만, 이런 경우 아랫사람에게도 존댓말을 쓰는 편이 낫다.

그 남자의 아내, 그러니까 내가 며칠 전 위 수술을 한 여자 환자의 최종 진단은 '고도 위상피이형성증'이었다. 쉽게 말하면 위 점막세포가 암의 직전 단계로 변해 있는 상태다. 암세포라는 게 어느 순간에 갑자기 짠, 하고 나타나는 것은 아니니, 이 환자처럼 정상세포가 암세포로 변해가는 도중에 발견되는 경우가 종종 있다. 물론 매우 운이 좋은 경우다. 하지만 이렇게 암세포로 변해가는 비정상적 세포들이 발견된다고 해서 그것들이 앞으로 어떤 속도로 어떻게 진행할지를 정확히 예측할 수는 없다. 아주 천천히 진행할 것으로 예상되는 경우도 있고 아주 급속히 진행될 것으로 예상되는 경우도 있다. 예상이 아예 불가능한 경우도 많다. 이 환자는 별로 좋은 쪽이 아니었다. 비록 아직 위암이 생긴 것은 아니었지만 '조만간' 위암으로 발전할 가능성이 매우 높은 상황이었고, 이런 경우에는 위암에 준하는 치료를 한다.

환자의 보호자가 찰리에게 요구한 것은 '위암 진단서'였다. 보험회사에 제출하여 보험금을 타기 위해서였다. 찰리가 그 요구를 거절한 것은 '그 환자는 위암이 아니기 때문'이었다. 환자나 보호자가 그런 요구를 하는 것도 무리는 아니었다. '위암 직전의 상태이며 위암과 다름없는 상태이므로 위암과 똑같이 취급하여 수술을 한다'는 설명을 들었기 때문이다. 환자는 '위암 진단서'를 들고 보험회사를 찾아가면 아마도 이삼천만 원쯤의 돈을 받게 될 것이다. 하지만 그 환자는 위암 진단서를 받을 수 없다. 엄밀한 의미의 위암은 아니기 때문이다. 보험 상품에 따라서는 고도 위상피이형성증의 경우에도 위암의 경우와 똑같이 보험금을 지불하는 것도 있는 모양이던데, 이 환자가 가입한 보험은 그렇지 않은 듯했다. 환자 입장에서는 좀 억울할 수도 있겠지만, 어쩔 수 없는 일이다.

하지만 꼭 그런 것은 아니다. 세상 모든 일이 다 그렇듯이. 위암과 다름없는 상태이므로, 그리고 위암과 같은 방식의 치료를 했으므로, 나는, 마음만 먹는다면, '위암 진단서'를 발부해 줄 수도 있다. 규정을 만드는 사람들이 빠뜨렸을 뿐, 위암과 같은 취급을 하는 게 합당하긴 하다. 이런 경우가 '선의의 거짓말'에 해당되는지 여부는 모른다. 보험금을 타게 되는 환자에게는 선의일지 몰라도 보험금을 지급할 보험회사에게는, 나아가 그 보험회사의 다른 고객들에게는 피해가 갈 수 있으니 말이다.

사실 진단서 문제는 여러 가지 면에서 골칫거리다. 많은 경우에 환자들은 진단서를 실제보다 '세게' 끊어달라고 요구한다. 교통사고 환자가 그렇고 폭행의 피해자가 그렇고 군 입대를 앞둔 젊은이가 그렇고 민영건강보험에 가입한 환자가 그렇다. 우물쭈물하면서 부탁하는 환자가 있는가 하면 자신의 딱한 처지를 설명하며 통사정을 하는 환자도 있다. 반면 마치 그것이 자신의 당연한 권리인 양 당당하게 요구하는 환자도 있다. 의사는 정확한 의학적 기준과 판단에 따라 진단서를 끊어주지만, 환자는 그걸 두고 '야박하다'고 불평을 한다. 8주 진단이 합당한 환자에게 8주 진단을 내려도, 어떤 환자는 "8주 후에도 내가 아프면 당신이 책임질 거냐?"고 따진다.

진단서 발급 건수가 자꾸 늘어나는 것도 의사를 괴롭힌다. 사람들은 말한다. 종이 한 장 출력해 주면서 만 원에서 십만 원에 이르는 비용을 받는 것은 부당하다고. 의사들이 진단서 발급을 통해 적지 않은 부수입을 올리고 있다고. 하지만 진단서 발급이란 건 그리 간단한 게 아니다. 이미 만들어져 있는 문서를 단순히 출력

해 주면 되는 것이 아니라 환자의 모든 의무기록을 검토하고 현재의 상태를 점검하고 미래의 상태까지 예측하여 '새로운' 문서를 만들어내는 것이 진단서 작성이며, 그 과정에는 적지 않은 시간과 노력이 들어간다. 환자의 병력이 복잡하여 차트가 아주 두꺼운 경우라면 더욱 그렇다. 모르긴 해도 진단서 작성은 의사가 하는 다른 일에 비해서는 투입된 시간과 노력 대비 수익이 떨어지는 일이다. 게다가 개업의사가 아니라 월급을 받는 의사라면, 진단서를 더 많이 발부한다고 해서 의사에게 떨어지는 것은 한 푼도 없다. 게다가 진단서는 많은 경우에 민형사상의 책임이 수반되기 때문에 대충 작성할 수도 없다.

물론 일부의 의사들이 소위 '진단서 장사'를 하는 것은 사실이다. 진단서 '세게' 끊어주는 걸로 유명한 의사가 있다는 뜻이다. 부당한 요구를 하던 환자들이 "여기 아니면 진단서 끊을 병원이 없냐?"면서 화를 내고 사라진 후에 다시 나타나지 않는 경우는 흔하다. 어디선가 본인이 원하는 만큼의 진단서를 구했을 것이고, 그는 그 종이를 들고 어떤 종류든 '이익'을 챙겼을 것이다. 의학적 판단이 아니라 환자의 요구에 따라 진단서를 발부한 그 의사도 어떤 형태로든 이득을 챙겼을 터다. 진단서로 장난치는 소수의 의사들 때문에 그렇지 않은 다수의 의사들이 한꺼번에 욕을 먹는다.

하지만 의사도 사람이다. 아무리 두꺼운 규정집이 있다 하더라도 의사의 주관적 판단이 개입할 여지는 많이 있고, 그 주관적 판단은 여러 가지 정황들에 의해 영향을 받는다. 나도 그렇다. 고백하자면, 지금 찰리에게 거의 윽박지르듯 항의하고 있는 저 환자와 똑같은 경우에, 나는 '위암 진단서'를 끊어준 적이 있다. 하지만 저 환자에게는 별로 그러고 싶지가 않다. 그는 하루 입원료가 30만원이 넘는 특실에 입원해 있다. 특실 사용료를 모두 포함해도 저 환자가 내게 될 병원비는 많아야 300만원일 텐데, 내가 굳이 규정을 어기면서까지 위암 진단서를 발부하여 보험금 이천만 원을 받게 해 줘야 할 필요성을 못 느끼기 때문이다.

찰리가 이런 복잡한 생각을 갖고 진단서 요구에 불응한 것은 아닐 것이다. 그는 미국에서 왔다. 그는 환자 측의 요구를 '허위 진단서 발급 요청'이라 받아들였을 것이고, 그걸 심각한 범죄로 여겼을 것이기 때문이다. 그는 아직 한국 사회에 적응이 덜 됐다.

나는 환자 보호자의 말을 차분히 다 들어주었다. 적당히 배가 나오고 윤기가 흐르는 회색 양복을 입은 보호자는 신이 나서 한참을 떠들었다. 그의 태도는 자기 아이를 때린 담임선생을 교장 선생님에게 고발하는 학부모를 연상시켰다. 그는 말을 끝냈고, 이제야 말이 좀 통하는 사람을 만났다는 듯한 표정으로 내 반응을 기다렸다. 찰리는 어이가 없다는 표정으로 그 남자와 나를 번갈아 쳐다봤다. 나는 단호한 목소리로 대답했다.

"좀 억울하다는 생각이 드시는 것은 이해가 되지만, 저희가 허위 진단서를 발부할 수는 없습니다. 불만이 있으시면 보험회사에 가서 따지셔야 합니다."

교장 선생님의 말에는 그도 토를 달지 않았다. 그는 작은 목소리로 '에이 씨'라고 말하면서 병실로 돌아갔다. 나는 찰리에게 아무 말도 하지 않았다. 찰리는 내게 "감사합니다, 선생님"이라고 말했다. 감사하다고? 무엇이? 찰리가 내게 감사할 것은 애당초 없었다.

민영건강보험 시장은 불과 몇 년 사이에 급성장했다. 어느 통계에 의하면 암보험 등 각종 민영건강보험의 계약 건수가 천만을 넘었다고 한다. 웬만한 사람들은 다 가입했다는 뜻이다. 실제로 대학병원에 입원하는 환자들 중에서 진단서든 입원 확인서든 '보험회사 제출용 서류'를 요구하지 않는 경우가 거의 없을 지경이다. 국민건강보험이 제 역할을 다하지 못하는 통에 국민들이 알아서 방책을 마련하는 것이니 누구를 탓할 계제는 아니지만, 국민건강보험료가 조금 오르는 것에는 큰 거부감을 보이는 국민들이 민영건강보험에는 잘도 가입하는 현실은 우리 의료 시스템을 더 왜곡시키는 결과를 낳고 있다.

하지만 더 웃기는 것은 정부 정책이다. 정부는 얼마 전 민영건강보험이 국민건강보험 재정을 갉아먹는다면서, 이상한 정책을 내놓았다. 보험회사들이 '실손형' 건강보험을 판매하지 못하도록 한 것이다. 지금까지 판매된 대부분의 상품은 '정액형'이다. 암 진단에 얼마, 수술에 얼마, 입원 하루에 얼마 하는 식이다. 반면 실손형은 환자가 병원에 실제로 낸 돈을 보험회사가 지급하는 방식이다. 병원에 10만 원을 냈으면 10만 원, 혹은 8만 원쯤을, 천만 원을 냈으면 천만 원, 혹은 8백만 원쯤을 준다는 뜻이다. 당연히 실손형이 더 합리적인 방법이다. 대부분의 선진국들에서도 이런 방식이 대세다.

하지만 정부는 실손형 상품이 국민들의 '도덕적 해이'를 부추겨 불필요한 의료 이용을 늘림으로써 국민건강보험에 위협이 된다고 한다. 그러면서 예를 들었다. 요실금 수술을 받으면 병원에는 40만원을 내는데 보험회사에서는 400만원을 준다고, 그렇기 때문에 불필요한 요실금 수술이 늘어난다고. 나는 처음에 이 뉴스를 들으면서 내가 잘못 들은 줄 알았다. 하지만 잘못 들은 게 아니었다. 정부는 정액형 보험의 부작용을 예로 들면서 실손형 보험을 막겠다고 했다. 한심한 정부 같으니.

찰리는 저녁 회진 내내 기분이 좋지 않아 보였다. 아까 그 보호자와의 다툼 때문인지, 아니면 다른 사정이 있는지 궁금했지만 묻지 않았다. 1년차의 생활이란 대체로 힘든 법이니까. 어쩌면 좀 전에 들었던 "자네는 애비 에미도 없나"는 말이 계속 마음에 걸리는 것일지도 모르겠다. 찰리는 아버지를 찾아 한국에 왔지만, 한국에 온 지 2년이 지나도록 아버지의 소식을 전혀 듣지 못하고 있었다.

회진이 끝난 후 간호사실 앞에 선 채로 내가 물었다. "찰리, 오늘 오픈가?"

나는 대개의 경우 그를 윤 선생이라 불렀었다. 특히 다른 사람들이 곁에 있을 때는 그랬다. 하지만 지금은 그를 찰리라고, 아니 발음상으로는 촤알리에 가깝게 불렀다. 왠지 그의 기분을 풀어주고 싶었다.

"선생님께서 저 대신 당직을 서 주신다면야 오프입죠." 찰리가 웃으며 대답했다. 뻔뻔한 놈 같으니. 그는 어느새 평소의 찰리로 돌아와 있었다. 찰리는 몸속에 스트레스를 극복하는 호르몬을 만들어내는 기관이 따로 있는 듯했다. 스트레스를 받지 않는 사람은 없다. 하지만 받은 스트레스를 끌어안은 채 어쩔 줄 모르고 끙끙거리는 사람이 있는가 하면, 어지간한 스트레스는 한 귀로 받아 한 귀로 흘려버리는 재주를 가진 사람도 있다. 찰리는 후자였다.

나는 그런 찰리가 부러웠다. 내게는 그런 재주가 없었다. 스트레스를 '견디는' 능력은 남들과 비슷하다고 생각하지만, 내게는 스트레스를 '흘려버릴' 능력이 특히 부족했다. 기억력이 특별히 좋은 것도 아닌데, 괴로운 일은 유난히 오랫동안 머릿속 한 귀퉁이에 남아 있곤 했다. 우리 1년차들 중에서 찰리와 가장 대비되는, 그러니까 나와 가장 비슷한 사람은 신정석이었다. 정석은 고민을 사서 하는 편이었다. 온 세상 고민을 다 짊어진 채 이 많은 부조리들 중에서 어디부터 해결해야 할지 순서를 정하지 못해 방황했던 20년 전의 386세대와 비슷한 이미지였다.

정석은 전라도 광주에서 1980년 5월에 태어났다. 어쩌면 태어나자마자 총소리를 들었을지도 모르겠다. 정석은 의대 학생회장 출신이다. 요즘 학생회는 내가 대학을 다니던 때의 학생회와는 사뭇 분위기가 다르긴 하지만, 특히 의과대학 학생회는 다른 단과대학 학생회와 또 다르긴 하지만, 정석은 가끔씩 학생회장 출신다운 풍모를 보였다. 아무도 맡지 않으려 했기 때문이기는 했지만, 우리 병원 전공의협의회의 복지국 부국장 직함도 갖고 있었다. 비록 실제로는 거의 아무런 일도 하지 못했지만.

정석을 보면서 과거의 나를 떠올리게 된 것은 그가 환자 때문에 괴로워하는 경우를 여러 차례 보았기 때문이다. 정석은 환자의 죽음을 접했을 때 다른 1년차들보다 더 힘들어했다. 병원비 때문에 걱정하는 환자를 만났을 때도 더 괴로워했고, 고통을 호소하는 환자 앞에서는 유난히 전전긍긍했다. 나도 정석의 나이 때에는 그랬다. 인명이 재천이라는 걸 그도 당연히 알지만, 의사가 해 줄 수 있는 게 생각보다 적다는 것도 이미 오래 전에 알아버렸지만, 의사가 인정에 사로잡혀 잘못된 판단을 해서는 안 된다는 것도 익히 알고 있지만, 그는 가끔씩 자신의 탓이 아닌 문제들로 인해 괴로워했다.

나는, 누구에게도 내색한 적이 없지만, 정석을 좋아하지 않는다. 그는 원칙주의자처럼 행동하는 듯하지만 실제로는 매사에 주관적이었다. 그리고 그는 스스로를 인간미 넘치는 의사로 규정하고 있는 듯했다. 그는 때로 자신이 도와야 한다고 생각하는 환자에게 너무 많은 시간을 할애하느라 다른 환자들에게 해야 할 처치를 빠뜨리곤 했다. 그가 생각하는 원칙은 다른 사람들이 생각하는 원칙과 어딘지 모르게 조금 다른 듯했다. 그리고 그는 자신과 다른 원칙을 가진 많은 사람들을 비난하는 듯한 태도를 보였다. 대학병원에서 윗사람이 아랫사람에게 시키는 일들 중에는 사실 부당한 것도 많다. 하지만, 썩 바람직하지는 않지만 그렇다고 부당할 것까지는 없는 일들도 많다. 그리고 자세한 이유를 설명할 시간이 없어서 그렇지, 언뜻 보기에는 안 해도 될 것 같지만 뭔가 특별한 이유로 인해 꼭 해야만 하는 일들도 많다. 그는 그런 지시를 받았을 때 늘 불만에 가득 찬 표정을 지었다. 정석의 그런 모습을 접할 때마다 나는 마음이 불편했다. 혹시 나도 과거에 다른 사람들에게 저런 모습으로 비쳐졌던 것은 아닐까 하는 생각 때문이다. 어쭙잖은 휴머니스트.

정석과 찰리를 보면 내 마음은 늘 흔들렸다. 적어도 지금 나의 눈에 비친 바로는, 정석은 정의감에 넘치는 인본주의자이자 원칙주의자를 자처하지만 주관적 감상주의자이자 자기 합리화에 능한 로맨티스트였다. 찰리는 반대였다. 이기적인 개인주의자처럼 보이고 때로는 인정머리 없어 보이지만 실제로는 원칙이 무엇이며 융통성이 무엇인지 아는 사람이었다. 저 두 사람은 사랑에 대한 태도도 그럴 것이다. 나는, 특히 과거의 나는, 인정하고 싶지는 않지만, 정석과 비슷한 면이 있었던 것 같다. 지금의 나는 찰리를 닮고 싶지만, 찰리보다 덜 원칙적이고 찰리보다 융통성도 부족한 듯하다. 그나마 다행인 것은 지금 내가 느끼고 있는 나의 변화가 그래도 긍정적으로 느껴진다는 점이다.

교수실에 돌아가니 교실 비서가 내 방문 앞에 메모지를 붙여 놓았다. 며칠 후 점심시간에 내년도 레지던트 선발과 관련해서 교수회의가 있단다. 지난번 일차 면접으로 대략 당락은 가려지는 분위기였는데, 별안간 교수회의가 왜 소집되는 것인지 궁금했다. 메모지를 떼고 교수실 안으로 들어가려는 순간 최기태가 나타났다. 최기태는 우리 외과에서 가장 장래가 촉망되는 젊은 교수로, 이식외과 파트에 속해 있다. 나와 같은 학번이고 레지던트 생활도 같이 했지만, 그는 군 면제를 받아 나보다 3년 먼저 교수가 되었다. 나는 지금 조교수에서 부교수로 승진을 하니 마니 하는 상황이지만, 최기태는 이미 부교수이고 몇 년 후면 정교수로 승진할 것이다.

"교수회의는 갑자기 왜 하는 거래?" 내가 물었다. 오랜만에 그에게 반말을 했다. 우리는 다른 사람들과 함께 있을 때면 서로 존댓말을 쓴다. 단 둘이 있을 때에는 서로 하대를 하지만, 실제로 단 둘이 있는 경우는 많지 않다. 최기태와 나는 학생 때에도 그랬고 레지던트를 하면서도 별로 가까운 사이가 아니었다. 모든 동료들과 다 친하게 지내는 사람은 많지 않다.

"새로운 지원자가 나타났거든."

"누군데? 우리 출신 아닌가봐?"

"이름이 다니엘 한스란다."

"다니엘, 한스? 외국인이야?"

"국적은 미국, 종자는 한국인, 입양아 출신."

왠지 풋 하고 웃음이 나왔다. 찰리 하나도 감당하기 버거운데 이번에는 진짜 외국인이 들어온다고? 하지만 곧 이상하다는 생각이 들었다. 미국 국적의 미국 의사라면 굳이 한국에 와서 레지던트 생활을 할 필요가 있을까 싶었고, 입양아 출신이라면 한국말은 제대로 할까 싶었고, 우리나라 의사 면허가 없으면 우리나라에서 레지던트를 할 수 없는 것으로 아는데 그건 또 어떻게 되는 것인지 궁금했다.

"혹시 찰리처럼 부모 찾으러 오는 건가?" 내가 물었다.

"그건 나도 모르겠는데, 양부모는 굉장한 부자래."

그럼 그렇지, 레지던트 지원자가 하나 늘어난 것만으로는 교수회의가 갑자기 열릴만한 이유가 못된다. 뭔가 다른 사연이 있을 듯했다.

교수실에 앉아서 내가 썼던 논문들의 목록을 정리하기 시작했다. 부교수 승진을 위한 서류를 만드는 데 필요했다. 내가 쓴 논문이 그리 많지 않아서 오래 걸리지는 않을 것이다. 의대 교수는 크게 세 가지 역할을 해야 한다. 환자 진료, 학생 및 레지던트 교육, 그리고 연구. 앞의 두 가지 역할은 내 나름대로 잘 수행하고 있다고 생각하지만 연구자로서의 역할은 별로다. 과거에는 논문 좀 적게 써도 진료 실적만 좋으면 아무도 괴롭히는 사람이 없었지만, 요즘은 상황이 달라져서 논문 실적이 점점 더 중요해지고 있다. 특히 승진을 하기 위해서는 논문 점수가 가장 중요한 기준이 되고 있다. 좋은 시절은 다 지나갔다.

'아무래도 이번에는 승진이 어렵겠는 걸' 하고 생각하는 차에 낙경에게 전화가 왔다. 낙경은 모두의 예상을 깨고 성형외과 전문의가 됐고, 성형외과들이 잔뜩 몰려 있는 서울 강남 한복판에서 개원을 하고 있다. 지금은 더 그렇지만, 우리가 레지던트 시험을 보던 10여 년 전에도 성형외과는 가장 인기 있는 분야였고, 당연히 성적이 아주 좋아야만 합격할 수 있었다. 함께 연극을 했던 연극부원들 중에서 낙경의 성적이 상대적으로 좋다는 것은 진작부터 알고 있었지만, 성형외과에 합격할 만큼 좋으리라고는 생각해 본 적이 없었다. 성적도 성적이지만 낙경의 외모는 왠지 성형외과와는 어울리지 않는 것이었다. 때문에 낙경이 성형외과를 지원하겠다고 했을 때, 우리는 '누가 네 얼굴을 보고 너한테 성형수술을 받으러 오겠냐?'고 놀렸었다. 일반인들과 마찬가지로 의사들도 성형외과의사의 이미지에 대해서는 어느 정도 고정관념이 있다.

"야, 이게 얼마만이냐. 반갑다. 잘 지내지?" 내가 물었다.

"지겹지 뭐. 너는 어떠냐?" 낙경이 대답했다. 모르긴 해도 실제로 그의 인생이 지겹지는 않을 것이다. 그는 여러 모로 인생을 재미있게 사는 친구였다.

"매일 똑같지 뭐. 전화는 어인 일로?"

"해 바뀌기 전에 동창회 한번 하자고."

"87 - 93?"

"그렇지. 모인 지 오래됐잖아?"

의과대학 동기회는 대개 '87 - 93 동기회' 식으로 두 개의 숫자가 붙어 있다. 다른 과에서는 대체로 같은 학번끼리 모여서 동창회를 열기에 '경영학과 87 동기회' 등속의 이름을 쓰지만, 의대는 달랐다. 워낙 유급이나 휴학 등으로 인해 1, 2년 혹은 그 이상 학교를 더 다니는 경우가 많기 때문이다. 87 - 93 동기회는 87년에 입학했거나 93년에 졸업한 사람이 모두 참석 자격이 있는 모임이다. 이런 식이니, 학교를 1년이라도 더 다닌 사람은 두 개의 동기 모임에 참석할 수 있다. 참석 자격이 되는 사람은 2백 명이 넘지만 실제로 모임에 나오는 사람은 많아야 50명이다. 동창회란 늘 그렇다. 나오는 사람은 늘 나오고 안 나오는 사람은 늘 안 나온다. 그리고 늘 나오는 사람은 한 사람이라도 보고 싶은 사람이 있기 때문이다. 매번 참석하는 편은 아니었지만, 이번에는 참석할 생각이다. 낙경이 보고 싶었다. 동기회 날짜는 3주 후였다.

8

레지던트에게도 휴가는 있다. 병원에 따라 좀 다르긴 하지만, 대체로 일 년에 일주일이다. 주말을 포함해서 일주일이니, 사실은 6일인 셈이다. 다른 직장인들과 다른 점이 있다면 그 일주일의 휴가를 사용하는 데에 많은 제약이 따른다는 점이다. 우선 휴가를 한 번에 다 써야 한다. 3일씩 두 번에 쓰거나 2일씩 세 번에 쓰거나 할 수 없다는 뜻이다. 그리고 휴가는 반드시 7월과 8월 중에 써야 한다. 또 한 가지 아주 중요한 차이점이 있다. 한 사람이 휴가를 간다고 해서 그 사람이 하던 업무가 중단되어서는 안 된다. 즉 휴가를 갈 때에는 반드시 다른 누군가에게 자신의 일을 모두 떠넘기고 가야 한다. 따라서 레지던트들의 휴가는 일종의 '2인 1조' 개념으로 이루어진다. A가 휴가를 떠난 동안에는 B가 죽도록 고생을 해야 하고, 반대로 B가 휴가를 떠난 동안에는 A가 죽도록 고생을 해야 한다. 휴가철은 즐거운 동시에 괴로운 시즌이다. 7월과 8월 중에 아무 때나 내키는 대로 떠날 수 있는 것도 아니다. 병원은 서열 사회다. 4년차가 먼저 정하고, 그 다음에 3년차가 정하고, 2년차까지 휴가 기간을 정하고 나면 남는 때가 1년차의 몫이다. 사람들이 7월말과 8월초에 휴가를 집중적으로 떠나는 이유는 그때를 빼면 사실 날씨가 별로이기 때문이 아니던가. 장마는 흔히 7월 중순까지 이어지고, 광복절만 되면 벌써 선선한 바람이 분다. 해외로 휴가를 가면 이런 걱정이야 없겠지만, 레지던트들은 그럴 체력도 없고 돈도 없는 경우가 많다. 군대를 다녀오지 않은 남자 레지던트들은 여권 만들기도 어렵다.

  6월 중순이 되면 의국에 휴가 일정 조정표가 붙는다. 희망하는 휴가 기간을 일단 써넣는 절차지만, 1년차가 용감하게 8월 첫 주에 휴가를 가겠다고 신청하는 경우는 없다. 1년차에게 6월 중순은 어떤 때인가? 100일 당직을 막 끝내고, 이제 겨우 한 달에 두어 번은 집에 갈 수 있게 된 시기다. 뭐가 뭔지 몰라서 허둥대던 3월과 4월과 5월을 보내고 나서 이제 겨우 제대로 된 의사 흉내를 내기 시작하는 시기다. 그 무렵에 '여름휴가'라는 단어를 듣는 기분은 참 묘하다. 여름 방학이 되었다는 것은 1학기가 끝났다는 것이고 그건 한 학년의 절반이 지났다는 뜻이다. 비록 방학 대신 휴가라는 용어를 쓰고 있지만, 여름휴가 시즌이 다가온다는 것은 1년차의 절반이 다 되어간다는 뜻이다. 일주일 동안 쉬는 것도 물론 좋지만, 이 괴로운 1년차 시절이 벌써 절반이나 지나갔구나, 하는 기쁨이 훨씬 더 큰 것이다.

내게도 물론 여름휴가는 소중했다. 나는 최대한 늦게 휴가를 가고 싶었다. 이미 너무도 지쳐 있었기에 마음 같아서는 하루라도 일찍 떠나고 싶기도 했지만, 휴가 이후의 1년차 기간이 너무 길어지는 것도 싫었다. 맛있는 음식일수록 아껴두는 것이 내 성격이었다.

예상대로 윗년차들이 먼저 휴가 일정을 잡았다. 역시 예상대로, 1년차에게 남겨진 일정은 7월초 아니면 8월말이었다. 내 휴가 파트너는, 즉 서로 번갈아가면서 일을 뒤집어씌울 파트너는 최기태였다. 우리 두 사람에게 주어진 일정은 7월 첫 주와 8월 마지막 주였다. 문제는 둘 다 8월말을 원한다는 것이었다. 내가 그렇게 원하는 이유는 단지 '늦게 가고 싶다'였지만, 기태가 그렇게 원하는 이유는 '가족 여행'이었다. 기태는 부모님과 함께 미국에서 살고 있는 형을 만나러 갈 것이라 했다. 여러 사람의 일정을 맞추다 보니 꼭 그때 가야 한다고 했다. 기태는 내게 '부탁'을 한다고 말했지만, 나에게는 강요로 느껴졌다. 하지만 나는 양보를 했다. 내게는 특별한 이유도 없었고, 어차피 계속 같이 얼굴 맞대고 살아야 하는 기태와의 관계가 서먹해지는 것도 원하지 않았다.

그리하여, 나는 7월에 접어들자마자 휴가를 맞았다. 일찍 찾아온, 그리고 아무 준비도 없이 맞이한 휴가는 쉽게 지나갔다. 밀린

잠을 자느라 이틀이 지났고, 사흘째 되는 날에는 무엇을 해야 할지 몰랐다. 마땅히 연락할 사람도 없었고, 특별히 하고 싶은 일도 없었다. 혼자 극장에 가서 영화를 하나 보았고, 서점에 들러 책 구경을 한 시간쯤 했다. 평일 낮 시간에도 극장과 서점과 거리에는 사람들이 많았다. 어떤 일을 하면 평일 낮에도 극장에 갈 수 있을지 궁금했다. 나흘째 되는 날은 하루 종일 비가 왔다. 휴가가 벌써 절반이나 지나 버렸다는 사실이 서글펐다. 다음 휴가는 1년 하고도 몇 주일은 더 기다려야 올 터인데, 다음 휴가 때는 나도 뭔가 '준비'를 해야겠다는 생각을 했다. 닷새째 되는 날에는 느지막이 일어나 병원에 갔다. 어차피 약속도 없으니, 미비 차트나 쓸 생각이었다.

미비 차트는 말 그대로 덜 채워진 차트를 말한다. 차트에는 환자와 관련된 모든 내용이 기록되어 있어야 하는 게 원칙이다. 거기에는 진단명, 검사 결과, 수술이나 처치 내용, 투약 내용 등이 기록되고, 심지어 의사가 환자와 나눈 주요한 대화들까지 첨부되어야 한다. 경우에 따라서는 체중이나 혈압이나 식사량 및 배설량 등 더 시시콜콜한 부분까지 기록된다. 다른 의료진이 보더라도 환자의 상태를 정확하게 파악하고 적절한 치료를 계속할 수 있도록 하기 위해서는 물론이고, 건강보험공단에 진료비를 청구하기 위해서나 혹시 생길지 모르는 법적인 분쟁에 대비하는 차원에서도 그래야 한다. 또한 모든 내용은 '즉시' 기록되는 것이 원칙이다. 기록이 며칠 늦어지는 동안에 어떤 일이 생길지 모른다. "치료는 했지만 차트에 기록을 안 했을 뿐"이라는 말을 믿어줄 판사는 없다.

하지만 그건 어디까지나 원칙일 뿐이다. 하루 종일 이리 뛰고 저리 뛰는 레지던트가 그 모든 내용을 그때그때 기록하면서 일을 한다는 것은 불가능하다. 그나마 짬이 날 때에, 가령 갑자기 수술이 취소된다거나 당직인 날 밤에 환자들이 유난히 평온하다거나 주말이거나 할 때에 며칠 동안 미처 기록하지 못하고 지나친 내용을 채워 넣을 수밖에 없다. 며칠 혹은 몇 주 전에 있었던 일들을 다 기억할 수 있느냐고? 물론 다 기억할 수는 없다. 하지만 성의가 없으면 모를까, 기억력이 나빠서 기록을 빠뜨리는 경우는 거의 없다. 미비 차트라고 하여 아무 것도 없는 백지 상태인 것이 아니라, '형식'을 제대로 갖추지 못했을 뿐 주요한 사항들은 모두 기록되어 있기 때문이다.

병원에서도 미비 차트는 여러 모로 골치다. 전공의들의 사정을 뻔히 알기 때문에 강력하게 다그치지는 않지만, 가끔씩 과별로 혹은 개인별로 미비 차트의 숫자를 기록한 문서가 병원 곳곳의 게시판에 나붙는다. 외과는 미비 차트 개수의 과별 랭킹에서 거의 언제나 1등이다. 가령 많은 과에서는 과 전체를 통틀어 다섯 개, 열 개 하는 정도지만, 외과에서는 레지던트 한 사람의 미비 차트만 해도 두 자리에 이르는 경우가 태반이다. 외과 레지던트들이 어떻게 사는지 병원 내의 사람들은 모두 알기에, 이걸 두고 외과 레지던트들을 탓하는 사람은 없다.

결국 나는 그 소중한 1년차의 여름휴가 일주일 중 하루 하고도 절반을 미비 차트를 채우느라 소비했다. 처음엔 하루만 할애하여 끝낼 작정이었지만, 생각보다 일이 오래 걸렸다. 결국 휴가 중에도 나는 하룻밤을 병원에서 잤다. 아무도 없는 당직실에서 오전 10시까지 늘어지게 잠을 자는 것도 그리 나쁘지는 않았다. 새벽 여섯 시에 아무런 이유 없이 한 번 잠이 깼던 것만 빼면.

그렇게 흐지부지 휴가를 다 써버린 나는 무거운 마음으로 병원에 복귀했다. 7월 11일 월요일 새벽이었다. 내 1년차 생활은 7개월 20일이 남아 있었고, 내 레지던트 생활은 43개월 20일이 남아 있었다. 일주일 사이에 장마는 완전히 끝나 있었고 기온도 꽤 올라가 있었다. 에어컨이 가동되고는 있었지만 수술실을 제외하면 병원 내의 공간 대부분이 좀 더웠다.

첫 주에는 휴가를 떠난 사람이 그래도 좀 적었지만, 이번 주에는 꽤 많은 레지던트들이 휴가를 떠난 모양이었다. 우리 병원의 인턴과 레지던트 수를 모두 더하면 500명이 넘는다. 7월과 8월 중에 그들 모두가 휴가를 써야 하니, 이번 주에도 최소한 60명은 휴가를 갔을 터였다. 그 일이 일어난 것은 제헌절을 며칠 앞둔 어느 날 새벽, 응급의학과 의국에서였다.

'의국(醫局)'이라는 용어는 두 가지 뜻이 있다. 첫째는 구체적

공간 개념으로, 레지던트들이 공동으로 사용하는 사무실이자 휴게실이자 회의실을 뜻한다. 당직실 내지는 숙소를 겸하는 경우도 많이 있다. 둘째는 추상적 조직 개념으로, 1년차부터 4년차까지의 레지던트 모두로 이루어진 집단 전체를 뜻한다. 하나의 의국의 구성원은 적으면 서너 명에 불과하지만, 많으면 100명에 이르기도 한다. 의국원(員)이라 하면 의국에 소속된 레지던트를 말하는 것이고, 의국장(長)이라 하면 의국원을 대표하는 수석 레지던트를 말한다. 병원에 따라 레지던트 교육을 담당하는 젊은 교수를 의국장이라 부르는 곳도 있다. 의국 동문회라는 것도 있고 의국비(費)라는 것도 있으며 의국 비서도 있다.

의국은 레지던트들의 것이다. 특히 공간으로서의 의국은 더 그렇다. 의국은 레지던트들이 마음 편하게 커피를 마시거나 컵라면을 먹거나 TV를 보거나 수다를 떨거나 양말을 갈아 신거나 잠깐 동안 낮잠을 잘 수 있는 거의 유일한 공간이다. 그렇기 때문에 특별한 일이 없는 한 교수들도 의국에는 잘 들어오지 않는다. 다른 과 레지던트들도 마찬가지다. 특별한 용무가 있기 전에는 다른 과 의국에 발을 들여놓는 일은 별로 없다. 특히 낮은 연차의 레지던트일 경우는 더 그렇다. 외과 의국에서 외과 1년차와 내과 1년차가 담배를 피우고 있는데 외과 4년차가 불쑥 들어오기라도 한다면, 그건 일종의 사고다. 외과 의국에 외과 의국원 아닌 사람은 들어가지 않는 것. 그건 별것 아니지만 제법 잘 지켜지는 룰이다.

의국은 과별로 있는 것이니, 대학병원에는 수십 개의 의국이 있다. 그 의국들은 대체로 한 곳에 몰려 있다. '출입금지' 팻말이 붙어 있는 병원 내의 수많은 통로들 중에서 유독 젊은 의사들이 빈번하게 오가는 곳이 있다면, 그 곳이 의국들로 통하는 길이다.

그러나 단 하나의 의국은 다른 곳에 있다. 응급의학과다. 응급의학과 의국은 응급실 내부에 있다. 내과 병동과 내과 의국은 뛰어서 3분이나 5분 거리에 있어도 되지만, 응급실과 응급의학과 의국은 붙어 있어야 한다. 위치 외에도 응급의학과 의국은 다른 점이 더 있다. 다른 과 레지던트들이 흔히 드나든다는 점이다. 응급실에는 수많은 인턴과 레지던트와 교수들이 드나들지만, 응급의학과 의국 외에는 의사들을 위한 공간이 별로 없다. 그래서 언제부턴가 응급의학과 의국은 응급실 내의 의사 휴게실처럼 변해버렸다. 응급실로 뛰어내려와 한참 동안 심폐소생술을 했지만 또 한 환자를 저세상으로 보낸 내과 레지던트가 응급의학과 의국에 들어와 담배를 찾으면 얼마 전에 응급실에 들어온 교통사고 환자의 CT 결과를 기다리고 있던 신경외과 레지던트가 담배를 건네는 식이다. 응급의학과 의국원들에게는 미안한 일이었지만, 응급의학과 의국은 우리 레지던트들에게는 귀중한 안식처였다. 응급실이라는 삭막한 사막 가운데에 위치한, 커피와 담배와 컵라면이 있는 오아시스였다. 물론 우리도 최소한의 룰은 지켜줬다. 우리는 응급의학과 의국 안쪽에 있는 작은 회의실 겸 숙소까지 침범하지는 않았다. 그 룰을 깨뜨리면 오아시스가 신기루로 변할 것이기 때문이었다.

그날 밤에도 응급의학과 의국에는 많은 사람들이 드나들었다. 밤이 깊어지면서 드나드는 사람들의 수는 줄어들었고, 가끔씩은 의국이 비기도 했다. 응급의학과 의국이 완전히 빈다는 것은 응급의학과 당직 레지던트 모두가 응급실에 나가 있다는 뜻이고, 그건 응급실에 급한 환자들이 많음을 의미한다. 반대로, 그런 일은 드물지만, 응급의학과 당직 레지던트들이 모두 의국에 모여앉아 잡담을 나누고 있다면, 그날의 응급실은 평화로운 것이다.

내가 응급실 인턴의 '노티'를 받고 응급실에 내려간 것은 새벽 1시 반이었다. 노티는 노티파이(notify)의 줄임말로, 윗사람에게 보고하는 행위를 통칭하는 것이다. 대학병원의 의료진은 대개 몇 명의 의사들이 한 팀을 이루는데, 가장 흔한 경우는 교수, 3년차 혹은 4년차 레지던트, 2년차 레지던트, 1년차 레지던트, 그리고 인턴까지 5명이 한 팀인 경우다. 이 층층시하의 시스템 속에서 아랫사람이 갖추어야 할 가장 중요한 덕목 중의 하나는 자신이 결정하고 해결할 수 있는 일과 그렇지 않은 일을 제대로 구분하는 능력이다. 자신이 능히, 그리고 마땅히 해야 할 일을 윗사람에게 묻거나 떠넘기면 무능하다는 소리를 듣게 된다. 반대로 윗사람에게 보고해야 할 상황을 보고하지 않으면 건방지다, 무모하다, 무식하다는 소리를 듣게 된다. 결과가 좋다면 비난의 강도가 좀 덜해지기는 하지만, 결과가 나쁜 경우에는 그야말로 크게 혼쭐이 날 뿐더러 자칫하면 법적인 책임도 져야 한다. 어느 경우에 스스로 해결해야 하며 어느 경우에 위로 보고해야 하는지를 가리는 일은 쉽지 않다. 애매한 경우도 많고, 심지어 윗사람의 성향에 따라 다를 수도 있다. 그래서 인턴이나 레지던트를 처음 시작할 때에는 '웬만하면' 무조건 노티를 하는 편이 낫다. 그러다가 '뭐 그런 것까지 노티를 하느냐'거나 '앞으로 그런 일은 알아서 처리하라'는 이야기를 몇 차례 들으면서 노티의 적절한 범위를 체득하게 되는 것이다.

노티와 관련하여 인턴이나 레지던트가 갖추어야 할 기술은 또 있다. 그건 필요한 내용을 하나도 빠뜨리지 않으면서 최대한 간결하게 정리하여 보고하는 것이다. 쓸데없는 이야기를 길게 늘어놓는 것은 서로에게 시간 낭비다. 노티만 잘 해도 윗사람에게 기본 점수는 따고 들어갈 수 있다. 이런 면에서 대학병원은 군대와 비슷하다.

응급실 인턴은 복통 때문에 내원한 여자 환자에게 외과적 문제가 있는 것인지 확인해 줄 것을 나에게 요청했다. 복통은 가장 흔한 증상 중의 하나다. 복통을 일으킬 수 있는 질병은 수도 없이 많다. 그 질병 중에 어떤 것은 내과의사가 해결해야 하고 다른 어떤 것은 외과의사가 해결해야 한다. 산부인과의사의 몫인 경우도 있고 비뇨기과의사의 몫인 경우도 있다. 심지어 정신과의사를 불러야 할 때도 있다. 문제는 많은 경우에 이 환자를 어느 쪽으로 보내야 할지 모른다는 것이다, 적어도 처음에는. 때문에 교통정리가 주 업무인 응급실 인턴에게 복통 환자는 특히 어렵다.

아무튼 그 환자는 외과 환자가 아니었다. 모르긴 해도 산부인과 쪽의 문제로 인한 복통일 가능성이 많아 보였다. 응급실 인턴은 산부인과 당직 레지던트를 호출해서 조금 전 내게 했던 것과 똑같은 내용으로 노티를 한 후 이렇게 덧붙일 것이다. "외과 선생님께서는 외과 환자 아니라고 합니다"라고. 그러면 산부인과 레지던트는 "그 환자가 산부인과 환자일 것으로 생각하는 이유는 뭐냐?"고 물을 것이고, 인턴은 쩔쩔매며 그럴듯한 근거를 댈 것이다. 말이 되든 안 되든.

나는 의국으로 다시 올라가기 전에 습관처럼 응급의학과 의국에 들렀다. 특별히 바쁜 일은 없었고, 잠깐 쉬었다 갈 요량이었다. 응급의학과 의국 소파에는 한 사람이 구겨지듯 앉아서 졸고 있었다. 상준이었다.

"야, 임상준!"

상준은 화들짝 놀라며 잠을 깨더니 주변을 두리번거렸다. 자신을 부른 사람이 자신에게 위해를 가할 사람이 아니라는 것을 확인하더니 인상을 찌푸리며 다시 눈을 감았다. 그는 지금 나에게 인사를 할 정도의 정신도 없는 듯했다. 아무리 강철 체력을 자랑하던 상준이었지만, 1년차는 별 수 없었다.

나는 잠시 망설이다가 그냥 나왔다. 곤하게 자고 있는 그를 굳이 깨울 필요는 없었다. 비록 침대가 아니라 소파에서 잠들어 있었지만, 어차피 어디서 자든 조금 있으면 또 깰 수밖에 없을 터였다. 그리고 응급의학과 의국은 내과 의국보다 훨씬 냉방이 잘 되는 곳이었다.

며칠 후에야 알게 된 사실이었지만, 내가 응급의학과 의국을 나온 직후 정형외과 3년차 한 사람이 그 방으로 들어갔다. 정형외과 1년차와 정형외과 인턴 한 사람을 대동하고서. 그는 몇 시간 전 응급실로 온 정형외과 환자를 인턴과 1년차가 '방치'한 것에 대해 두 사람에게 책임을 묻기 위해 그곳으로 간 것이었다.

문제의 환자는 술이 취한 채 계단에서 구르는 바람에 한쪽 다리에 개방 골절이 생긴 환자였다. 경찰이 데려다놓은 환자라서 보호자도 없었다. 응급실 인턴의 콜을 받은 1년차는 그때 응급 수술에 들어가 있었기 때문에 정형외과 인턴에게 환자의 상태를 파악한 후 보고할 것을 지시했고, 정형외과 인턴은 환자를 본 후 1년차에게 다시 노티를 했다. 1년차는 수술 중이었으므로 수술실 간호사를 통해서 간접적으로 전달된 내용은 '수술이 필요한 환자이지만 보호자도 없고 술이 취한 상태라서 의사소통이 원활하지 않음'이었다. 정형외과 인턴은 이것으로 자신의 임무를 다했다고 생각했고, 정형외과 1년차는 수술실에서 나온 후 다른 일을 처리하는 동안 정형외과 인턴으로부터 다시 연락이 오지 않기에 둘 중의 하나라고 생각했다. 아직도 술이 취한 상태라서 어차피 좀 더 기다려야 하는 상황이거나 아니면 다른 병원으로 전원시켰거나. 골절 환자는 반드시 대학병원에서 진료해야 할 환자가 아니므로 병실 상황이나 수술실 상황에 따라 인근의 병원으로 보내는 일은 흔했다.

하지만 그 환자가 두어 시간 동안 술과 잠에 취해 있다가 통증 때문에 정신을 차린 이후 응급실에서 소란을 피운 것이 문제였다. 응급실 인턴은 다시 정형외과 1년차를 호출했으나 그때 그는 졸고 있었다. 그러자 응급조치도 제대로 되지 않은 채 난동을 피우는 술 취한 환자를 보다 못한 응급의학과 3년차가 정형외과 3년차를 호출했고, 자다가 불려 내려온 정형외과 3년차는 존재조차 알지 못했던 그 환자에게 상소리를 들었다.

가끔씩 일어나는 일이긴 했으나, 명백히 정형외과 1년차의 실수였다. 그의 죄목은 두 개였다. 응급실 환자 노티를 받고도 내려가 보지 않은 죄와 응급실로부터의 호출을 받지 않은 죄. 파트너가 여름휴가를 떠났기 때문에 평소보다 훨씬 많은 양의 업무가 그에게 맡겨져 있었다는 점을 감안한다 하더라도, 그 죄는 결코 적지 않다. 응급실에서 온 콜을 받지 않는 것은 경우에 따라 환자의 생명을 좌우할 수 있는 업무 태만이기 때문이다.

3년차는 응급의학과 의국에서 그 두 사람을 다그치기 시작했다. 그런 경우 대개는 적당한 수준의 꾸중으로 끝나거나 경우에 따라서는 '벌당'이라는 제재가 가해진다. 벌당은 징벌로서 내려지는 당직인데, 작은 실수에 대해서는 하루나 이틀이지만 큰 실수에 대해서는 한 달 혹은 그 이상도 가능하다. 물론 벌당 개수는 원래 당직인 날은 빼고 계산된다. 사흘에 하루 집에 가는 1년차라면, 3일의 벌당만 내려져도 열흘 이상 연속 당직을 해야 하는 것이다. 이건 특별한 약속이 잡혀 있거나 가정이 있는 사람에게는 꽤나 치명적일 수도 있다.

하지만 그 3년차는 훨씬 더 나갔다. 1년차와 인턴에게 소리를 지르면서 차트를 집어던졌고, 1년차가 인턴에게 약간의 책임을 미루는 듯한 태도를 보이자 열흘의 벌당—이건 한 달 동안은 집에 못 간다는 의미다—을 선고했고, 그에 대해 1년차가 과도한 벌이라며 약간의 저항을 보이자 지난 몇 달 동안 그 1년차가 저질렀던 여러 가지 실수들을 싸잡아 비난하며 발로 정강이를 '가볍게' 몇 차례 가격했다. 나이는 1년차가 더 많았다. 다른 학교 출신이라서 직속 선배는 아니었지만, 군대를 다녀왔고 아이도 있는 사람이었다. 참다못한 1년차도 소리를 지르며 주먹을 꽉 쥐었고, 그 모습을 보고 흥분한 3년차는 1년차의 뺨을 때렸다. 그리고 약간의 몸싸움이 벌어졌다. 가시방석 위에 있던 인턴이 뒤늦게 두 사람을 말려 보았지만 역부족이었다.

아주 잠깐 동안에 벌어진 일이었다. 상준은 그 소란 통에 잠이 깼고, 그 과정을 그대로 지켜봤다. 다른 과의 일이라 간섭하지 않고 있던 상준까지 나서서 중재를 한 이후에야 상황이 마무리됐다.

시끄러운 소리가 바깥까지 새나가 응급실에 있던 의사 몇몇이 뛰어 들어왔지만 상황은 이미 종료된 후였다.

하지만 문제는 그 1년차의 고막이 터졌다는 사실이었다. 사람의 고막은 그렇게 쉽게 터질 수 있다. 당시만 해도 대학병원에서 의사들 사이의 폭력은 드물지 않았다. '엄격함'이 요구되는 직업이라는 이유로, 상명하복의 도제식 수련 과정이라는 이유로, 그리고 '관행'이라는 이유로, 몇몇 과에서는 다반사로 벌어지기도 했다. 이 사건도 그의 고막이 터지지만 않았다면, 그리고 고막이 터진 1년차가 아들의 돌잔치를 며칠 앞두고 있지만 않았다면, 때린 사람이 맞은 사람의 학교 선배이기도 했다면, 그리고 그 3년차에게 '전과'가 없었다면, 그냥 조용히 넘어갔을 터였다.

이 일은 피해자에 의해 치프 레지던트에게 보고됐고, 교수들에게도 보고됐고, 다른 과의 여러 의사들에게도 알려졌다. 3년차는 이전에도 몇 차례 비슷한 사건을 일으킨 적이 있었고, 그건 정형외과 내에서는 이미 잘 알려진 사실이었다. 하지만 정형외과 주임교수는 3년차를 불러 잠깐 동안 면담을 한 후 사건을 덮으려 했다. 구두로만 경고를 주었을 뿐이었다. 나중에 알려지기로, 3년차는 주임교수에게 "1년차가 먼저 나를 쳤다"고 말했다. 물론 거짓말이었다.

일이 이렇게 흘러가자 맞은 1년차는 주임교수를 찾아가 3년차에게 자신이 납득할 만한 공식적인 징계가 내려지지 않으면 3년차를 폭행 혐의로 고소하겠다고 말했다. 주임교수는 그를 말렸고, 다른 의국원들은 그를 달랬다. 공식적인 징계를 하게 되면 온 병원 내에 사건이 알려져 과 망신이 아니냐, 네가 실수를 한 것은 사실이지 않느냐, 고소까지 하게 되면 병원 전체의 망신이 아니냐, 좋은 게 좋은 거 아니냐, 일을 그렇게 키우면 앞으로 3년 반이나 남은 레지던트 기간 동안 잘 지낼 수 있겠냐.

하지만 그는 굽히지 않았다. 그는 먼저 때린 사람이 자신이라는 3년차의 주장 때문에 더욱 어이가 없었다. 주임교수는 어쩔 수 없이 현장에 있었던 인턴을 불러 당시 상황을 보고하도록 했는데, 그 인턴은 "경황이 없어서 누가 먼저 때렸는지 잘 모르겠다"고 대답을 했다. 그는 정형외과를 지망하는 인턴이었다. 그가 선택할 수 있는 거의 유일한 대답이었을 게다. 1년차가 상준에게 '증언'을 부탁한 것은 당연한 수순이었다. 곧 정형외과 주임교수가 상준을 면담할 것이라는 사실이 알려지자 가해자를 비롯한 정형외과 의국원들 여럿이 상준을 찾아왔다. 그들은 한결같이 말했다. 좋은 게 좋은 거 아니냐고.

상준은 일말의 고민도 하지 않았다. 그는 당연히 진실을 말해야 한다고 생각했다. 게다가 주변의 다른 1년차나 인턴들에게 물어본 결과 문제의 3년차는 상습적으로 아랫사람을 때려온 사람이었다.

폭행을 당한 1년차는 며칠 후 치료를 받는다는 명목으로 출근을 중단했다. 그는 병원을 나가기 전에 수일 내로 공식적인 징계 조치가 없을 경우 고소장을 접수할 것이라는 일종의 최후통첩을 했다.

　상준이 정형외과 주임교수와 면담을 마친 후에는 상황이 조금 더 복잡해졌다. 상준이 '진실'을 이야기했음에도 불구하고 정형외과 주임교수가 협박 비슷한 말투로 '중뿔나게 나서지 말고 잠자코 있으라'고 말했기 때문이었다.

　상준은, 정형외과 주임교수의 표현을 빌자면, 중뿔나게 나섰다. 면담을 끝낸 직후부터 동료 1년차들과 인턴들의 서명을 받기 시작한 것이다. 하루 만에 100여 명의 인턴과 레지던트들이 문제의 3년차에 대한 징계를 건의하는 문서에 서명을 했다. 그리고 그 문건은 정형외과 주임교수가 아니라 병원장에게 전달됐고, 같은 내용은 의국들이 모여 있는 복도에까지 나붙었다.

　결국 때린 3년차에게 공식적인 징계 처분이 내려졌다. 3개월 감봉이었다. 이건 많은 사람들의 예상보다 높은 수위의 징계였다. 게다가 폭력 사건과 관련하여 공식적인 징계가 떨어진 것은 우리 병원 역사상 처음이었다. 하지만 맞은 1년차는 다시 병원에 돌아오지 않았다. 어쩌면 그는 처음부터 그럴 생각이었는지도 모르겠다.

9

우리나라 사람들이 특히 열심히 챙기는 모임 중의 하나가 동창회다. 하지만 나는 동창회를 별로 좋아하지 않는다. 사람들과 어울리는 것을 싫어하는 것은 아니지만, 단지 같은 학교를 나왔다는 이유만으로 잘 알지도 못하는 사람들과 실제 이상으로 친한 척을 해야 하는 동창회 특유의 분위기는 별로 내키지 않았다. 게다가 동창회에서 '영업'을 하는 사람들은 왜 그리도 많은지, 학창 시절에 단 하나의 추억도 함께 하지 않은 친구가, 동창회에서 만나지 않았더라면 거리에서 만나도 모르고 지나쳤을 친구가 자동차를 사라, 보험에 들어라 하며 '친구 좋다는 게 뭐냐'고 말할 때에는 조금 어이가 없기도 했다.

그런 것보다 더 괴로운 것은 공통의 화제가 없다는 점이다. 10대 때의 기억을 억지로 꺼내는 것은 어쩌다 한 번은 해 볼만 하다지만, 서로 공유할 수 있는 현재의 일상이 없다 보니 술잔이 몇 바퀴 돌고 나면 나오는 이야기는 어차피 뻔하다. 누군가가 정치와 관련된 이야기를 눈치 없이 꺼내기라도 하면 공허한 나라 걱정들이 쏟아진다. 욱하는 성격을 가진 사람들이 몇몇 있기라도 하면 격한 말싸움으로 이어지는 일도 드물지 않다.

고등학교 동창회는 두 번 참석하고 말았고, 중학교 동창들과는 연락이 아예 끊어졌지만 별로 이어붙일 마음이 없다. 몇 년 전 인터넷에서 초등학교 동창 찾기 열풍이 분 이후로는 초등학교 동창들로부터도 연락이 오지만, 아직 모임에 참석한 적이 없고 앞으로도 아마 그럴 것이다.

그래도 대학 동창회는 좀 낫다. 만사 제쳐두고 참석할 정도는 아니지만, 굳이 피하거나 일부러 다른 약속을 잡지는 않는다. 게다가 이번처럼 몇몇 친구들과 미리 약속이 된 경우에는 동창회 날짜가 조금은 기다려지기도 한다. 대학 동창회가 그나마 재미있는 이유는 우선 대부분의 사람들이 거의 같은 일을 하고 있다는 점에서 공통의 화제가 많기 때문이다. 그리고 대학 6년은 기본이고 인턴과 레지던트 시절도 같이 보낸 경우가 많아 10년 안팎의 세월을 같은 공간에서 동고동락한 사이이니, 공유하고 있는 추억도 많다.

그렇지만 대학 동창회는 자주 열리지도 않고 졸업 이후 곧바로 시작되지도 않는다. 의과대학 동창회는 최소한 졸업 후 10년은 지나야 시작되는 것이 보통이다. 졸업생 대부분이 인턴과 레지던트 과정을 밟으니 기본적으로 5년 정도는 도저히 시간적 여유가 없고, 남자들은 3년 동안 군대도 다녀와야 한다. 전문의 자격을 따도 처음 몇 년 동안은 레지던트 시절 못지않게 다들 바쁘다. 개업을 하든 취직을 하든 대학에 남아서 교수 자리를 노리든.

우리 동기들이 처음 모임을 가진 것도 졸업 후 9년만이었다. 내가 의과대학을 졸업한 것은 1993년 2월인데, 2002년 봄이 되어서야 처음 한 자리에 모였으니 말이다. 물론 첫 모임은 조촐했다. 연락이 끊어진 친구들도 많았고, 다른 약속 때문에 오지 못한 친구들도 많았다. 150명이 같이 입학을 했고 160명이 같이 졸업을 했는데, 늦게 합류한 사람들까지 더해도 그날 모인 사람은 40명 정도였다. 나중에 알게 된 것이지만, 첫 모임에 40명이면 다른 동기회에 비해 그리 적은 숫자는 아니었다.

동기회 장소는 병원 앞에 있는 갈빗집이었다. 현관에 있는 예약 안내판을 보니 4층을 통째로 빌린 모양이었다. 약속 시각보다 5분쯤 일찍 도착을 했는데 벌써 10명 넘게 자리에 앉아 있었다. 확실히 이젠 조금 여유들이 생긴 모양이다. 그렇다. 이제 조금씩 여유가 생길 때도 됐다. 다들 며칠 후면 우리 나이로 마흔 아니면 마흔 한두 살이었다. 고등학교를 졸업한 지 20년이 됐고, 대학을 졸업한 지 10년이 넘었고, 전문의 자격을 딴 지도 최소 5년은 넘었다.

예상했던 것보다 많이들 모였다. 낙경을 비롯해 몇몇 주동자들이 열심히 연락을 한 모양이었다. 적당히 삼삼오오 모여서 수다를 떨기만 했던 과거의 동기회와는 달리, 간단한 '공식' 프로그램도 있었다. 낙경은 학창시절의 사진들을 노트북에 담아 와서는 우리를 즐겁게 했다. 그가 프로젝터를 노트북에 연결하여 별로 깨끗하지 않은 갈빗집 벽에 비추기 시작했을 때, 우리는 모두 탄성을 질렀다. 마치 영화 상영이라도 시작되듯 '그때를 아십니까?'라는 타이틀이 천천히 떠올랐기 때문이다. 오랜만에 옛날 사진을 보는 일은 80%쯤은 즐거웠고 20%쯤은 서글펐다. 지금 서로의 모습을 바라볼 때는 느끼지 못했던 세월의 무게가 그 사진들을 보면서 새삼 느껴졌다. 그리고 그 사진들 속의 몇몇은 이미 우리 곁에 없었다.

현수는 우리 동기들의 근황을 나름대로 수집한 결과를 발표했다. 2년 전에 처음으로 만들었던 주소록 개정판을 만들기 위해 자료를 모으고 있다고 했다. 모두의 근황을 다 소개하는 것이 아니고 현수가 파악한 것만 발표하는 데도 꽤나 긴 시간이 걸렸다. 도중에 우리가 이러쿵저러쿵 토를 다는 통에 시간이 좀 더 걸리기도 했다. 지난 2년 사이에도 근무지가 바뀐 경우가 제법 많았다. 앞으로 몇 년이 더 흘러 우리들이 40대 중반을 넘어가면, 근무지가 바뀌는 경우는 확 줄어들 것이 분명하다. 그런 걸 두고 혹자는 '안정'이라 하지만, 그건 '나이 먹음'의 다른 이름이다.

많은 사람들의 소식을 전해주던 현수가 잠깐 말을 멈추는가 싶더니, 이렇게 말했다.

"끝으로, 안타까운 소식들도 전해드리겠습니다."

현수는 종규 형의 죽음을 전했다. 종규 형이 세상을 떠난 것은 6개월 전이었는데, 몇몇은 여태껏 그 소식을 모르고 있다가 뒤늦게 놀라고 있었다. 우리보다 1년 선배였지만 함께 졸업했던 그는 경기도 구리시에서 내과를 개업하고 있었다. 지난여름 어느 날 오후, 갑자기 자신의 진료실에서 쓰러진 후 그날을 채 넘기지 못하고 죽었다. 급성 심근경색이었다. 이런 사연에 늘 따라붙는 것처럼, 그는 평소에 더할 나위 없이 건강했었다. 부인과 두 딸이 있었다.

현수는 뒤이어 석훈의 죽음도 전했다. 석훈은 뇌출혈로 죽었다. 극심한 두통을 호소하며 쓰러진 후 며칠 동안 사경을 헤매다 죽었다. 나에겐 3~4년 전의 일처럼 느껴지는데, 석훈의 죽음은 2년이 채 안 된 일이었다. 부검은 하지 않았지만, 석훈에게 갑자기 뇌출혈이 생긴 이유는 선천적인 뇌혈관기형인 것으로 추정되었었다. 도저히 예측할 수 없는, 갑작스럽고도 허망한 결말이었다. 석훈에게는 부인과 아들이 있었다. 석훈의 죽음도 몇몇에게는 새로운 소식인 듯했다. 그러고 보면 대학 동창이라는 관계는 참 가깝고도 먼 사이다. 누구 하나가 죽어도 몇 년이 지나도록 그 사실조차 모르는 사람이 너무 많다.

"고 배종규 선생님과 고 한석훈 선생님의 명복을 빕니다." 현수는 이렇게 말하며 동기들의 근황 소개를 마쳤다. 현수가 '공식적으로' 전한 안타까운 소식은 여기까지였다. 하지만 그게 전부는 아니었다. 나도 미처 몰랐던 일인데, 투병 중인 동기들이 두 사람 더 있었다.

서유정이라는 여자 동기는 유방암 4기 판정을 받고 항암치료를 받는 중이라 했고, 김준성이라는 남자 동기는 급성 간염이 악화되어 간 이식수술을 받아야 하는 처지인데 공여자를 구하지 못해 애를 태우고 있다고 했다. 아픈 동료들 이야기가 나오니 모두들 할 이야기가 많았다. 우리 동기들 말고 아래위로 2~3년 선후배들 중에도 최근에 세상을 떠났거나 중병에 걸려 병마와 싸우고 있는 사람들이 몇 사람 더 있었다. 분위기를 바꿔 보려는 듯 누군가 술잔을 들고 외쳤다.

"야, 야, 인생무상이다. 우리도 언제 죽을지 모르는데, 살아 있는 동안 맘껏 마시자."

그 말에 여러 사람들이 앞에 놓인 술잔을 비웠지만, 분위기는 별로 달라지지 않았다.

훨씬 먼저 우리 곁을 떠난 몇 명의 친구들과 선후배들이 떠올랐다. 오토바이 사고로 본과 1학년 때 죽은 병주, 의사국가시험을 이틀 앞두고 기숙사에서 돌연사하여 우리 모두를 충격에 빠뜨렸던 남섭이, 군산에서 공중보건의사로 근무하던 중에 우울증을 이기지 못해 농약을 마셨던 한수, 맥주 한 잔 마시러 병원 앞의 한 록카페에 갔다가 화재가 나서 다른 열 두 명과 함께 쓰러졌던 호근이 형, 군의관 훈련 받으러 영천에 있는 3군사관학교에 갔다가 휴가를 받아 서울로 오던 중에 교통사고로 세상을 떠난 후배 현중이….

몇 년 전까지만 해도 친구나 선후배의 부음이 들리면 모두가 사고로 인한 죽음이었는데, 언제부턴가는 원인이 질병으로 바뀌고 있었다. 나도 아직은 건강에 자신이 있다고 믿고 있지만, 몸속 어느 구석에선가 아무도 모르게 병마가 자라고 있을지도 모른다는 생각을 하니 새삼 두려웠다.

갑자기 나는 내 앞에서 두려움에 떨고 있었을, 그리고 그 두려움에 대한 나의 무심함에 더욱 두려워했을 수많은 환자들이 떠올랐다. 의사가 처음 되었을 때, 환자의 질병만 고쳐주는 의사가 아니라 환자의 마음까지 어루만져주는 의사가 되리라 다짐했었는데, 의사 노릇을 10년 넘게 하면서 공장에서 물건을 조립하듯 그저 기계적으로 진료를 하는 의공(醫工)으로 변해버린 것은 아닌가 싶었다.

갓 의사가 되었을 때 나는 한 가지 다짐을 했었다. 다른 건 몰라도 환자의 질문에는 최선을 다해 대답하는 의사가 되겠다고. 꽤 오랫동안 그 다짐을 지켰던 것 같기는 하다. 환자들은 질문이 참 많다. 하지만 친절하고도 알아듣기 쉽게 설명해 주는 의사는 많지 않아서, 간혹 열심히 대답해 주는 의사를 만난 환자들은 엄청난 질문 보따리를 풀어놓곤 했다. 그래서 힘들었지만, 나는 환자들의 궁금증을 풀어줄 수 있는 내가 자랑스러웠다. 그래, 내가 이런 질문에 대답하기 위해서 그렇게 많은 날을 밤새워 공부했던 거야, 라고 생각하기도 했었다. 하지만 언제부터인가 그 다짐은 깨졌다. 지금의 나는 환자들의 질문에 대해 그저 평균 수준의 대답만 할 뿐이다. 그리고 다음 질문의 여지도 남기지 않는다. 물론 답변 시간은 아주 짧다.

사실 환자들이 질문을 많이 하는 것은 당연한 일이다. 평소에는 모든 세상사에 무관심하던 사람이라 할지라도 일단 '환자'가 되고 나면 마치 '호기심 많은 아이'가 그렇듯 알고 싶은 것이 너무나 많아진다.

난생 처음 보는 물건을 접하면 궁금한 것이 당연한 것이고, 방송국이나 자동차 공장에 처음 가는 사람이 낯선 풍경들을 신기한 듯 바라보는 것도 인지상정이다. 하물며, 자신의 몸에 어떤 변화가 생겨서 찾은 병원에서야 말할 것도 없다. 그 변화는 대부분 사람들이 원하지 않는 방향으로 일어나는 것이기 때문이다. 그 순간, 환자들은 너무나 잘 알고 있다고 생각해 왔던 자신의 '몸'에 대해서 실상은 거의 아무 것도 모르고 있다는 사실을 발견하게 된다. 많은 사람들이 '내 몸은 내가 제일 잘 알아'라며 큰소리를 치지만, 그건 두려움을 감추기 위한 허풍일 뿐이다. 어느 순간이 되면 그 허풍만으론 더 이상 두려움을 이길 수 없게 되고, 곧이어 두려움과 함께 궁금증은 봇물 터지듯 쏟아지는 것이다.

이 증상이 도대체 어떤 의미를 가지는 것인지, 내가 도대체 무슨 병에 걸린 것인지, 저 바늘은 지금 왜 나의 피부를 뚫고 있는 것인지, 저 조그만 모니터에 나타나고 있는 해괴한 그림은 무엇인지, 죽을병인지, 돈은 얼마나 드는지, 언제쯤 내가 다시 병원 바깥의 세상으로 돌아갈 수 있는지, 궁금하지 않다면 오히려 그것이 이상한 일이다. 바로 세상에서 가장 중요한 자신의 일인데, 그것에 대해서 거의 아무 것도 알지 못하기 때문이다. 그리고, 그런 절박한 심정에서 의사에게 질문을 하지만, 의사는 거의 언제나 심드렁한 표정이다.

세상에는 질병의 종류도 많고, 치료의 종류도 많고, 검사의 종류도 많고 많으니, 환자들의 질문들도 매우 다양하다. 하지만, 환자들이 품고 있는 흔한 의문들 중의 대부분은 놀랍게도 비슷비슷하다. 의사가 전혀 예기치 못했던 질문을 받고 당황하는 경우는 매우 드물다는 것이고, 의사들은 같은 질문을 아주 여러 번 받고 있다는 뜻이다. 다시 말해서, 그 질문들에 대해서 의사는 '마음만 먹으면' 거의 완벽한 대답을 해 줄 수 있다는 말이기도 하다.

하지만, 환자의 '모든' 질문에 자상하게 답해 주는 의사는 거의 없다. 환자들이 가장 바라는 의사는 '설명을 잘 해 주는 의사'라는 사실이 잘 알려져 있지만, 의사의 설명은 짧고 딱딱하고 그나마 알아듣기 힘든 경우가 많다. 환자들은 의사에게 묻고 싶은 수백 가지 중에서 가장 궁금한 몇 가지만을 고르고 골라서 질문하는데도, 되돌아오는 설명은 빈약하다.

몇몇 의사들만 그렇다면 인간성이 나쁘기 때문이겠지만, 모든 의사들이 다 그런 데에는 몇 가지 이유들이 있다. 우선 시간이 없다. 선진국 의사들은 외래에서 반나절 동안 기껏해야 스무 명의 환자를 보는데, 우리나라 의사들은 적어도 사오십 명, 많으면 100명 이상을 본다. 의사 한 사람이 책임져야 하는 입원 환자의 수도 대개 수십 명에 달한다. 부족한 것은 시간만이 아니다. 의사들에게 커뮤니케이션 기술이 부족한 것도 중요한 원인이다. 의사들은 그 오랜 기간 동안 공부를 했지만 환자와 대화하는 법이나 환자를 교육하는 방법에 대해서는 배운 적이 거의 없다. 물론 많은 질문을 받고 많은 대답을 하다보면 그 기술이 저절로 늘어나기는 하지만, 의과대학에서부터 그런 방면의 교육을 틈틈이 한다면 훨씬 환자의 만족도가 높아지기 마련이다. 요즘 우리 후배들은 학교에서 조금씩이라도 그런 교육을 받고 있다고 하니 다행이다.

 의사가 하는 일, 그러니까 내가 하는 일 중에서 가장 많은 시간을 잡아먹는 것도 환자들의 질문에 대답하는 일이다. 내가 환자들에게 묻기도 많이 하지만, 훨씬 더 많은 것을 묻는 것은 언제나 환자 쪽이다. 의사 노릇을 십 수 년째 하고 있지만, 아직도 가끔은 '생전 처음 듣는' 질문을 접한다. 며칠 전에는 "왜 하필 여섯 명이 한 병실에 있나요?"라는 질문도 받았다. 6인실에 입원해 있는 어느 아주머니의 질문이었는데, 말문이 막혔다. 그게 왜 그런지 단 한 번도 생각해 본 적이 없었다. 몇 군데 외국 병원에 가 본 적이 있는데, 그곳에서도 다인 병실은 대개 6인실이었다.

하지만 많은 경우 환자들이 하는 질문은 내가 반복적으로 받게 되는 것들이다. 환자들의 질문을 크게 두 종류로 나누면 특정한 질병 혹은 환자 개인의 상태에 관련되는 것들이 하나요, 병원의 '시스템'과 관련된 것이 다른 하나다. 가령, '밥은 언제부터 먹을 수 있나요?'라거나 '언제 퇴원할 수 있나요?' 같은 질문은 전자에 속하고, '병실에는 왜 슬리퍼가 없나요?'라거나 '왜 이렇게 피를 자주 뽑나요?' 같은 질문은 후자에 속한다.

전자에 해당하는 질문은 그 대답이 비교적 짧다. 하지만 환자들은 의외로 후자에 해당하는 질문도 많이 하고, 그런 질문에 대한 대답은 비교적 길다. 그런데 재미있는 것은, 처음부터 후자에 해당하는 질문을 하는 환자들은 별로 없다는 점이다. 응급실이나 외래 진료실에서, 혹은 입원한 첫날에는 주로 전자에 해당하는 질문이 많다. 하지만 병원에 며칠 입원해 있으면서 자신의 질병에 대한 지식이 좀 쌓이고 나면, 그리고 담당 의사와 눈을 맞추는 시간이 좀 쌓이고 나면, 환자들은 조금은 '한가한' 질문들을 던진다. 나는 언젠가 이런 환자들의 질문과 답변만 모아서 책을 한 권 쓰고 싶다는 생각을 한다.

하지만 환자들의 질문에 척척 답하는 의사라고 해서 사람의 몸에 대해 모든 것을 아는 것은 아니다. 의사들도 스스로 환자가 되거나 자신에게 이상한 증상이 하나 나타나면 궁금한 것이 많아지는 것은 똑같다. 의사들이 사람의 몸에 대해 상당히 많은 지식을 갖고 있는 것은 사실이지만, 그건 '사람'의 몸에 대해서지 '자신'의 몸에 대해서는 아닐 수도 있다. 그리고 의사들은 '사람'의 몸에 대해서조차 완전히 알지는 못한다. 제법 많이 알아냈다고는 하지만, 여전히 인체는 신비의 영역이고 신의 영역이다. 그리고 의학이 워낙 세분화되어서 이제는 자기 분야가 아니면 아는 것보다 모르는 것이 더 많아져 버렸다. 외과의사에게 피부과와 관련된 질문을 해 봐야 '피부과의사에게 물어보세요'라는 대답만 듣게 되는 것이다.

갈빗집에서의 1차가 끝났다. 수십 명이 길거리에서 삼삼오오 모여서 시끄럽게 떠들다 보니 학창시절로 되돌아간 듯한 느낌도 들었다. 몇 사람은 도중에 먼저 자리를 떴고, 또 몇 사람은 뒤늦게 나타났다. 1차가 이미 끝나고 시간은 10시가 넘었는데, 이제야 인사를 나누는 사람들도 적지 않다. "어? 너 언제 왔냐?" "나는 처음부터 있었는데, 너야말로 언제 왔냐?"

2차 장소에 모인 사람은 스물이 조금 넘었다. 소주에서 맥주로 주종이 바뀌었고, 사람들은 내일 아침이면 기억도 못할 이야기들을 주고받기 시작했다. 흥겨운 분위기이긴 했지만 너무들 오랜만에 만난 탓에 이야기가 조금은 겉돌고 있었다. 저쪽 끝에서 누군가가 "야! 쪽팔리게 3씨리즈를 어떻게 타고 다니냐?"라고 외치는 소리가 들렸다. 아무도 내색은 안 했지만, 속으로 한마디씩 했을 터다. 팔불출. 의대 동기회에 참석하는 사람들은 모두가 의사이니, 다들 그런대로 먹고살만한 사람들이다. 물론 여기에도 '잘 나가는' 사람이 있고 그렇지 못한 사람이 있지만, 그리고 이제는 예전과 달라서 모두가 죽는 소리들을 하고 있지만, 다른 동창회에서처럼 돈 자랑을 할 계제는 아닌 것이다. 하지만 저런 친구는 어딜 가나 꼭 있다. 어쩌겠나. 사람은 쉽게 바뀌지 않는 법인데.

2차 자리에 남아 있는 사람들 중에는 개업한 사람이 절반쯤 된다. 나머지는 대학에 있거나 종합병원에 취직해 있다. 2차로 옮기고도 한참 있다가 나타난 한 녀석은 모 언론사에서 의학전문기자로 일하고 있고, 한 녀석은 몇몇이 힘을 모아 제법 번듯한 종합병원을 하나 차렸다. 개업한 친구들이 아무래도 말을 많이 한다. 스트레스가 더 많은 탓일 게다. 그런데 신기한 것이 있다. 개업한 사람들의 전공은 내과, 외과, 산부인과, 정신과, 재활의학과, 마취과, 피부과, 성형외과 등등으로 다양한데, 과반수가 자기 전공과 무관한 일들을 하고 있다. 비만클리닉 하는 사람이 넷, 여성클리닉 하는 사람이 둘이다. 어떻게 하는 건지 나도 잘 모르는 갖가지 '요법'들을 시술하는 사람들은 더 있다. 진짜 자기가 전공한 분야의 진료만 하는 사람은 피부과의사 성수와 성형외과의사 낙경 뿐인 듯하다. 배운 대로 정직하게 진료하면 먹고살기가 힘든, 위험하고 힘들고 꼭 필요한 의료행위에 대해서는 보상이 적고 그렇지 않은 의료행위 혹은 의료 비슷한 '서비스'에 대해서는 보상이 큰 우리의 불합리한 의료제도의 단면이 여지없이 드러난다. 외과 지원자가 없다, 분만을 하는 산부인과가 없다, 응급실에 의사가 없다, 하는 뉴스들이 계속 나오지만, 사람들은 여전히 '인술' 운운하며 의사들만 탓한다. 하지만 의사들은 성직자가 아니다. 내가 외과를 전공하여 외과의사로 살 수 있는 것도 대학에 남았기 때문일 뿐, 나도 개업을 했다면 위암 수술 대신 피부 관리를 하고 있었을지도 모른다.

이런 생각으로 조금은 우울해진 나를 즐겁게 해 준 것은 역시 낙경이었다. 그는 인생을 '재미있게' 사는 법을 아는 친구였다. 낙경은 두 달 전 '가을휴가'를 다녀온 이야기를 꺼냈다. 성형외과 개원의에게 여름방학은 '대목'이라 비수기인 가을철에 휴가를 가는 것은 흔한 일이었지만, 그의 올해 휴가는 좀 특별했다. 추석 연휴를 전후한 6박7일 동안 몽골에 가서 언청이 아이들 20여 명을 수술해 주고 왔다는 것이었다. 놀라운 것이 한두 가지가 아니었다. 언청이 수술이 성형외과의 영역인 것은 분명하지만, 개원의가 연고도 없는 몽골에 가서 수술을 하고 왔다는 것이 우선 신기했고, 우리나라에서는 요즘 별로 찾아볼 수 없는 언청이 아이들이 몽골에는 그렇게 많은지도 궁금했고, 생전 봉사활동 비슷한 것도 해 보지 않은 채 갖가지 취미생활들에만 몰두했던 그가 무슨 바람이 불어 그런 일을 벌였는지도 궁금했다.

"어쩌다가?" 이 모든 궁금증들을 한데 섞여, 내 입에서는 좀 이상한 질문이 나왔다.

"선규 형이 몽골에 선교하러 가 있잖아."

"그렇지. 아직도 거기 계시구나." 선규 형은 내과의사인데 의료선교를 위해 몽골의 울란바토르로 떠난 지 벌써 4~5년이 되었다. 이렇게 해외에 나가 있는 의사들은 꽤 많다.

"작년에 형이 잠깐 한국에 왔을 때 들었는데, 거기는 언청이 아이들이 정말 많다고 하더라구. 그래서 내가 언제 한번 가서 수술해 주겠다고 약속을 했었거든."

"그래도 그렇지, 어떻게 일주일 동안 스무 명을 수술하냐?"

"내가 간다고 한 스무 명 모아 놓으라 그랬지."

"어시스트 하는 사람은 있던가?" 큰 수술은 아니라 해도 혼자서 할 수는 없는 일이었다.

"우리 마누라하고 나하고 둘이서." 낙경의 부인은 수술실 간호사 출신이었다. 지금은 두 딸 키우느라 전업주부였지만.

"어이구, 오랜만에 수술실에서 연애하니까 기분 좋더냐?" 그들은 수술실에서 만나서 연애결혼을 했다.

"아이들은 어떡하고 둘 다 나갔다 왔어?"

"애들도 데리구 갔지. 휴가였다니깐."

"엉?" 이젠 좀 어이가 없었다. "너 수술하는 동안 애들은 뭐하고?"

"애들은 선규 형네 딸들하고 재미있게 놀았지. 지들끼리 영어로 이야기하다가 한국말로 이야기하다가 난리도 아니더라." 선규 형도 두 딸의 아버지였다. 몽골에 있는 아이들은 당연히 외국인학교를 다니고 있었고, 낙경의 아이들도 유치원에서 영어를 배운 모양이었다.

낙경은 딱 하루 동안 울란바토르 시내 관광을 했을 뿐, 나머지 시간은 내내 수술만 하며 가을 휴가를 보냈다. 그가 앞으로도 이런 일을 계속 할지는 미지수지만, 소리 소문 없이 그런 봉사를 하고 온 것이 너무 기특했다. 선행은 받는 사람보다 베푸는 사람을 더 행복하게 한다더니, 낙경의 표정이 너무 행복해 보였다. 그가 '원래의' 계획대로 아이들과 함께 플로리다의 디즈니랜드를 다녀왔더라면 아마도 덜 행복했을 듯했다.

낙경의 취미는 아주 많지만, 그에게 꼭 한 가지 취미만 대라고 하면 그는 늘 '여행 준비'라고 말하곤 했다. 그는 과거에도 여행 그 자체보다는 여행을 준비하고 계획을 세우는 일을 무척이나 즐겼다. 지도를 보고 가이드북을 읽으면서 어디에 가면 무엇이 있고 어떤 경험을 할 수 있는지 살펴보는 자료 탐색 단계도 즐겼고, 여행지와 여행 시기를 정하고 나면 그 지역의 역사와 문화를 공부하고 맛있는 음식점도 찾고 현지 지도를 구하여 드라이브 코스를 궁리하는 일도 즐겼다. 심지어 그는 그 나라 언어도 공부한다.

하지만 낙경이 실제로 여행을 아주 많이 한 것은 아니다. 아직 국내에도 못 가본 곳이 아주 많고, 가 본 나라도 10개가 못 됐다. 그럼에도 불구하고 그가 여행 준비를 조금이라도 해 놓은 나라는 수십 개였다. 그래서 그는 평범한 여행지를 다녀와도 남들보다는 할 이야기가 많았고, 다른 사람의 여행 이야기를 들으면서 마치 자신도 그곳에 갔다 온 것처럼 맞장구를 칠 수 있었다. 나중에 상대방이 낙경은 그 나라에 가 본 적이 없다는 사실을 알고 놀라는 일도 있었다.

오래 전에 그는 여행 준비라는 자신의 취미에 대해 이런 말도 했었다.

"어차피 인생은 준비만 하다가 끝나는 거 아니겠어?"

이십 대 때에는 이 말을 그저 농담이라고 생각했었다. 하지만 이제 마흔이 다 되어 생각해 보니 이 말의 의미가 다르게 다가온다. 어차피 인간이 완벽을 이룰 수는 없는 일. 무슨 일이든 결과에 집착하기보다는 그 과정을 즐기는 것이 행복해지는 비결이 아닐까.

나는 낙경이 요즘은 또 어떤 여행을 준비하고 있는지 궁금했다.

"요즘은 스페인어를 공부하고 있지."

"스페인 가게?"

"FC 바르셀로나에 꽂혔거든."

낙경이 축구 이야기를 하는 것을 들어본 적은 없다. 그의 취미 생활에 유럽 축구도 추가됐나 싶었는데, 낙경은 유니세프 이야기를 꺼냈다.

"전 세계의 유명 축구팀들이 유니폼에 광고를 새기는 거 알지? 삼성도 첼시 유니폼에 광고 넣었잖아. 근데 바르셀로나는 106년 동안 단 한 번도 광고를 새기지 않았어. 카탈루냐 사람들의 자존심의 상징이거든. 근데 바르셀로나가 이번에 유니세프 로고를 새겼지 뭐야."

"공짜로 새겨줬겠네." 내가 말했다.

"노우. 반대로 일 년에 18억 원씩 유니세프에 기부금을 내기로 했지. 5년 동안. 멋있지 않아? 바르셀로나 정도면 일 년에 300억 원은 받을 수 있는데, 오히려 돈을 내면서 유니세프를 후원한다는 게?"

"5년 지난 후에는 기업광고 받으려는 거 아냐?"

"너처럼 생각하는 애들도 많기는 한데, 아마 아닐 거야. 거기는 일종의 시민구단이라서, 회원들이 반대하는 일은 못해. 야, FC 바르셀로나 회원이 몇 명인 줄 아냐?"

"글쎄, 한 십만 명 되나?"

"14만 5천명. 회비는 얼마게?"

"음, 한 10만원?"

"120만원이야."

이제 주변에 있던 친구들까지 귀를 쫑긋하면서 듣고 있었다. 축구 이야기는 다들 관심이 많다.

"도대체 그 인간들은 축구를 왜 그렇게 좋아하는지, 스페인 국민이면서도 스페인 국민이 아니라 카탈루냐 사람이라고 말하는 인간들이 모여 살면 어떤 분위기인지 궁금하지 않냐?"

나도 궁금하긴 하다. 하지만 그 궁금증을 풀러 바르셀로나까지 갈 마음은 없다. 갈 기회가 생기면 축구장에 가 볼 생각은 있지만.

FC 바르셀로나가 유니폼에 유니세프 로고를 새긴 이후, 낙경은 스페인어 공부 말고 한 가지를 더 시작했다. 한 달에 오만 원씩, 자기도 유니세프에 후원금을 내기 시작한 것이다. 저런 이유로도 기부금을 낼 수 있구나 싶었다.

10

연말이 다가오고 있었다. 공식적으로는 3월초가 되어야 1년차가 끝나지만, 기분 상으로는 해가 바뀌는 순간 이미 2년차가 되는 분위기다. 연말쯤 되면 픽턴들이 들어와서 1년차 일을 대부분 가져가고 1년차에겐 2년차의 일이 내려오기 때문에 더 그렇다.

1년차는 크리스마스나 연말연시라고 해서 들뜰 일이 없다. 크리스마스이브나 12월 31일에 당직이 걸리느냐 마느냐 정도가 관심사일 뿐이다. 나는 크리스마스이브에는 당직이었고, 올해의 마지막 날에는 오프였다. 새해를 응급실에서 맞는 것보다는 크리스마스이브에 당직을 서는 편이 차라리 낫다고 생각했다.

저녁 회진을 끝내고 나니 일곱 시였다. 병동에 위중한 환자도 없고, 내일은 토요일이라 예정된 수술도 없다. 오늘 밤에 응급 환자만 없다면, 편안한 금요일 밤을 보낼 수 있겠다고 생각하는 참에 삐삐가 울렸다. 내과 병동 번호였다. '내과에서 컨설트 들어온 게 없는데?'라고 생각하며 전화를 걸었다. 상준이었다.

"당직이냐?" 그가 대뜸 물었다.

"응."

"좀 바꿔라. 술 한 잔 하자."

"야. 지금 어떻게 당직을 바꾸냐?" 레지던트들끼리 서로의 당직을 맞바꾸는 일은 흔하다. 일정한 규칙에 따라 정해져 있는 당직 스케줄이 바뀌면 서로 불편한 점이 많지만, 어쩔 수 없는 사정들은 누구에게나 가끔씩 생기기 마련이었다. 하지만 아무리 늦어도 하루 이틀 전까지는 당직 교환에 대한 합의가 이루어지는 게 보통이다. 당일 저녁에 당직을 바꿔줄 사람을 구하기는 쉽지 않다. 게다가 금요일이었다.

"그래도 좀 바꿔, 임마." 상준의 목소리에 기운이 하나도 없었다.

"무슨 일, 있어?"

"정리되는 대로 이모집으로 와라. 먼저 가 있을게." 그는 이렇게 말하고 전화를 끊었다.

원래 무뚝뚝하고 난폭한 구석이 있긴 했지만, 상준은 실제로는 꽤나 소심한 편이어서 이렇게 막무가내로 행동하는 법이 없었다. 필시 무슨 일이 있는 모양이었다.

동료 1년차들 중 오늘 오프인 사람은 셋 밖에 없었다. 예상대로 모두들 약속이 있다면서 당직을 바꿔주지 않으려 했다. 할 수 없이 나는 손해 보는 장사를 했다. 금요일 당직을 넘겨주고 토요일 당직을 대신 받은 것이다. 칙칙한 금요일 저녁 오프를 위해 대낮부터 시작되는 토요일 오프를 포기했다는 말이다. 내가 이런 교환을 제안하자 동료 1년차가 금세 오케이를 했다. 치사한 놈. 약속 있다더니.

이모집에 가니 상준이 혼자 앉아서 소주를 마시고 있었다. 벌써 한 병은 완전히 비어 있었고, 두 번째 병도 절반은 없어져 있었다.

"왔냐?"

"무슨 일인데 갑자기 당직까지 바꾸라 그래?"

"윤주 결혼한단다."

"윤주가? 인턴이 무슨 결혼을 해?"

"인턴 끝나자마자 3월에."

"그건 더 웃기지. 1년차 시작하자마자 결혼하는 법이 어디 있냐?"

"몰랐구나. 윤주 떨어졌는데."

무슨 과에 지원했는지는 몰라도, 윤주가 레지던트 시험에 떨어진 모양이었다.

"신랑은?"

"문정식이라고 아니? 안과 펠로우."

"몰라. 궁금하지도 않고. 그나저나 너 이러고 있는 게 윤주 결혼 소식 때문인 거야?"

상준은 대답 대신 소주를 다시 들이켰다.

"이런 븅신을 봤나. 네가 윤주하고 언제 사귀기를 했냐, 윤주가 고무신을 거꾸로 신기를 했냐. 그냥 혼자서 몇 번 도끼질 했는데 안 넘어온 여자가 결혼한다고 남 당직까지 바꾸게 해? 이런."

나는 상준의 등짝을 한 대 쳤다. 정말로 조금은 화가 나기도 했고, 상준의 기분을 풀어주고 싶기도 했다. 윤주는 상준의 짝사랑 대상이었을 뿐, 그에게 마음을 준 적도 약속을 한 적도 없었다. 윤주는 몇 달 전부터 안과 펠로우의 애인이었고, 1년차 말이나 2년차 초반쯤에 결혼할 예정이었지만 레지던트 시험에 떨어지는 바람에 계획이 바뀐 것뿐이었다.

하지만 나는 그가 괴로워하는 또 다른 이유가 있다는 것을 알았다. 필경 또 첫사랑을 생각하고 있을 터였다. 상준의 첫사랑은 고2 때부터 사귀었던 정희였다. 두 사람의 관계는 6년 가까이 지속되다가 끝이 났다. 정희가 스스로 포기했기 때문이었다.

상준의 첫사랑 이야기는 아는 사람은 다 안다. 우리가 막 대학생이 되었을 때, 우리들 중에서 이성 친구가 있는 사람은 많지 않았다. 그때만 해도 이성교제를 하는 고등학생이 지금보다 적었고, 의대에 온 사람들은 주로 공부만 하는 모범생 계열이 많았다. 그런데 상준은 여자 친구가 있었다. 정희였다. 하지만 상준의 여자 친구가 조금 더 화제가 되었던 이유는 정희가 여대생이 아니라 직장인이었기 때문이다. 정희는 실업계 고등학교를 나와 곧바로 은행에 취직을 했었다.

정희는 나도 여러 번 만났다. 집안 형편 때문에 대학 진학을 포기했지만 굉장히 똑똑했고 미인이었다. 그냥 예쁜 것이 아니라 기품이랄까 하는 것이 있었다. 그녀가 은행이 아니라 이화여대에 다니고 의정부가 아니라 압구정동에 살고 있다면, 킹카 중의 킹카 대접을 받았을 것이다. 하지만 정희를 직접 만나보지 못한 사람들에게는 그저 '여상 나와서 열아홉에 사회에 뛰어든, 별 볼일 없는 은행원'일 뿐이었다. 의대생이라고 목에 힘주고 다니던 친구들에게도 마찬가지였다. 상준이 없는 곳에서 "걔는 왜 그런 여자를 사귀냐"고 말하는 친구들이 적지 않았다. 물론 정희가 어떤 여자인지 모르고 하는 말이었지만, 나는 정희가 아주 괜찮은 여자라는 말을 굳이 꺼내지 않았다. 솔직히 나부터도 두 사람의 사랑이 언제까지 지속될지 의문스러웠다.

두 사람은 몇 년 동안 잘 지냈다. 하지만 시간이 흐를수록 두 사람은 더 바빠졌다. 나이를 더 먹었고 세상의 때도 더 묻었다. 원래 넉넉하지 않았던 두 사람의 집안 사정은 별로 나아지지 않았다. 정희의 친구들은 둘 중의 한 가지 길을 택했다. 몇 년간의 직장생활을 접고 대학생이 되거나, 혹은 일찌감치 적당한 남자 만나서 결혼을 하거나.

정희는 결혼이 하고 싶었다. 마음만 먹는다면 대학생이 될 수도 있었겠지만, 대학을 나온다고 해서 지금보다 더 좋은 일자리를 구한다는 보장은 없었다. 정희는 대형 은행의 정규직 사원이라는, 제법 안정적인 자리에 있었다. 그리고 결혼이 하고 싶은 더 큰 이유는 집을 떠나고 싶어서였다. 시간이 가도 좋아지지 않고 자신이 좋게 만들 수도 없는 집안 상황에서 벗어나고 싶어서였다. 결혼은 누구에게도 욕먹지 않고 실행할 수 있는 합법적 도피였다. 물론 정희는 상준과 결혼을 하고 싶었다. 그는 좋은 사람이었고 능력도 있었으니까. 하지만 그와 결혼하려면 최소한 3~4년은 더 기다려야 했고, 기다린다고 해서 그와 꼭 결혼한다는 보장도 없었다. 정희의 주변 사람들은 모두가 상준과의 결혼은 어려울 것이라며 정희를 말렸다. 정희의 부모도 그랬다. 의사 사위를 볼 능력이 없으니, 당장 헤어지라고 했다. 솔직히 정희도 자신이 없었다. 기다릴 자신도 없었고 그와 결혼할 자신도 없었다. 하지만 그와 헤어질 자신도 없기는 마찬가지였다.

  그래서 정희는 상준에게 말했다. 6개월 안에 결혼을 하든지, 헤어지든지 하자고. 상준이 본과 3학년 1학기를 시작하던 무렵이었다. 상준은 2년 후에 학교만 졸업하면 곧바로 결혼하자면서 정희를 설득했지만, 정희는 그럴 수 없다고 했다. 그리고 상준의 마음이 변하지 않는다 해도 상준의 부모님이 허락하지 않을 것이라 했다. 상준은 계속해서 2년만 기다리라고 했다. 애인이 군대 간 셈 치면 되지 않느냐고, 2년은 긴 시간이 아니라고 주장했다.

그때도 상준은 나를 불러내서 술을 마셨었다. 그는 나에게 자신이 어떻게 했으면 좋겠는지 물었다. 나는 정희의 생각이 옳다고 생각했다. 정희는 이미 직장인 5년차였다. 그리고 결혼은 두 사람만의 결합이 아니다. 정희는 물론 좋은 여자였지만, 세상에 좋은 여자는 많고 많다. 하지만 나는 그에게 속마음을 이야기하지 않았다. 내가 아는 것은 상준도 모두 아는 바였고, 그가 정말로 원하는 것이 무엇인지는 알 수 없었다. 나는 단지 부모님과 한번쯤 상의를 해 보는 게 어떻겠냐는 조언을 했다. 상준의 부모님도 정희와 사귀는 것을 알고는 있었지만, 두 사람을 결혼시킬 생각은 아마도 해 본 적이 없을 것이었다.

하지만 상준은 정희와의 결혼 이야기를 부모님께 꺼내지도 못했다. 상준이 어떻게 말을 꺼내볼까 고민하던 그 무렵에 아버지가 폐암 진단을 받았기 때문이다. 상준의 아버지는 진단 받을 당시에 이미 폐암 말기였고, 그로부터 3개월을 채 넘기지 못했다. 상준은 정희를 설득할 여유가 없었고, 정희는 상황을 알게 된 이후 더 연락을 끊었다. 정희는 상준 아버지의 빈소조차 찾지 않는 것으로 확실히 자신의 뜻을 알렸다.

그렇게 두 사람은 헤어졌다. 정희는 실제로 그 해를 넘기지 않고 직장 상사와 결혼을 했고, 상준은 한동안 술만 먹으면 정희 타령을 하면서 소리를 지르곤 했다.

지금 상준이 윤주의 결혼을 핑계로 술에 취하려 하지만, 실제로는 정희 생각을 하고 있는지도 몰랐다. 그는 정희와 이별한 이후 3년이 넘도록 변변한 연애를 못하고 있었다. 그 동안 윤주에게 두어 번 데이트 신청도 하고 선물도 보냈지만 정중한 거절만 돌아왔을 뿐이다. 상준이 윤주를 짝사랑한다는 사실도 나를 비롯한 몇 사람만 아는 사실이었다.

"상준아, 그러지 말고 이제 연애다운 연애 좀 시작해 보는 게 어때?"

"임마, 니가 그런 말 할 자격이 있냐?"

하긴 그랬다. 나도 연애에 관해서는 별로 할 말이 없었다. 학창 시절에 잠깐씩 여자를 사귀었던 적은 있지만, 가슴 저린 연애담도 없었고 스캔들이라 할 만한 사건도 없었다. 끌리는 여자가 있어도 거절당하는 것이 두려워 쉽사리 다가가지 못했고, 여자가 오히려 내게 다가오는 경우에도 뒷걸음질을 치곤 했다. 진짜 인연은 그렇게 쉽게 오는 것이 아니라고 생각했던 듯하다.

이 사람이 혹시 진짜 인연일지도 모른다고 생각했던 사람이 있기는 했다. 혜수였다. 센 강을 떠가는 유람선 위에서 키스를 나눌 때, '아, 드디어' 하는 생각이 들었었다. 하지만 나는 그 다음날, 내 인생 최악의 실책을 저질렀다. 스케줄을 바꾸어 그녀를 따라가지 않은 것이다. 나는 그날 밤에 있었던 일을 상준에게도 말하지 않은 채, '예정대로' 다음날 오후에 혜수 일행과 헤어졌다. 나는 혜수의 귀에 대고 2주 후에 서울에서 만나자는 말만 전했을 뿐이다. 이틀 후엔가 사연을 알게 된 상준은 나를 엄청나게 놀렸었다. 당연히 혜수를 따라갔어야 한다고 했다. 미리 이야기했다면 자신도 동행했을 수 있다고, 자신이 가지 않겠다고 하면 혼자서라도 따라갔어야 한다고 했다. 나는 그때도 '거절'이 두려웠다. 내가 혜수 일행과 함께 가겠다고 했을 때, 나의 제안을 거절할 수 있는 사람은 셋이나 있었다. 혜수가 그러지 말라고 할까봐 두려웠고, 상준이 안 된다고 할까봐 두려웠고, 혜수의 친구가 싫다고 하는 상황도 두려웠다.

물론 2주 후 혜수와 나는 서울에서 다시 만났다. 하지만 어색했다. 마치 누군가의 소개로 처음 만난 사람들처럼, 모든 것을 다시 시작해야 할 것만 같았다. 물론 그렇게 새로 시작하는 것도 나쁘지는 않았다. 나는 스물 다섯이었고 혜수는 겨우 스물 둘이었으니까. 하지만 모든 것이 더뎠고, 우리에겐 시간이 별로 없었다. 나는 마지막 학기 임상실습으로 바빴고, 혜수는 의대생 시절 중에서도 가장 힘들다는 본과 1학년을 보내느라 숨이 턱에 차 있었다. 자주 만나지는 못했지만 혜수와의 데이트는 즐거웠다. 우리는 함께 연극을 보러 갔고, 음악회에도 갔다. 가을이 가고 겨울이 올 때쯤에는 제법 연인 티가 나는 듯도 했다. 하지만 원인이 어디에 있었는지, 우리에게는 진전이 없었다. 결국 두 번째 키스는 나누지 못한 채 나는 인턴 생활을 시작했고, 혜수는 본과 2학년이 되었다.

인턴을 시작한 지 얼마 되지 않았을 때, 나는 혜수에게 프로포

즈 비슷한 것을 한 번 하긴 했었다. 하지만 혜수는 조용히 고개를 저었다.

"아직 너무 일러요. 지금은 서로 굉장히 바쁠 때니까, 조금 시간을 두고 생각해 봐요."

그게 정중한 거절이었는지, 아니면 단순히 물리적 시간이 좀 더 필요하다는 뜻이었는지, 그도 아니면 아직 자신의 마음에 대한 확신이 없다는 뜻이었는지는 모르겠다. 그로부터 1년여 동안, 우리는 아주 가끔 전화 통화를 하고 더 가끔 같이 밥을 먹었다. 하지만 그게 다였다. 둘 다 다른 사람을 사귀지도 않았고, 진도를 나가기 위해 서둘지도 않았다. 1년차가 끝나가는 지금도 우리는 애인 사이로 발전할 가능성을 열어 놓은 채 가까운 선후배 사이로 남아 있다.

상준은 이미 술에 취했다. 내가 잠깐 혜수 생각을 하고 있는 동안에만 그는 소주 한 병을 더 비웠다. 좀 천천히 마시라는 내 말은 귓등으로 들은 채 상준이 말했다.

"어떤 여자를 만나야 평생 동안 서로 사랑할 수 있을까?"

"평생 동안 서로 사랑할 수 있는 여자를 만나면 되지." 내가 말했다.

"맞는 말이긴 하네. 도훈아, 내 소원이 뭔줄 아냐?"

"설마, 평생 한 여자만 사랑하는 거?"

"금혼식."

상준의 아버지가 은혼식을 몇 달 앞두고 세상을 떠났다는 사실이 떠올랐다. 빈소에서 상준의 어머니는 '은혼식 기념으로 여행가자더니…' 라며 흐느꼈었다.

"금혼식 하려면 일단 결혼을 빨리 해야지. 다음 주말에 어때?"

"한 50년 동안 죽지도 말고 배신하지도 말고 헤어지지도 말고, 그렇게 지낼 수 있으면 정말 좋을 텐데."

상준은 이렇게 말하고는 고개를 푹 숙였다. 앉은 채로 잠이 든 듯했다. 이 녀석을 끌고 다시 병원까지 들어갈 일이 막막했다. 아무래도 누구 하나를 더 불러내야 할 모양이다.

금혼식 따위를 생각해 본 적은 없었다. 내게는 너무 먼 미래였다. 50년은 내가 지금까지 살아온 시간의 두 배다. 50년 동안이나 건강하게 서로 사랑하며 산다는 것은 정말 어려운 일처럼 느껴졌다. 그러고 보니 내 주변에는 금혼식을 치른 사람이 하나도 없었다. 친가 쪽은 할아버지 할머니 모두 돌아가셨고, 외할머니는 혼자되신 지 벌써 10년이었다. 다른 친지들 중에도 그렇게 연세가 높은 분은 없었다.

아무리 사랑하는 사람도 언젠가는 헤어지기 마련이다. 사랑하는 사람을 떠나보내고 남는 쪽이 더 슬플까, 사랑하는 사람을 두고 먼저 떠나는 쪽이 더 슬플까. 비행기 사고라도 나서 한날한시에 세상을 뜨는 것이 가장 행복한 것일지도 모르겠다.

문득 인턴 때 만났던 노부부가 떠올랐다. 유방암으로 수술을 받앉지만 전이가 되어 항암치료를 받고 있는 할머니의 나이가 70대 중반이었다. 언제나 그 옆을 지키고 있었던 할아버지의 나이도 그쯤은 되었을 터였다. 옛날 분들이니 결혼 50주년을 넘겼었지 싶다.

할머니의 상태는 좋지 않았다. 작고 마른 체구의 할머니였는데, 여러 차례 항암 치료를 받느라고 머리카락도 빠져 버렸고, 뼈의 일부에도 전이가 되어서 화장실조차 혼자서 갈 수 없는 상태였다. 게다가 반복되는 정맥 주사 때문에 혈관들이 상하거나 피부 깊숙이 숨어 버리거나 해서 혈관 찾기가 너무 어려워 어쩔 수 없이 여러 번 바늘을 찔러야 하기도 했다.

내가 했던 일은 아침저녁으로 항암제를 투여하는 일과 하루걸러 한 번 꼴로 수혈을 하거나 정맥 주사를 다른 곳에 옮겨 놓는 일이 전부였지만, 그 일이 모두 혈관을 찾는 일과 관련되어 있는 일이라서 거의 매일같이 커다란 바늘을 들고 할머니의 주름진 팔뚝과 마주해야만 했다. 그런데, 그 일을 하러 병실에 들어갈 때마다 곁에 있던 그 할아버지는 내 행동 하나하나를 너무나 유심히 관찰하곤 했다. 매번 하도 진지한 표정으로 열심히 들여다보시기에 내가 한마디 했었다.

"할아버지, 그렇게 자꾸 쳐다보시면 제가 부담스러워서 혈관 주사 잘 못 놔요."

안 그래도 찾기 힘든 혈관인데, 보호자가 그렇게 옆에서 감시라도 하듯 지키고 있으면 더 힘들기 마련이다.

"선생님, 내가 배워서 직접 해 줄 수 없을까 해서 그런 거니 너무 탓하지 말아요."

할아버지는 이렇게 대답했고, 나는 속으로 '할아버지, 혈관 주사 놓는 일이 그렇게 쉬운 줄 아세요?' 하면서 빙그레 웃고 말았다.

그 할아버지가 할머니를 위하는 것은 사실 남다른 데가 있었다. 구역질 때문에 잘 먹지도 못하는 할머니를 위해서 끼니때마다 조금씩 숟가락으로 밥을 떠먹이는 것과, 혈관 주사 때문에 부어 있는 손을 찜질해 주는 정도는 기본이었다. 변기로 대소변도 받아내는데, 할머니가 부끄럼을 많이 탄다며 복도에 있는 차양막을 가져다가 한쪽을 가리고도 모자라서 꼭 이불까지 들어 가려주곤 했다. 할머니가 심심할까봐 돋보기안경을 쓴 채로 신문을 읽어 주기도 했는데, 할머니에게나 할아버지에게나 아무런 소용도 없을 것 같은 정치면이나 경제면까지 더듬거리며 읽고 있는 할아버지와 그 목소리를 들으면서 편안히 미소 짓는 할머니의 모습은 병동 전체에서 한동안 화제가 되기도 했다. 여의사들과 병동의 간호사들은 '저런 남편을 얻어야 해!' 하며 부러움 섞인 탄성을 연발했고, 같은 병실에 아내를 입원시킨 남편들은 그 할아버지와 비교될까 노심초사해야만 했다.

할아버지가 그렇게나 지극한 간호를 했음에도 불구하고 할머니는 점점 더 병세가 악화되어 갔다. 나중에는 방광에까지 암세포가 번져 소변도 못 보고, 통증도 심해졌다. 결국 소변줄까지 넣어야만 했고, 밑이 빠지도록 아프다고 호소하는 할머니에게 아무런 대책도 마련해 주지 못하는 흰 가운 입은 모든 사람들은 할아버지의 원망스런 눈초리를 받아야만 했다. 가끔씩 자식들이 찾아와서 좀 쉬시라고 해도 마다하고 거의 병실에서 살다시피 했던 할아버지는 결국 할머니를 먼저 보내야만 했다. 나는 할아버지의 흰 눈썹 아래로 흐르던 눈물을 아직도 기억한다.

병원에 있다 보면, 갖가지 유형의 보호자들을 만난다. 솔직히 말해서 너무한다 싶을 만큼 무심한 보호자들도 있지만, 대개는 환자보다 더 심한 고생을 하는 것이 보호자들이다. 자식을 간호하는 부모나 부모를 간호하는 자식이나 남편을 간호하는 아내의 모습도 감동적이지만, 아내를 극진히 간호하는 남편의 모습이 내 눈에는 가장 아름답게 보였고 가장 슬퍼 보였다. 그런 경우가 상대적으로 드물기 때문이었는지도 모른다.

"상준아. 그만 가자." 나는 벽에 머리를 기댄 채 코까지 골며 자고 있는 상준을 깨웠다. 화들짝 놀라면서 눈을 뜬 상준은 잠시 주변을 두리번거리더니 자세를 조금 고치면서 다시 눈을 감는다. 다른 친구까지 불러내지 않아도 병원까지는 데리고 갈 수 있을 듯하다. 이 녀석의 술친구가 되어 주느라 나는 이번 토요일과 일요일 내내 병원을 지켜야 한다.

11

의사들이 주로 보는 의료 전문지 중 하나에 재미있는 설문조사 결과가 실렸다. 우리나라 의사들이 1년에 평균적으로 몇 편의 영화를 극장에서 관람하는지, 그리고 역대 한국영화 흥행 10위에 포함된 영화들 중 몇 편이나 극장에서 보았는지를 조사한 결과다.

의사들 396명을 대상으로 조사한 결과 우리나라 의사들은 1년에 6.2편의 영화를 극장에서 본다고 한다. 두 달에 한 번 꼴이니, 그리 많지도 적지도 않은 듯하다. 의사들이라고 해서 특별한 것이 없으니, 사실 당연한 결과다. 나는 1년에 몇 번이나 극장에 가는지 생각해 본다. 아무리 생각해도 6번은 넘지 않는 듯하다. 대학생 때에는 한 달에 한 번은 갔고 군의관 시절에는 더 자주 갔지만, 인턴과 레지던트 동안에는 1년에 한두 번이 고작이었던 것 같다. 그

때는 극장에 가서도 졸기 일쑤여서, 극장에서 본 것은 확실한데 내용을 모르는 영화도 있다. 교수가 된 이후에는 1년에 서너 번도 못 간다. 시간이 없어서라기보다는 함께 갈 사람이 없어서 그렇다. 설문 결과를 자세히 보니 다른 사람들도 마찬가지인 모양이었다. 인턴 레지던트들은 극장에 가는 횟수가 매우 적었고, 군의관이나 공중보건의사들은 매우 많았다.

첫 번째 질문에 대한 결과는 이렇게 심심했지만, 두 번째 질문에 대한 결과는 그렇지 않았다. 역대 한국영화 흥행 랭킹과 의사들만의 랭킹이 사뭇 달랐기 때문이다.

역대 한국영화 흥행 10걸은 이렇다고 한다. 괴물, 왕의 남자, 태극기 휘날리며, 실미도, 친구, 웰컴 투 동막골, 쉬리, 투사부일체, 공동경비구역 JSA, 가문의 위기.

하지만 의사들에게만 물었을 때는 순위가 이렇게 달라졌다. 공동경비구역 JSA, 괴물, 쉬리, 친구, 태극기 휘날리며, 실미도, 왕의 남자, 웰컴 투 동막골, 가문의 위기, 투사부일체.

설문 대상이 다르니 순서가 어느 정도 다른 것은 당연하다고 할 수 있지만, '공동경비구역 JSA'가 압도적인 수치로 1위에 오른 것은 좀 특이했다. 2위인 '괴물'을 본 사람이 65%에 불과했는데, '공동경비구역 JSA'를 극장에서 본 비율은 75%를 상회했다. 나도 이 영화를 극장에서 보았지만, 의사들이 이 영화를 특별히 좋아할 이유가 있을까?

나의 이런 의문은 해당 기사를 읽으면서 풀렸다. 기자도 아마 한참 동안 생각한 끝에 이 수수께끼를 풀었겠지만, 그 영화의 개봉 시기가 변수였다. '공동경비구역 JSA'는 2000년 9월 9일에 개봉하여 그해 11월까지 상영됐다. 그 기간은 의료계의 총파업이 절정에 달했던 시기다. 이런 '파업의 추억'이라니.

6년이라는 세월의 풍파와 바쁜 일상의 무게로 인해 까맣게 잊고 있었던 일이지만, 영화와 관련된 설문조사 하나로 인해 그 당시의 기억들이 새록새록 되살아난다.

1999년 12월은 여느 해 12월과는 그 분위기가 좀 달랐다. 새로운 천년이 시작된다는 사실이 모든 사람들을 들뜨게 했기 때문이다. 간혹 정확한 걸 좋아하는 사람들이 진정한 21세기 혹은 뉴 밀레니엄은 2001년 1월 1일에 시작된다는 점을 들어 약간의 시비를 걸기는 했지만, 대부분의 사람들은 보통의 연말연시에 느끼는 것보다 훨씬 큰 흥분을 느끼는 듯했다.

나는 그때 군의관으로 청평국군병원에서 일하고 있었다. 내가 8주간의 군사훈련을 받고 나서 정식으로 군의관이 된 것이 1998년 4월이었으니, 군의관 시절도 어느덧 절반을 넘기고 있었다. 군의관의 복무기간은 꼬박 3년인데, 8주간의 군사훈련기간이 별도로 있기 때문에 실제로는 38개월이다. 군대는 당연히 '3년 동안' 다녀오는 것이었던 시절에 정해진 이 기간은, 사병의 복무 연한이 조금씩 여러 차례에 걸쳐 줄어들어 24개월이 되도록 전혀 바뀌지 않고 있다. 때문에 많은 군의관들은 남들보다 무려 14개월이나 긴 시간 동안 군 복무를 해야 한다는 사실에 분통을 터뜨리곤 했다. 특히 자신보다 뒤에 군대에 온 위생병이 자신보다 훨씬 먼저 제대하는 모습을 볼 때면 더 그렇다. 어떤 이들은 헌법상의 평등 원칙에 어긋난다며 울분을 토하기도 하지만, 그게 싫다고 해서 사병으로 24개월을 근무하는 쪽을 택하는 사람이 거의 없는 걸 보면 그래도 군의관으로 복무하는 것이 아직은 '혜택'인 듯하다. 최근엔 군복무기간을 18개월 정도로 더 줄이는 방안이 거론되고 있는데, 만약 군복무기간이 18개월로 줄어들면서도 군의관 복무기간이 그대로 38개월로 유지된다면 어떤 일들이 벌어질지 궁금하다.

어쨌거나 당시 사람들의 큰 관심사 중의 하나는 소위 Y2K 문제였다. 1999년 12월 31일에서 2000년 1월 1일로 날짜가 바뀌면서 컴퓨터의 날짜 인식에 혼란이 생길지도 모른다는 우려였는데, 열심히 대비를 한다고는 하지만 정작 어디서 무슨 문제가 터질지 예측하기 어렵다는 점이 많은 사람을 곤혹스럽게 했던 것이다. 군대에서도 마찬가지였다. 내가 속한 부대, 즉 국군병원에도 알게 모르게 많은 전자장치들이 있었기 때문이다. 상부에서는 Y2K 문제에 대처하기 위해 필요한 준비들을 지시하는 공문들을 계속 내려보냈고, 그 자질구레한 공문들은 당연히 우리 군의관들에게도 전달됐다. 하지만 우리들은 시큰둥했다. 위생병들 중에도 컴퓨터 관련 분야를 공부하다가 입대한 병사들이 있었기에, 우리는 그저 지시만 하면 됐기 때문이다.

오히려 군의관들의 관심사는 다른 데 있었다. 의약분업이었다. 의약분업은 의사는 진료와 처방을 하고 약사는 그에 따라 조제를 하는 것으로, 선진국에서는 오래 전부터 너무도 당연한 방식이다. 하지만 우리나라에서는 과거 의사가 부족했던 시절에 약사에게 '준(準) 의사' 노릇을 하게 했었고, 그런 이상한 전통이 의료 시스템이 제법 잘 갖추어진 지금까지 이어져 내려온 것이다. 오랫동안 우리 국민들은 조금 아프면 약국을 찾았고, 약국에서 약을 지어 먹었는데도 증상이 해결되지 않거나 제법 많이 아플 때에는 병원을 찾았다. 약국은 사실상의 일차의료기관이었고, 약국에서도 '어떻게 오셨나요?', '며칠 전부터 소화가 잘 안 돼서…' 등의 대화가 자연스럽게 이루어졌다. 물론 의사들도 진료 후 처방전을 써 주는 것이 아니라 약을 직접 지어 줬다. 의사가 약을 다루는 것은 불법은 아니었지만 부자연스러운 일이었고, 약사가 의사 노릇을 하는 것은 불법이었지만 '관행적으로' 용인되어 왔다. 세계 어느 나라에서도 찾아볼 수 없는 이런 희한한 관행을, 늦었지만 지금이라도 바로잡자는 것이 의약분업이었다.

하지만 오랜 관행을 바꾸는 것은 그리 간단한 문제가 아니었다. 여러 가지 복잡한 절차들이 필요했고, 더 복잡한 이해관계들이 얽히고설켜 있었다. 그리고 그때까지만 해도 그 복잡한 저간의 사정들을 아는 사람은 극소수였고, 대부분의 사람들은 아예 관심이 없었다. 심지어 의사와 약사들조차 그랬다. 의사가 된 지 6년 이상 된 나도 그랬고 동료 군의관들도 그랬다. 어쩌면 그런 무관심이 그 소동의 원인(遠因)이었을 것이다.

1999년 12월의 첫날 아침이었다. 나는 여느 때와 마찬가지로 출근을 했고, 언제나처럼 군의관 휴게실에 들렀다. 먼저 출근한 군의관들이 조간신문에 머리를 박은 채 감탄사를 연발하고 있었다. 보기 드문 풍경이었다.

"뭔 일 났어?" 내가 물었다.

"야, 정말 많이 모였다."

"이게 서울에서만 모인 거야? 아님 전국에서 다 모인 거야?"

"어, 여기 사진에 난 놈, 내 동기 같은데?"

내가 묻는 말에 아무도 대답하는 사람이 없었다. 알고 보니 어제 있었던 의사들의 도심 시위 관련 기사를 보는 중이었다. 의약분업의 실시를 둘러싸고 벌어진 소위 '의료대란'의 시작이었는데, 나는 그제서야 의약분업 문제로 세상이 시끄러워지고 있음을 처음 알았다. 생각해 보니 최근 두 달 동안 신문을 거의 보지 않은 채 살고 있었다. 혜수의 결혼 소식을 들은 후부터였다. 내가 겨우 정신을 차리고 애써 '쿨한' 모습으로 혜수를 만나 결혼 선물을 전달했던 것은 2주 전이었다. 혜수와 제대로 연애를 했던 것도 아니고 혜수에게 결혼하자고 말한 적도 없었고 혜수가 나와 결혼할 것이라 생각했던 것도 아니었지만, 혜수의 결혼 소식은 내게 충격이었다. 혜수와 나는 도대체 무슨 사이였을까 생각해 보았지만, 마땅히 표현할 길이 없었다. 그나마 가까운 표현을 찾자면, '친구'라고 할 수밖에 없을 듯했다. 키스를 나눈 남녀 사이에도 우정이란 게 있을 수 있다고 한다면.

나도 신문에 눈을 들이댔다. 신문 기사는 이랬다. 어제, 그러니까 1999년 11월 30일, 서울 장충체육관에 2만 명이 넘는 의사들이 모여 집회를 하고 가두 행진까지 벌였는데, 시위의 이유는 '의약분업 반대'라는 것이었다. 나는 조금 의아했다. 잘은 몰랐지만, 의약분업은 언젠가는 해야 하는 당연한 일이자 옳은 일이었기 때문이다. 하지만 2만 명 이상의 의사들이 병원 문을 닫고 집회를 하고 가두 행진까지 벌였다면, 뭔가 다른 이유가 있을 법했다.

"의약분업을 왜 반대한대?" 내가 물었다.

"의약분업 자체를 반대하는 건 아니고, 지금 정부가 추진하는 의약분업 방안이 잘못됐다는 거지." 누군가가 말했다. 그때부터 모두가 한마디씩 했다.

"겉으로는 그렇게 말하지만 실제로는 의약분업 하지 말자는 거 아냐?"

"의약분업 하면 수입이 줄어들잖아."

"의약분업 하면 수입이 왜 줄어드는 거야?"

"약을 못 만지면 리베이트가 없어지잖아."

"리베이트 없어지는 만큼 처방료를 올려준다고 그러지 않았나?"

"말이 그렇지 실제로 그렇게 될 턱이 없다."

"환자들도 싫어하지 않을까?"

대부분의 군의관들은 의사가 된 후 줄곧 대학병원에서만 일해 온 사람들이다. 많지 않은 월급을 받았을 뿐 부수입—공식적이든 비공식적이든—이라고는 챙겨본 적이 없었다. 레지던트 시절 동안 제약회사가 사 주는 고기는 많이 먹었지만, 그리고 볼펜은 단 한 자루도 사지 않고 의약품 이름이 새겨진 것만 써 왔지만, 개업을 하면 제약회사들로부터 리베이트라는 걸 받는다는 소문은 익히 들어 왔지만, 그게 실제로 어느 정도나 되는지는 알지 못했다. 물론 약 처방의 대가로 리베이트를 받는 것이 옳지 못하다는 것은 누구나 알고 있었지만, 리베이트와 같은 비공식적 수입이 없으면 수지 균형도 맞추기 어려울 만큼 우리나라의 건강보험 수가가 낮은 데서 비롯되는 관행—정부나 검찰이나 국세청도 다 알지만 그냥 넘어가고 있었던—이라 생각해 왔을 뿐이었다.

그날 이후 우리 군의관들은 틈만 나면 의약분업 이야기를 했다. 의사협회에서는 의쟁투(의권쟁취투쟁위원회)라는 특별 기구를 만들어서 전면적인 투쟁을 시작한다고 했다. 간간이 파업 이야기도 흘러나왔다. 투쟁 기금 모금을 시작했다고도 했다. 대규모 장외 집회를 했음에도 불구하고 정부는 전혀 물러서지 않았고, 의사들도 대충 넘어갈 태세가 아니었다. 하지만 여론은 의사들에게 전혀 우호적이지 않았다. 당연했다. 의사들은 오랫동안 인심을 잃어왔다. 사람들은 옳고 그름을 따지기에 앞서 의사들의 반란을 배부른 자들의 밥그릇 싸움으로 생각했다.

나는 마음이 편치 않았다. 정부가 추진하는 의약분업이 정확히 어떤 모델인지 잘 알지 못했지만, 그리고 의사들의 요구사항이 정확히 무엇인지도 잘 알지 못했지만, 어느 쪽의 주장이 더 타당한가와 무관하게, 이런 소동이 벌어지는 것 자체가 마음에 들지 않았다. 자세히 살펴보지 않아도 내용은 뻔할 것이었다. 정부는 대통령 공약사항이라는 이유로 앞뒤 살피지 않고 밀어붙이고 있을 것이고, 의사들은 여러 가지 미사여구를 동원하여 명분을 앞세우면서 밥그릇을 놓치지 않으려 애쓰고 있을 것이었다.

군의관들의 의견도 제각각이었다. 군인 신분만 아니라면 앞장서서 싸웠을 것이라며 울분을 토하는 사람도 있었고, 언제까지 리베이트 받으며 탈세하면서 살 수는 없으니 이번 기회에 잘못된 관행을 바로잡아야 한다는 사람도 있었다. 제대를 몇 달 앞둔 3년차 군의관들은 하필 자신들이 나가서 개업을 하게 되는 시점에 왜 이런 일이 벌어지는지 모르겠다면서 당혹스러워하기도 했다. 그렇게 어수선한 가운데 1999년이 지나고 있었다. 혜수는 결혼 준비를 진행하고 있을 터였고, 나는 아무 생각 없이 하루하루를 보내고 있었다. 그렇게 멀게만 느껴졌던 21세기가 코앞에 와 있었고,

나는 군복을 입은 채 외로워하고 있었다. 의사가 된 지 7년이 가까워오고 있었다.

그렇게 해가 바뀌었다. 원래부터 괜한 걱정이었던 건지 아니면 대비를 철저히 한 결과인지, Y2K로 인한 문제는 전혀 일어나지 않았다. 하지만 의약분업을 둘러싼 갈등은 해결될 기미를 보이지 않았고, 오히려 사태가 점점 복잡해지는 듯했다. 의사들은 2월 15일을 기한으로 정해 놓고 그때까지 요구 사항이 관철되지 않으면 의사면허를 반납하고 집단 휴진에 들어갈 것이라 엄포를 놓았다. 그리고 혜수는 예정대로 연초에 결혼식을 올렸다. 나는 결혼식에 참석하지 않았다. 혜수가 초청했더라도 참석하지 않았을 텐데, 혜수는 내게 청첩장을 건넸을 뿐 오라는 말은 하지 않았다.

의사들은 정말로 파업에 돌입했다. 국민들은 물론이고 의사들조차 설마 했던 일이 실제로 벌어진 것이다. 상반기 내내 몇 차례의 대규모 집회가 열리고 삭발과 단식이 이어지는 등 공방이 계속됐고, 급기야 6월 20일에는 전국의 1만 5,000여 병의원이 집단으로 문을 닫는 일이 발생했다. 의약분업의 실시 자체는 이미 기정사실이 되어 있었지만 그 구체적인 모델을 놓고서는 이견이 컸기 때문이다. 개원의들 위주로 진행됐던 첫 번째 폐업은 여야 영수회담에서 약사법 개정을 합의함에 따라 엿새 만에 종결됐다. 하지만 그것은 시작에 불과했다.

7월초에는 의사협회장이 구속됐고, 새로 만들어진 약사법 개정안에도 의사들의 요구는 제대로 반영되지 않았다. 급기야 7월말에는 전공의들까지 집단으로 사직서를 내고 파업에 돌입했다. 전국의 전공의들이 모여서 개최한 집회는 '원천봉쇄' 되어 경찰과의 물리적 충돌도 빚어졌다. 의과대학의 교수들도 가운을 벗고 사직서를 제출했고, 의대생들도 수업을 거부했다. 본격적인 의료대란이 시작된 것이었다.

전공의들과 교수들까지 가세하자 상황은 급변했다. 여전히 의사들의 행동을 집단이기주의라며 비난하는 목소리가 크긴 했지만, 의사들의 주장에 동조하는 사람들도 적지 않았다. 8월 중순에도 대규모 파업이 벌어졌고, 10월에도 다시 대규모 파업이 벌어졌다. 의료대란은 온갖 우여곡절 끝에 11월이 되어서야 수그러들었다.

의료계와 정부의 충돌이 거의 1년 가까이 지속되는 동안, 의사들은 정말로 괴로웠다. 극히 일부를 제외하면 거의 모든 의사들이 정부의 의약분업 방안이 잘못됐다고 지적을 했지만, 그것을 바꾸기 위해 어떤 행동을 할 것인지에 대해서는 의견이 분분했다. 특히 의사들을 딜레마에 빠뜨린 것은 파업 여부였다. 의사는 어떠한 경우에도 환자를 떠나서는 안 된다는 당위와 잘못된 것을 바로잡고 억울한 것은 풀어야 한다는 또 다른 당위가 서로 충돌했다.

파업까지는 안 된다고 생각하는 의사들도 많았지만, "그럼 이런 제도를 가만히 받아들이겠느냐", "다른 대안이 있느냐"는 질문에는 대답할 길이 없었다. 사태가 한참 진행된 이후에 정부가 나서서 공식적으로 '사과'를 하긴 했지만, 그런 걸 기억하는 사람은 별로 없다. 사람들의 기억 속에는 의사들이 자신들의 잇속을 위해 환자들을 한동안 내팽개쳤었다는 사실만 남는다. 바로 그 점이 의사들을 가장 힘들게 했다.

내가 당시에 군인 신분이었던 것은 그런 면에서 참 다행이었다. 군인은 어차피 매인 몸이니, 파업에 참가할 것인지 여부를 고민할 필요가 없었다. 나는 당사자이면서도 구경꾼일 수 있었다. 하지만 완전히 구경꾼일 수는 없었다. 나는 곧 군복을 벗고 다시 병원으로 돌아갈 사람이었으니 말이다.

나는 딱 한 번, 의사들이 개최한 대규모 집회에 참석했다. 8월 31일, 서울 보라매공원에서 열린 집회였다. 그날은 목요일이었다. 평소 같으면 집회 참석은 꿈도 꾸지 못했겠지만, 나는 당시 여름휴가 중이었다. 내가 집회에 참석한 것은 의사들의 강력한 의지를 보이기 위해서는 한 사람이라도 더 많은 사람이 집회에 참여해야 한다고 생각했기 때문이 아니라, 그야말로 궁금해서였다. 방송이나 신문을 통해서 듣는 것만으로는 의사들이 어느 정도로 이번 사태를 중요하게 생각하고 있는지, 얼마나 강한 의지를 갖고 있는지 알기가 어려웠다. 평소 단합이 잘 안 되어서 스스로도 모래알 집단이라 비꼬았던 것이 의사들인데, 과연 무엇이 그들을 그렇게 단결하게 만들고 있는지 궁금했다.

그날은 하필 태풍이 불었다. '프라피룬'이라는 이름의 태풍이 전국을 강타했고, 그 태풍이 서울 지역에 가장 큰 영향을 준 날이 그날이었다. 바람에 가로수가 꺾일 정도였으니, 우산을 쓴다는 것은 아예 불가능했다. 집회가 시작되는 오후 4시가 다 되어 도착해 보니 이미 공원 전체가 물바다였다. 그런데 4만 명쯤은 됨직한 사람들이 하나같이 비옷을 입고 물구덩이 속에 앉아 있었다. 그리고 수많은 플래카드와 피켓들이 보였다. 그것만으로도 장관이었다. 오랜만에 보는 풍경이었다. 하지만 낯설었다. 1987년에 대학에 들어오자마자 지겹도록 보았고 90년대 초반까지도 자주 보았던 풍경이지만, 매우 낯설었다. 단순히 오랜만이어서는 아니었다. 그곳에 있는 모든 사람들은 의사들이었는데, 그들은 원래 이렇게 많이 모이지도 않고 주먹을 쥐고 구호를 외치지도 않았던 사람들이었기 때문이다.

집회는 어둠이 짙어지고도 한참 동안 계속됐다. 비는 계속 내렸고, 바람도 계속 불었다. 다섯 시간 넘게 계속된 집회가 끝날 때까지 대부분의 사람들은 자리를 지켰다. 그들은 정말로 분노한 듯 보였고, 정말로 억울한 듯 보였고, 정말로 절박한 듯 보였다. 레지던트로 보이는 젊은 의사들부터 백발이 성성한 할아버지 의사들까지 모두가 같은 감정을 느끼는 듯했고, 그렇게 근엄했던 대학교수들도 머리에 붉은 띠를 두르고 있었다. 붉은 띠에는 '의권쟁취'라는 네 글자가 새겨져 있었다.

사람들은 노래를 불렀다. 아침이슬을 불렀고 님을 위한 행진곡을 불렀고 광야에서를 불렀다. 아침이슬은 다들 그럭저럭 불렀지만 님을 위한 행진곡이나 광야에서는 가사를 제대로 알고 있는 사람이 많지 않은 듯했다. 이들 중 몇 명이나 80년대에, 그리고 90년대에 이 노래를 불러본 경험이 있을까.

사아랑도 며영예도 이름도 남김없이 한 평생 나가자아던 뜨거우운 매앵세, 도옹지는 간데없고 기잇발만 나부껴 새날이 올 때까아지 흔들리이지 말자, 세월은 흘러가도 산천은 안다, 깨어나서 외치는 뜨거운 함성, 아앞서서 나가리 산 자여 따르라, 아앞서서 나가리 산 자여 따르라아.

사람들은 이 노래를 반복해서 목청껏 불렀다. 나도 불렀다. 하지만 목소리가 제대로 나지 않았다. 문득 눈물이 핑 돌았다. 나는 과연 사랑도 명예도 이름도 남김없이 한 평생 나가자고 뜨겁게 맹세했던 적이 있던가. 뜨거운 함성을 외쳤던 적은 있던가. 여기 모인 사람들 중에 그랬던 사람이 몇이나 될까. 누군가가 등 뒤에서 이렇게 묻고 있는 듯했다. 당신들이 이 노래를 부를 '자격'이 있느냐고 말이다.

나는 혼란스러웠다. 아니 답답하고 서글펐다. 나 또한 의사들의 주장들에 대부분 공감했지만, 얼마나 많은 국민들이 공감해 줄지는 미지수였다. 의사들은 너무 오랫동안, 그리고 너무 많이 국민들의 인심을 잃어왔으니까. 그리고 의사들은 여전히 많은 것을 누리고 있었으니까.

그날 집회에서 나는 동료 선후배들도 많이 만났다. 군대를 먼저 다녀온 동기들은 4년차 레지던트였고, 여자 동기들 중에는 펠로우도 있었고 개업한 사람도 있었다. 그들은 군인 신분임에도 불구하고 집회에 참석한 나를 진정한 의권쟁취의 투사라고 치켜세우며 농담을 했다.

공중보건의사를 다녀와서 레지던트를 시작했던 현수도 만났다. 그는 신경과 4년차였고, 우리 병원 전공의협의회장이었다. 그에게 물었다.

"병원 분위기는 어때?"

"개판이지 뭐. 펠로우들만 죽어나고."

전공의들 대부분과 대학교수들 상당수가 일손을 놓았지만 병원에는 환자들이 많았다. 누군가는 진료를 계속해야 했고, 진료의 가장 큰 책임은 펠로우들이 떠맡고 있었다.

"참의료진료단은 어떻게 운영되는 거야?"

"돌아가면서 최소 인력만 근무하는 거지. 20%쯤만 남아서 병동과 수술실 위주로 일해."

"응급실하고 중환자실은?"

"펠로우들이 거의 에당 서면서 고생하고 있지." 에당은 '에브리데이 당직'이라는 은어였다.

"환자는 얼마나 남아 있어?"

"병실은 절반 가까이 비었고, 외래는 아예 문 닫았고."

"전공의들이 진짜 다들 파업에 찬성한 거야?"

"이건 아니라고 생각하는 사람도 많기는 한데, 대세를 따르는 거지 뭐."

"너는?" 현수는 의대에서는 몇 안 되는, 소위 '운동권'이었다.

현수는 잠시 내 얼굴을 쳐다봤다. 그는 내 질문의 의미를 아는 듯했다.

"말 마라, 괴롭다. 괜히 전공의협의회장은 맡아 가지고, 여기저기서 욕만 먹고."

우리는 잠시 말을 멈추었다. 말은 안 해도 다들 괴롭기는 마찬가지인 듯했다.

"레지던트들은 뭘 하는 거야? 출근은 해?"

"천차만별이지 뭐. 말로만 파업하고 자기 환자 보는 사람도 있고, 신난다고 나가 노는 사람도 있고. 그래도 대부분 출근은 해. 참, 실험실 가서 연구하는 친구도 있다."

"출근해도 할 일이 없을 거 아냐?"

"전공의협의회에서 계속 프로그램을 만들어. 특강도 듣고 토론회도 하고, 밖에 나가서 시민들에게 유인물도 나눠주고."

"시민들 반응은 어떤데?"

"그것도 천차만별이지. 욕하는 사람도 있고 격려하는 사람도 있고."

"어느 쪽이 더 많아?"

"욕하는 사람이 훨씬 많지. 당연하지 않아?"

"하긴."

"언제까지 갈 것 같아?"

"난들 알겠냐. 정부가 조금만 양보하면 금방 끝날 것 같은데…."

온몸이 흠뻑 젖은 채 몇 시간을 있었더니 오한이 느껴졌다. 어쩌면 혜수도 이곳에 와 있을지 모른다는 생각이 들었다. 혜수가 결혼한 이후 나는 아직 한 번도 그녀를 본 적이 없었다.

현수의 예상과는 달리 사태는 쉽사리 끝나지 않았다. 병의원들은 파업을 풀었다가 재파업에 들어가기를 반복했고, 전공의들은 100일 넘게 파업을 계속했다. 이제 와 생각하면, 사태가 그렇게까지 심각하게 진행된 가장 중요한 원인은 정부가 의사들의 자존심을 지나치게 자극했기 때문이었다. 수입이 줄고 느는 것도 중요한 문제이기는 하지만, 더 중요한 것은 지난 수십 년 동안 누적되어 온 우리 의료시스템의 여러 문제점들 모두를 오로지 의사들의 부도덕 탓으로 돌렸던 정부의 태도가 의사들을 격노케 했던 것이다.

아멜리 노통은 〈불안〉이라는 책에서 "불편은 모욕을 동반하지만 않으면 오랜 기간이라도 불평 없이 견딜 수 있다. 병사나 탐험가들이 그런 예다. 그들은 사회의 극빈층이 겪는 것보다 훨씬 더 심한 궁핍을 기꺼이 견디지만, 다른 사람들이 자신을 존경한다는 것을 알기 때문에 버텨낸다."고 썼다.

　의사들은 군인도 아니고 탐험가도 아니지만, 그리고 그리 큰 존경을 받아왔던 것도 아니지만, 정부와 몇몇 시민단체들의 공격에 극심한 모욕감을 느꼈었다. 바로 그 점이 의사 아닌 사람들은 도저히 이해할 수 없을 정도로 극단적인 투쟁이 오래 지속됐던 근본 원인이었다. 어쨌든 의료대란은 2000년 11월, 큰 상처를 남기고 끝났다. 사태의 종결 원인이 모욕감도 시간이 지나면 기억에서 지워지기 때문인지, 아니면 정부가 오류를 시인하고 여러 가지 제도를 바꿈으로써 해원(解冤)이 되었기 때문인지, 그것도 아니면 의약분업을 해도 의사들의 수입이 줄어들지 않도록 법이 재개정되었기 때문인지는 지금도 알 수 없다.

12

1994년의 마지막 순간에도 나는 병원에 있었다. 12월 31일은 당직이 아니었고 다음날도 휴일이었지만, 1월에는 내가 이식외과를 담당하게 되어 있어서 인수인계 받을 일이 많았다. 보신각에서 행해진 타종 행사를 의국에서 TV로 보았다. 최병렬 서울시장이 맨 앞에서 종을 칠 준비를 하고 있었다. 그는 지난달에 갑자기 서울시장이 된 사람이다. 전임 시장은 성수대교 붕괴 사고에 대한 책임을 지고 취임한 지 12일 만에 물러났었다. 성수대교 사고 때 다친 사람들 중 몇몇은 아직 우리 병원에 입원해 있었다. 부실하게 지은 다리 때문에 죽고 다치는 사람도 있고, 그것 때문에 서울시장이 되는 사람도 있다.

이식외과는 외과 중에서도 특히 힘든 분야였다. 이식수술은 수술 자체도 복잡하지만, 거부 반응을 줄이기 위해 면역억제제를 써야 하기 때문에 수술 전후의 환자 관리도 더 까다롭다. 특히 이식 수술을 시행한 당일 밤에는 환자 상태를 아주 면밀히 체크해야 하므로 밤새 거의 잠을 못 잔다. 의사가 환자의 곁에 지키고 앉아 밤을 새면 가장 좋겠지만 그건 현실적으로 불가능하니, 대개는 간호사가 1시간 간격으로 혈압과 맥박과 체온 등을 체크한다. 신장이식 환자의 경우에는 소변량이 특히 중요하기 때문에, 매 시간 공급된 수액량과 소변량도 체크해야 한다.

그런데 우리 병원 이식외과에는 다른 대학병원들에는 없는 전통이 하나 있다. 그건 이식외과 실습을 도는 학생이 이식수술을 받은 환자의 곁에서 밤새도록 환자 상태를 체크하는 것이다. 간호사도 있고 인턴이나 레지던트도 당직을 서기 때문에 꼭 필요한 것은 아니지만, 학생 때부터 이식외과의 엄격함을 머리에 심어주기 위한 전통이다.

학생들은 1주일 동안 이식외과를 돌면서 적어도 이틀 정도는 이렇게 밤을 새야 한다. 힘들어하거나 불평을 하는 학생들도 없지 않지만, 오히려 좋아하는 학생들이 더 많다. 나도 그랬었다. 한밤중에 고요한 병동에서 환자를 지키다 보면 내가 정말 의사가 된 듯한 기분이 들기 때문이다. 그건 하루 종일 가운을 입고 의사 흉내를 낼 때에의 느낌과는 좀 달랐다. 심야에 레지던트 선생님들과 함께 야식을 시켜 먹는 재미도 쏠쏠했다.

외과 실습학생이던 때의 기억이 생생한데, 나는 어느덧 학생을 받아 교육해야 할 위치가 된 것이다. 그런데 문제가 생겼다. 인수인계를 통해 넘겨받은 실습학생 명단 세 번째 줄에 혜수가 있었다. 1월 2일은 4학년 1학기가 개강하는 날이었는데, 이제 막 4학년이 된 혜수의 첫 번째 실습 일정이 외과였고, 그 중에서 이식외과를 1월 셋째 주에 돌게 되어 있었던 것이다.

나는 여러 가지로 초조하고 불안했다. 혜수도 벌써 4학년이 되었으니 1년만 지나면 졸업을 한다. 아직 결혼을 생각할 나이는 아니지만, 혜수의 나이가 아주 적지도 않다. 우리는 지난 몇 개월 동안 전화 연락만 몇 번 했을 뿐, 한 번도 만나지 않았다. 어느 한 쪽이 특별히 피한 것은 아니었지만, 어느 한 쪽이 열심히 연락하지도 않았다. 뭔가 계기가 없는 한, 우리는 이렇게 조금씩 멀어질 참이었다. 그런데 불쑥 레지던트와 실습학생으로 만나서 일주일을 함께 보내야 하는 상황이 생긴 것이다. 그리고 하루나 이틀쯤은 비슷한 공간에서 밤을 새야 한다. 이것만으로도 충분히 불편한데, 혜수와 나의 관계를 아는 사람은 거의 없으니 더 불편했다. 게다가 나는 이식외과에 대해 아는 것이 별로 없었다. 예전에 공부했던 것은 다 잊어버렸고, 외과에 들어온 이후 이식외과는 이번이 처음이었다. 허둥대고 쩔쩔매는 모습을 혜수에게 보이고 싶지는 않지만, 이제 와서 갑자기 공부를 할 수도 없었다. 그나마 혜수가 첫 주에 오지 않는 것이 다행이었다. 2주일이면 그래도 분위기 파악 정도는 충분히 할 수 있는 시간이었으니.

이식외과는 나름대로 참 재미있는 곳이다. 나는 이식외과에서 첫 주부터 아주 재미있는 경험을 했다.

그 환자는 4년 전에 만성신부전 진단을 받은 후 줄곧 일주일에 두 번씩 병원에 와서 혈액투석을 받아온 64세의 전직 공무원으로, 이식수술을 위해 신장내과에서 이식외과로 넘어온 환자였다. 신장의 기능은 투석을 시작할 때보다 더욱 나빠져 있었다. 투석 시간도 점차 늘어났고 투석 직후의 검사에서 혈중 요소질소와 크레아티닌 수치(신장 기능을 나타내는 수치들)가 정상보다 높게 나타나기 시작한 지도 이미 여러 달 전이었다.

차트를 보니 이식수술을 권유받은 것은 이미 오래 전이었다. 수술비에 대한 부담과 신장을 구하는 어려움 때문에 이식수술을 결정하는 것은 누구에게나 쉬운 일은 아니었다.

나에게 맡겨진 임무는 환자 보호자들을 만나 이식수술에 대한 기본적인 설명을 하고 수술에 필요한 제반 사항들을 알려주는 것이었다. 설명을 들으러 온 사람은 모두 넷이었다. 환자의 아내와 아들인 듯한 두 남자, 그리고 며느리인지 딸인지 구별이 되지 않는 한 여자였다. 그들 각각은 아주 곤란한 일이 막 벌어진 순간에 어울리는 복잡한 표정을 짓고 있었다.

우선 환자의 상태에 대한 간단한 설명과 함께 이식수술에 대한 일반적인 설명을 했다. 이미 내과에서 많이 들었던 모양인지, 그들은 건성으로 듣고 있었다. 나는 곧바로 가장 중요한 질문을 했다.

"신장을 구하는 일이 가장 중요한데요, 어떤 계획을 갖고 계신지요?"

"아직 그건…." 한 남자가 대답을 했다.

"이미 알고 계시겠지만, 유전인자들이 비슷한 가족이 기증하는 것이 수술의 성공률이 더 높습니다. 물론 꼭 그래야 하는 것은 아닙니다만."

질문이라고 할 수는 없는 말이었지만, 보호자들은 모두 아무 말도 하지 않았다. 신장이식은 모든 장기이식 중에서 가장 흔히 행해지는 수술이고, 성공률도 가장 높은 편이다. 하지만, 뇌사자로부터 적출된 장기를 이용하는 경우가 대부분인 선진국들과는 달리 우리나라에서는 건강한 사람이 두 개의 신장 중의 하나를 기증하는 비율이 훨씬 높다. 그 때문에 여러 가지 문제가 일어나기도 한다. 요즘은 많이 줄었지만, 그때만 해도 종합병원 화장실에 '신장상담 01×-×××-××××'이라고 쓰인 스티커가 많이 붙어 있던 때였다. 물론 불법이었지만, 누군가 나타나서 환자의 '먼 친척'이라며 기증 의사를 밝힐 경우 의사들도 굳이 캐묻지 않았었다.

"자녀분이 어떻게 되십니까?"

"아들만 넷입니다. 제가 장남이고, 여기가 셋쨉니다."

두 남자 중에 나이가 덜 들어 보이는 사람이 오히려 형이었다.

"가족 분들끼리 상의를 좀 해 보신 후에 다시 만나 뵙기로 하지요. 환자분 상태가 많이 좋지 않으니 결정을 서둘러 주세요."

수술 결과만 놓고 보자면, 뇌사자의 장기보다는 건강한 사람의 장기를 이식했을 때가 성공률이 더 높다. 공여자와 수혜자가 혈연관계에 있어 유전인자들이 비슷할 때에는 더 좋은 결과를 기대할 수 있다.

그렇다고 하더라도 멀쩡한 사람의 배를 가르고 장기를 꺼내는 일은 쉽게 결정할 수 있는 문제가 아니다. 신장이 하나만 있어도 건강에는 별 지장이 없다고는 하지만, 나중의 일을 알지 못하는 인간에게 자신의 몸의 일부를 잃는다는 것은 분명 두려운 일이다. 그리고 의술이 발달했다고는 하지만, 전신마취를 해야 하는 수술 자체에 대한 부담감도 적지 않다.

종종 불법 장기매매가 사회문제로 등장하기도 하지만, 병원에서 흔히 보는 경우는 직계가족들의 자발적인 희생이다. 부모가 자식에게 신장을 주기도 하고, 자식이 부모에게 주기도 하고, 형제간이나 부부간에 이루어지는 경우도 많다.

그 환자에게는 형님과 누나가 한 분씩 생존해 있었지만 모두가 연로하여 공여자로 고려할 수 없는 상황이었고, 네 아들의 어머니이자 일곱 손자들의 할머니인 환자의 아내는 스스로 공여자가 되기를 원했지만 역시 고령에다 유전적으로는 완전히 다른 사람이므로 공여자로 선정되기에는 부적절했다. 그렇지만 그 환자는 그래도 다행스러운 경우였다. 아들이 넷이나 있었으니 말이다.

이틀 후 네 아들이 함께 찾아왔다. 자신들 중의 하나가 아버님께 신장을 드리기로 의견을 모았지만, 아직은 그 하나가 누구인지에 대해서는 결정하지 못하고 있었다.

"네 분께서 어려운 결정을 하셨습니다. 공여자를 결정하기 위해서는 아드님들의 의견도 중요하지만, 의학적인 요소들도 중요합니다. 잘 모르시겠지만, HLA라고 유전적으로 얼마나 비슷한지를 알아보는 검사가 있는데요, 아무리 자식들이라도 유전적으로 아버님과 일치하는 정도는 다 다릅니다. 이왕이면 가장 비슷한 유전자를 가진 분이 공여자가 되는 것이 거부반응도 적고 좋지 않겠습니까?"

"그럼, 일단 저희들 모두가 검사를 받아 봐야 한다는 말씀이십니까?"

장남이 곧바로 질문을 했다.

"그렇습니다. 검사가 힘들지는 않습니다. 약간의 혈액만 있으면 되니까요."

네 아들의 표정이 다들 초조해 보였다. 나는 다시 부연 설명을 했다. 그들의 결정에 도움이 될지 오히려 방해가 될지 모르는 설명이었다.

"유전적으로 가장 일치하는 사람이 무조건 공여자가 되어야 하는 것은 아닙니다. 그저 결정하시는 데 참고로 삼으시라는 것뿐입니다. 그리고, 공여자가 될 수 없는 특별한 이유가 발견되는 수도 간혹 있으니까요."

　아무리 부모를 살리기 위해서이지만, 자신이 공여자가 되는 일은 피할 수만 있으면 피하고 싶은 것이 인지상정이다. 때로는 형제간에 싸움이 일어나기도 하고, 수술 날짜까지 잡혀 있는 상황에서 갑자기 이런저런 핑계를 대면서 수술을 못하겠다고 하는 사람도 있다. 심지어 수술을 위해 병원에 입원까지 했다가도 당일 새벽에 아무 말 없이 사라져 버려 의료진을 당황하게 하는 경우까지 있었다. 그런 행동을 자신 있게 비난할 수 있는 사람이 과연 있을까?

　하지만, 부모가 자식에게 공여자가 되는 경우에는 이런 일이 일어나지 않는다. 오히려 부부간에 서로 공여자가 되겠다고 다투기까지 한다. 그러나 결과적으로는 어머니가 수술대에 오르는 경우를 많이 본다. 확실히 부성애보다는 모성애가 강한 것일까?

　곧바로 검사가 진행되었다. 결과는 며칠 후에 나오게 되어 있었다. 그런데 결과가 나오기 며칠 전에, 그러니까 혈액 채취를 한 다음다음날 저녁에 네 아들 중의 장남이 나를 찾아왔다.

　"아직 결과가 안 나왔는데, 무슨 일이신가요?"

　한참을 머뭇거리던 그가 어렵게 내뱉은 말은 자신은 공여자가 될 수 없다는 말이었다. 그는 한 중소기업의 대표이사였다. 최근 회사 사정이 좋지 않아서 시간을 내기가 여의치 않다는 말도 했고, 접대 때문에 술을 많이 먹어 간과 위가 좋지 않다는 말도 했다.

그리고, 수술비용은 어차피 자신이 대부분 낼 것인데, 장기기증까지 자신이 해야 한다면 동생들이 오히려 부담스럽게 생각할 것이라는 말도 했다.

"그리고 무엇보다 우리 마누라가 절대 안 된다고 펄펄 뛰어서 말입니다."

아무리 장남이지만, 혼자서 모든 책임을 다 져야 하는 상황에 대해서는 좀 억울한 심정을 느끼는 듯했다. 그 억울함을 맏며느리가 더 크게 느꼈을 수도 있을 것이다.

나는 그의 처지가 일면은 이해되어 잠자코 듣고 있었다. 그런데 그는 잠시 말을 멈추고 주위를 둘러본 후 하얀 봉투를 꺼내놓았다. 정확히 말하면 꺼내놓은 것이 아니라 자기 주머니에서 꺼낸 다음 잽싸게 나의 가운 주머니로 밀어 넣었다. 나는 기분이 확 상했다. 아니, 기분이 나빴다기보다는 화가 났다.

"이러시면 안 됩니다. 그런 사정이 있으시면 동생 분들과 허심탄회하게 상의를 하십시오."

"동생들에게 어떻게 이런 이야기를 직접 합니까? 사정 좀 봐 주십시오."

"지금 절더러 검사 결과를 거짓으로 말해 달라는 것 아닙니까? 그렇게는 못 합니다."

한참을 옥신각신하다가 결국 결과가 나온 다음에 다시 이야기하기로 하고 그를 돌려보냈다. 봉투는 그에게 돌려주었다. 때때로

촌지를 받은 경험이 없는 것은 아니었지만, 이런 식의 봉투는 처음이었다. 환자가 퇴원하면서 고맙다고 주는 소액의 촌지는 그래도 부담이 덜하지만, 뭔가 특별대우를 해 달라고 주는 촌지는 받기가 부담스러워 돌려주는 경우가 많다. 이 경우는 절대로 받을 수 없는 촌지에 해당한다. 그가 돌아간 후에도 불쾌한 감정은 쉽게 사라지지 않았다.

장남이 다녀간 다음 날, 이번에는 막내가 아내와 함께 나를 찾아왔다. 처음엔 누군지 얼른 알아보지도 못했다. 환자의 이름을 듣고서야 엊그제 얼굴을 본 기억이 떠올랐다. 그리고 다시 마음이 불편해졌다. 무슨 우화처럼 아들들이 따로따로 찾아와 자신만은 안 된다고 말하는 상황을 생각하니, 착잡한 심정을 금할 수가 없었다.

하지만 그가 꺼낸 이야기는 정반대였다. 나에게 거짓말을 부탁하는 것은 같았지만, 이번엔 자신이 꼭 공여자가 되게 해 달라는 것이었다. 막내인 자신을 아버님이 무척이나 귀여워하셨지만, 자신은 지금껏 아무 것도 해 드린 것이 없다고, 그리고 형들처럼 넉넉한 형편이 아니어서 용돈 한 번 드리지 못했다고, 형들에게도 늘 도움만 받았지 고맙다는 말 한마디 못했으니 이번엔 자신이 꼭 공여자가 되어야 마음의 짐을 덜 수 있다고 덧붙였다. 그의 아내는 옆에 가만히 서서 가끔씩 코를 훌쩍이고 있었다.

"남남끼리도 신장을 주고받을 수 있다고 들었습니다. 결과가 어떻게 나올지는 모르지만, 형님들에게 제가 가장 적합하다고 말해 주시면 정말 고맙겠습니다."

나는 코끝이 찡해 오는 것을 느꼈지만, 그렇게 하겠다고 말할 수는 없었다. 뜻을 충분히 이해했으니, 일단은 결과를 보고 나서 다시 이야기하자고만 해 두었다.

그들 부부는 손에 들고 있던 것을 나에게 건넸다. 비닐봉지에 담긴 박카스 한 박스였다. 나는 고맙게 잘 마시겠다는 인사를 했다. 그는 서른 두 살이었고, 막노동을 한다고 했다.

결과는 그로부터 이틀 후에 나왔다. 나는 당사자인 형제들만큼이나 초조한 심정으로 결과지를 보았다. 공교롭게도 네 명의 형제가 거의 비슷한 결과를 보였다. 유전적으로 누가 수술을 해도 상관이 없는 상황이었다.

굳이 순서를 매기자면, 아버지와 유전자가 가장 유사한 사람은 막내였다. 사실 나는 며칠 동안 거짓말을 할 것인지 말 것인지를 고민했었다. 의사는 치료를 위해서 혹은 원만한 환자-의사 관계를 위해서 때로는 선의의 거짓말을 한다. 하지만 이번 경우는, 내가 거짓말을 한다면, 그건 일반적으로 허용되는 선의의 거짓말의 범위를 넘는 것일 터였다. 하지만 결과가 그렇게 나오는 바람에 내 고민은 저절로 해결이 됐다.

네 아들들이 모였을 때, 눈으로 무언가를 말하려는 듯한 장남의 눈길을 외면하며 검사 결과를 사실대로 일러주었다. 네 사람 모두가 겉으로 감정 표현을 하지는 않았지만, 모두들 기쁜 마음을 완전히 숨기지는 못했다. 기뻐하는 이유는 조금씩 달랐겠지만 말이다.

  이식외과에서의 첫 2주일이 정신없이 흐르고, 1월 16일이 되었다. 아침 7시. 실습학생 세 사람이 이식외과 병동에 도착했다. 혜수와, 안면이 없는 남학생 둘이다. 그러고 보니 혜수의 가운 입은 모습을 보는 것은 처음이었다. 혜수는 이미 한 학기 동안의 임상실습을 마친 상태였는데, 우리는 같은 공간에서 생활하면서도 서로 가운을 입은 채 마주친 적이 없었다. 혜수의 태도는 자연스러웠다. 다른 학생들에 비해 밝은 웃음으로 잘 부탁한다며 인사를 했다. 어쩌면 내가 이번 달에 이식외과에서 일한다는 것을 미리 알았는지도 모르겠다. 그건 마음만 먹는다면 누구나 쉽게 알 수 있는 사실이었다.
  실습 학생들에 대한 교육은 주로 3년차가 담당했지만, 실제로 학생들이 가장 많은 시간을 보내는 것은 1년차와 함께였다. 나는 평소보다 더 열심히 일했고, 평소보다 더 열심히 세수도 하고 면도도 했다. 첫날은 좀 어색했지만, 하루가 지난 후에는 그런 어색함도 사라졌다. 혜수의 자연스러운 태도가 무엇을 뜻하는 것인지 궁금했지만 물어보지는 않았다. 둘만 있게 되는 경우가 별로 없기 때문이기도 했지만, 그걸 묻는다는 것이 더 어색하게 느껴졌기 때문이다.

두어 번, 혜수와 같은 수술실에 들어갔다. 혜수가 수술복을 입은 모습도 처음 보았다. 혜수는 여자용 수술복 앞섶에 플라스터(병원에서 쓰는 석고 반창고)를 붙이고 있었다. 수술복 사이즈가 크기 때문에 많은 여학생들이 흔히 이렇게 하지만, 혜수의 그 모습을 보니 문득 혜수의 속살은 어떨까 하는 생각이 들었다. 그런 생각을 예전에는 한 적이 없었다.

  혜수와 함께 들어간 수술 중 하나가 내게 거짓말을 부탁했던 그 아들들의 아버지에게 막내아들의 신장을 이식하는 수술이었다. 옆 수술실에서는 막내아들의 신장을 떼어내는 수술이 거의 동시에 진행됐다. 신장을 이어붙이는 것은 이식외과에서 하지만 신장을 떼어내는 수술은 비뇨기과에서 담당한다. 수술은 별다른 문제 없이 성공적으로 진행됐다. 이식된 신장은 수술이 끝난 후 얼마 지나지 않아 정상 기능을 발휘하기 시작했다. 요도관을 통해 한 방울씩 떨어지는 소변이 이럴 때는 정말 예뻐 보인다.

  그날 저녁, 마취에서 깨어난 지 얼마 되지 않아 방금 회복실에서 병실로 옮겨진 막내아들의 병실을 찾았다. 나머지 세 아들을 비롯해서 여러 사람이 모여 있었다. 역시 그날 수술을 받은 아버지가 누워 있는 이식외과 병동에는 아내만 남아 있을 터였다. 다른 사람의 장기를 이식 받은 환자의 병실은 감염 방지를 위해 최소한의 면회만 허용되기 때문이다.

  침대에 누워 있던 그는 내가 들어오는 걸 보고는 찌푸리고 있던 얼굴을 폈다. 나는 수술 전에 그에게 분명히 말했었다. 내가 거짓말을 한 것이 아니라 실제로 결과가 그렇게 나온 것이라고. 하지만, 어쩌면 그는 나의 그 말이 거짓말이라 생각했을지도 모르겠다. 어쨌거나, 그의 눈빛이 고맙다고 말하고 있었다. 그리고, 그는 행복해 보였다. 나도 그에게 눈으로 인사를 했다. 어쩌면 그는 퇴원할 때 다시 박카스를 한 박스 가져다줄 것이다.

이식외과 병동으로 올라왔다. 아들의 신장을 얻은 아버지가 확실히 새로운 인생을 시작할 수 있을지 여부는 아직 확실하지 않았다. 지금은 상태가 괜찮지만, 언제 어떻게 거부반응이 일어날지 모르기 때문이다. 거부반응이 일어나면 아들의 희생도 허사가 된다.

환자 곁에는 그의 아내가 앉아 있었고, 그 옆에 혜수가 서 있었다. 그날 밤 병실을 지킬 당직이 혜수인 모양이었다.

"어, 윤혜수 선생, 벌써 왔네." 아직 학생이지만, 환자들이 듣는 곳에서는 이렇게 공대를 하는 것이 관례다. 굳이 의사인 척하려는 건 아니지만, 옆에 있는 가운 입은 친구가 의사가 아니라 의대생인 걸 알면 불안해하는 환자들도 있기 때문이다.

"벌써 여덟 시가 넘었는데요?" 혜수가 대답했다. 시간이 그렇게 된 줄 몰랐다.

"저녁은 먹었고?"

"예. 선생님은?"

"이제 먹어야지."

환자는 눈을 감고 있었다. 통증이 제법 있을 터였다.

"아직은 좀 아프시죠?"

환자가 실눈을 뜨고 고개를 끄덕였다. 수술이 아주 잘 끝났다고, 아드님도 아무런 문제가 없다고 말씀드렸다. 옆에 있던 아내가 고맙다고 허리를 숙여 인사를 했다.

"오늘 밤에 여기 계신 이 선생님이 계속 지켜보실 거니까요, 아무 걱정 마시고 불편한 데 있으면 말씀하세요."

환자는 다시 고개를 끄덕였고, 아내는 다시 고맙다고 인사를 했다.

"윤 선생, 의국으로 잠깐 올래?"

이식외과는 외과 전체 의국과 별도로 작은 의국이 병동 한편에 마련되어 있었다. 이층 침대 하나와 소파 하나, 책상 두 개, 커다란 테이블과 의자 몇 개가 있는 작은 방이다. 의국에는 아무도 없었다. 밀폐된 공간에 혜수와 둘만 있었던 적이 있던가, 하는 생각이 들었다.

"외과 실습은 어때?"

"재미있어요. 이식외과가 제일 멋있는 것 같은데요?"

"외과 할래?"

"그건 좀…."

대부분의 의대생들에게 외과는 매력적으로 보인다. 이식외과는 더 그렇게 보이기도 한다. 하지만 실제로 외과를 선택하는 사람은 많지 않다. 외과를 선택할 마음이 있지만 그렇게 하지 않는 사람들의 이유는 대부분 똑같다. 그건 '힘들어서'가 아니라 '비전이 없어서'다. 우리나라 건강보험이 외과를 푸대접하기 시작한 지가 벌써 수십 년이었다. 외과를 선택해 봐야, 돈도 못 벌고 고생만 하기 십상이었다.

"어떻게 지내?"

"잘 지내요. 오빠는요?"

"1년차 사는 게 다 그렇지, 뭐. 봐서 알잖아?"

"1년차 거의 다 지나서 좋겠다."

나는 바보처럼 히죽 웃었다. 1년차가 끝나가서가 아니라 혜수의 웃는 얼굴이 보기 좋아서였다. 하고 싶은 말이 많았지만, 그 순간에 3년차 선생님이 들어오는 바람에 하지 못했다. 어쩌면 그가 들어오지 않았어도 하지 못했을 것이다.

13

2006년도 저물고 있었다. 나이를 먹을수록 세월의 속도가 빨라진다더니, 이제는 그 말을 실감하게 된다. 몇 주만 지나면 우리 나이로 마흔이 된다. 머릿속이 복잡하다. 서른 살이 되던 순간에는 느끼지 못했던 복잡함이다.

언제부터인가 망년회라는 표현이 거의 사라졌다. 잊어야 하는 일보다 기억해야 하는 일이 늘어났기 때문인지, 아니면 '망' 혹은 '망년'이라는 말의 어감이 좋지 않기 때문인지 모르겠다. 요즘은 다들 송년회라고 부른다. 그렇게들 모여 밥 먹고 술 마신다고 해서 한 해가 더디 가거나 빨리 갈 리는 없지만, 자주 보지 못하는 사람들에게 오랜만에 만날 계기로는 역시 연말이 적격이다. 하지만 늘 마주치는 사람들까지 송년을 빙자해서 평소보다 더 거창한 회식을 갖는 것은 좀 부적절해 보인다.

오늘은 외과 의국 송년회가 있다. 의국 송년회이니 레지던트들끼리 모이는 자리이지만, 젊은 교수들 몇몇이 참석하는 것이 관례라서 나도 초청을 받았다. 물론 1차가 끝나면 교수들은 적당히 자리를 비켜준다. 후배이자 제자들과의 술자리도 나름대로의 재미는 있지만, 그래야 레지던트들이 교수들을 안주 삼아 즐거운 2차를 가질 수 있다.

하지만 나는 오늘 회식에 못 간다고 이미 통보를 했다. 좋은 핑계가 생겼기 때문이다. 나는 오늘 저녁 성희롱 예방 교육을 받아야 한다. 재작년부터인가 생긴 이 교육에는 지위 고하를 막론하고 전 직원이 1년에 한 번은 참석해야 한다. 며칠 전, 마지막 교육에도 불참하는 사람은 인사고과에서 불이익을 주겠다는 병원장의 엄포성 공문이 왔었다.

병원 강당은 꽉 차 있었다. 올해 마지막 교육이니, 그 동안 받지 않은 직원이 모두 모인 모양이다.

"선생님은 이거, 필요 없지 않으세요?"

옆자리에 앉은 소아과 후배 교수가 내게 웃으면서 말을 건넨다. 아직도 그 사건을 기억하는 사람이 있다. 그 사건이 일어난 것은 내가 펠로우 2년차 때 늦가을이니, 벌써 4년이 넘었다.

나는 그날 수술실 회식 자리에 있었다. 외과 수술을 위해서는 마취과의 도움이 반드시 필요하고 수술실 소속 간호사들의 도움도 있어야 한다. 때문에 가끔씩은 그렇게 세 부서의 직원들이 함께 회식을 하게 된다. 그 많은 수술실 식구들이 다 모이는 큰 회식은 아니었고, 병원을 그만두는 수간호사 한 분의 송별회를 겸해서 외과의사 몇 명, 마취과의사 몇 명, 그리고 간호사들 몇 명이 모인 자리였다.

1차가 끝나고 2차가 끝날 때까지도 아무런 문제가 없었다. 3차에는 일곱 명만 남았다. 마취과 교수 두 명과 마취과 펠로우, 간호사 두 명, 그리고 외과 치프 레지던트와 나였다. 정작 병원을 떠날 수간호사도 이미 자리를 떴다. 그 자리는 사실 없어도 되는 자리였지만, 술 좋아하기로 소문난 마취과의 민 교수가 금요일 밤인데 이렇게 끝내기는 섭섭하다고 고집을 피웠다.

아마 새벽 1시쯤이었을 게다. 다들 제법 취해서 대화는 겉돌고 있었고, 한두 명은 꾸벅꾸벅 졸고 있었다. 내가 술잔을 들어 입으로 가져가는 순간, 내 앞에 앉아 있던 민 교수가 바로 옆에 있던 마취과의 하 교수를 갑자기 끌어안더니 그녀의 입술에 키스를 했다. 거의 동시에 그의 오른손이 그녀의 가슴을 만졌다. 갑자기 술이 확 깼다. 짧은 순간이었지만 나는 내 눈앞에서 벌어지는 광경이 슬로우 모션처럼 느껴졌다. 하 교수는 민 교수를 밀쳐낸 다음 민 교수의 뺨을 쳤다. 그리고는 자리를 박차고 일어나 나가 버렸다. 민 교수는 50대 중반으로 다음 인사 때 주임교수가 될 것이 유력한 사람이었고, 하 교수는 40대 초반으로 깐깐하기로 소문난 여교수였다.

술자리는 거기에서 끝났다. 민 교수는 아무 말도 하지 않고 자리를 떴고, 나머지 사람들도 어색한 인사를 나누며 헤어졌다. 졸고 있던 외과 레지던트는 무슨 영문인지 내게 물었지만 나는 아무 말도 하지 않았다.

하지만 다음날 출근해 보니 이 사건은 이미 온 병원에 알려져 있었다. 민 교수는 사실 과거에도 몇 차례 성희롱으로 구설수에 오른 적이 있었다. 하지만 그 상대가 간호사나 여자 레지던트나 실습학생들이었던 과거와는 달리, 이번에는 같은 과의 후배 교수였다. 사람들은 민 교수가 드디어 사고를 쳤다면서, 하 교수가 어떻게 나올 것인지를 궁금해했다.

하 교수는 바로 그 다음날 병원장을 찾아가 사건의 진상을 이야기한 후 자신의 요구사항을 말했다. 그게 무엇이었는지는 알려지지 않았지만, 그로부터 며칠이 흐르는 동안 아무런 일도 일어나지 않았다. 병원장은 민 교수의 대학 동기이자 고등학교 1년 후배였다. 하지만 며칠 후 오후, 하 교수의 남편이 병원장을 다시 만난 이후 상황은 급변했다. 병원장은 무슨 소리를 들었는지 그날 저녁으로 청원경찰을 시켜 민 교수의 연구실을 폐쇄해 버렸다. 그리고 병원 차원의 진상 조사가 행해졌다. 민 교수는 휴가를 내고 출근을 하지 않았다.

나중에 알려진 일이지만, 하 교수의 남편은 변호사였고 하 교수의 아버지는 고등법원장을 지낸 원로 변호사였고 하 교수의 시아버지는 전직 국세청 간부였다.

불똥은 내게도 튀었다. 병원장실로부터 호출이 왔고, 나는 병원장실에서 몇몇 교수들 앞에서 '증언'을 해야 했다. 처음 보는 얼굴도 하나 있었지만, 나는 그가 하 교수가 선임한 변호사라는 것은 미처 알지 못했다.

"김 선생. 민 교수가 하 교수를 끌어안고 입술에 키스하는 것을 목격했습니까?"

"예."

교수들 몇몇이 한숨을 내쉬었다.

"정말로 똑똑히 봤습니까?"

"예."

"민 교수가 가슴도 만졌습니까?"

"예."

"다른 사람들은 못 봤다던데, 김 선생이 잘못 본 것은 아닙니까?"

"예?" 나는 뭔가 귀찮은 일에 휘말리고 있다는 느낌이 들었다. 그런 느낌이 왜 그제서야 들었는지 모르겠다. 하지만 본 것을 못 봤다고 할 수는 없었다.

"분명히 봤습니다." 교수들 몇몇이 헛기침을 했다.

"그 모습을 보면서 어떤 느낌이 들었습니까?" 이번에는 처음 보는 얼굴이 물었다.

"뭐, 그냥…. 기분이 좋지 않았습니다."

그게 다였다. 평소와 다름없이 바쁘게 지내느라 잘 몰랐는데, 민 교수는 술이 취해 아무런 기억이 나지 않는다고 주장하고 있었고, 그래서 목격자가 필요한 상황이었다. 하지만 그 자리에 있었던 사람들 중에서 그 모습을 보았다고 증언한 사람은 나뿐이었다. 내가 기억하기론 졸고 있었던 외과 레지던트 말고는 모두가 그 광경을 보았었는데, 사실을 말하는 사람이 아무도 없었다.

삽시간에 소문이 퍼졌고, 사건의 당사자는 두 사람에서 세 사람으로 늘어나 있었다. 그런데 사람들의 반응이 이상했다. 대놓고 말은 안 하지만, 민 교수를 비난하는 사람보다 하 교수나 나를 비난하는 사람이 더 많은 듯했다. 하 교수는 술 먹고 실수한 것을 너그럽게 넘겨주지 않고 사건을 확대시키며 히스테리를 부리는 아줌마가 되어 있었고, 나는 남의 일에 중뿔나게 나서는 눈치 없는 사람이 되어 있었다. 외과 주임교수도 나를 부르더니 그냥 못 보았다고 하지 그랬냐고 말했고, 복도에서 마주친 부원장은 나를 보고 민 교수에게 억하심정이 있느냐고 묻기도 했다.

가까운 동료들의 반응도 크게 다르지 않았다. 여성부에서 표창장 받으면 한턱내야 한다고 농담을 하는 사람도 있었고, 앞으로 마취과의 협조 얻기가 어렵겠다고 걱정하는 사람도 있었다. 이듬해에 신임 교원으로 발령을 받을 확률이 꽤 높았던 나의 처지를 알고 있는 사람들 몇몇은 교수 임용에 영향이 있지 않겠냐고 진심으로 걱정을 해 주었지만, 대다수의 사람들에게 나는 그저 가십거리에 불과했다. 심지어 우리 대학에서 교수 발령 못 받아도 이화여대에서는 받아줄 거라고 말하는 사람도 있었다. 그리고 여러 사람들이 이렇게 똑같은 질문을 던졌다. "왜 그랬어?"

내가 '아무 생각 없이' 진실을 말한 것은 사실이었다. 나의 증언이 어떤 파장을 가져올지 미처 예측하지 못했다는 말이다. 하지만 왜 그랬냐는 질문은 내가 받아야 하는 것이 아니라 민 교수가 받아야 하는 질문이 아닌가. 그리고 본 것을 보지 않았다고 말하는 사람들이 받아야 하는 질문이 아닌가.

결국 나는 증언을 한 번 더했다. 조사위원회가 아니라 징계위원회에서였다. 물론 증언 내용은 똑같았다. 이제 와서 말을 뒤집는 것은 더 웃기는 일이기도 했지만, 그럴 마음도 없었다. 나는, 8년 전에 상준이가 그랬던 것처럼, 그저 내가 본 것을 보았다고 말했을 뿐이다.

사건은 민 교수가 사표를 내고 학교를 떠나는 것으로 종결됐다. 하 교수는 민 교수의 파면을 요구하며 민형사상 책임까지 묻겠다고 고집을 부렸지만, '조용히' 해결할 것을 종용하는 병원 고위직들의 설득에 마음을 굽혔다. 하 교수는 지금도 우리 병원의 교수로 있고, 한동안 여의사들과 간호사들에게 숱한 격려를 받았던 나는 다행히 이듬해에 교수가 되었다. 물론 여성부 표창 따위는 없었다. 하 교수가 민 교수를 기어이 법정에 세우지 않은 것이 내게는 그나마 다행이었다. 그랬더라면 나도 몇 번이나 법원에 불려가야 했을 테니까.

말하기 좋아하는 몇몇 사람들은 이렇게 말한다. 김도훈은 원래 교수가 안 되는 상황이었는데, 안 뽑아주었다가는 그 증언에 대한 보복조치라는 말이 나올까봐 할 수 없이 뽑아준 거라고. 정말 그런 것이었을까? 아마도 아닐 것이다. 하지만 어쩌면 그 말이 맞을지도 모른다. 혹자는 이렇게도 말한다. 외과 교수가 그러는 걸 봤더라도 김도훈이 진실을 말했겠느냐고. 장담할 순 없지만, 아마도 그랬을 것 같다. 하지만 그랬다면 나는 교수가 되지는 못했을 것이다.

다음날 아침, 회진을 돌기 위해 병동에 도착하니 우리 파트 레지던트의 모습이 보이지 않았다. 시계를 보니 정확히 8시 30분이었다. 어제 의국 회식에 불참하는 대신 오늘 아침 회진은 한 시간 늦게 돌기로 약속을 했으니, 나는 제시간에 온 것이었다. 다른 과도 마찬가지지만, 외과에서 가장 중요하게 생각하는 미덕 중에는 전날 밤에 아무리 술을 많이 먹어도 그걸 핑계로 다음날 회진이나 수술에 늦어서는 안 된다는 것이 있다. 한 시간이나 늦추어 줬는데도 아직 병동에 도착하지 않았다면 이건 큰 사고다. 회진 준비는 최소한 교수가 도착하기 한 시간 전에는 시작되어야 한다.

이런 생각을 하며 전화기를 집어들려는데 복도 끝 병실에서 1년차 정소연이 뛰쳐나오는 것이 보인다. 나를 보더니 부리나케 뛰어온다. 복도가 쿵쿵 울린다.

"선생님, 죄송합니다. 회진 준비가 좀 늦었습니다."

언제나 그렇듯이 화장기 하나 없는 얼굴이다.

"황창규 선생은?" 황창규는 우리 파트 3년차다.

"제가 두 번이나 깨웠는데요…, 아마 곧 오실 겁니다."

그녀는 이렇게 말하면서 머리를 긁적이다. 그러고 보니 평소에도 부스스한 소연의 머리카락이 유난히 헝클어져 있다.

"몇 시까지 먹었나?"

"네 시요." 소연이 입을 한번 오므렸다가 작은 목소리로 대답한다.

"대충 좀 하지. 회진 준비는 되어 있나?

"예, 아까 한 바퀴 돌기는 했는데요…."

지금 병동에 처음 온 것이 아니라는 말이지만, 말끝이 흐려지는 걸 보니 준비가 덜 된 모양이다.

"그럼 우리끼리 회진 돌자."

정소연은 우리 1년차 중에서 나와는 특별한 사연이 있는 녀석이다. 내가 소연을 처음 만난 것은 벌써 15년 전이다.

나는 본과 3, 4학년 때 의료봉사활동을 다녔었다. 본과 2학년 때까지는 연극부 활동을 열심히 했지만, 3학년 이후에도 연극을 할 수는 없었다. 임상실습을 돌기 시작하면 학기 중에는 오히려 여유 시간이 많아지는 반면 여름과 겨울방학이 확 줄어든다. 아무리 길어야 4주 정도이고 짧으면 2주에 불과한 경우도 있다. 그러니 연극을 하기에는 물리적 시간이 모자랐다. 물론 시간이 있다 해도 후배들의 은근한 퇴진 압력을 견디기 어려웠겠지만. 다른 동아리들도 대체로 마찬가지라서, 본과 3, 4학년이 직접적으로 활동을 하는 동아리는 별로 없다. 하지만 거의 유일한 예외는 진료봉사 동아리였다. 이곳에도 예과생이나 본과 1, 2학년이 없지는 않지만, 어설프게나마 진료라는 걸 하려면 최소한 본과 3학년은 되어야 하니 아무래도 3, 4학년이 주축이 된다. 여기에 참여하는 학생들은 적지 않다. 한 달에 한두 번 정도 주말 오후에 시간을 내는 일이 귀찮기는 했지만, 자신이 배운 것을 이용하여 다른 사람들에게 도움을 주는 즐거움이 크기도 했고, 환자들을 직접 대하는 과정에서 배우는 것도 많았기 때문이다.

지금은 상황이 또 달라졌지만, 그때만 해도 의료 혜택에서 소외된 지역이 적지 않았다. 우리가 가던 곳은 남양주시에 있는 한 빈민촌이었다. 지금은 서울에서 지하철을 타고도 갈 수 있는 곳이 되었지만, 그때는 학교에서 출발하여 버스를 두 번이나 갈아타야 들어갈 수 있는 곳이었다. 처음 버스를 갈아타는 곳은 청량리역 앞이었는데, 교수님들의 도움으로 마련한 몇 가지 기구와 약들을 짊어지고 청량리역 앞에서 버스를 기다릴 때면 언제나 소풍을 가는 듯한 느낌이 들었다.

우리 팀은 특별한 사정이 없는 한 격주로 그 마을에 들어갔다.

매번 참석하는 사람도 있었고 나처럼 한 달에 한 번만 참석하는 사람도 있었다. 우리 팀은 대체로 스무 명 남짓이었다. 우리가 엉뚱한 짓을 해서 환자들에게 해를 끼치지 않도록 레지던트 선배가 두세 명 정도 따라왔고, 가운을 입고 진료 활동을 하는 고학년들은 일고여덟 명이 참가했다. 나머지 열 명 내외의 저학년들은 다른 허드렛일을 하거나 진료 보조를 했다.

소연은 당시 초등학교 5학년의 꼬마였다. 소연은 아픈 데가 전혀 없는 건강한 여자 아이였지만, 우리가 그곳 초등학교에서 판을 벌일 때면 언제나 그곳에 와서 우리를 도왔다. 소연이 하는 일은 좋게 말해 환자 상태 브리핑이었는데, 그건 사실 고자질에 가까웠다. 술을 많이 마셔 간이 안 좋은 아저씨 옆에서는 그가 여전히 날마다 소주를 두세 병씩 먹고 있음을 알려줬고, 파란 대문집 할머니 옆에서는 피부병이 걸려 목욕탕에서 쫓겨난 이야기를 전해줬다. 며칠 동안 계속 기침을 하는 옆집 아기를 직접 데리고 오기도 했고, 발가락이 찢어졌지만 일주일 넘도록 병원에 가지를 않아 상처가 곪아버린 남학생의 귀를 붙잡고 끌고 오기도 했다.

처음엔 그저 재미있는 아이라고만 생각했다. 하지만 소연은 한 번도 빼먹지 않고 우리에게 와서 재롱을 떨었고, 우리 모두는 소연을 너무나 귀여워했다. 소연이 알려주는 정보들은 우리에게 굉장히 유용한 것일 때가 많았고, 환자들은 소연 때문에라도 더 열심히 약을 챙겨먹기도 했다. 우리는 그런 소연을 칭찬하며 사탕이며 초콜릿 등을 손에 쥐어줬다. 그런 일이 몇 번 반복된 이후에는 아예 소연을 위한 선물을 미리 준비하는 것이 당연한 일이 되어버렸다. 우리의 칭찬과 선물을 받는 것이 즐거워서였는지, 소연은 점점 더 열심히 그 역할을 했었다.

소연은 커서 의사가 되겠다고 했었다. 우리는 좋은 생각이라며 격려했지만, 실제로 소연이 의사가 될 것이라고 생각했던 사람은 아마도 없었을 것이다. 의대에 입학하려면 공부를 아주 잘해야 했고, 의대는 등록금도 특히 비쌌다. 소연은 부모님이 모두 계셨고 생활보호대상자도 아니었지만, 그곳은 빈민촌이었다.

의대를 졸업하고 인턴이 되면서 나는 더 이상 그곳에 가지 못했다. 굳이 꼬마 소녀를 울리고 싶지 않아서, 마지막으로 그곳에 갔을 때도 나는 소연에게 작별 인사를 하지 않았었다. 그 후로도 몇 년 동안은 후배들이 계속 같은 곳으로 진료봉사를 나갔지만, 그 지역이 개발되어 아파트가 들어서면서 우리 동아리의 진료봉사 장소는 다른 곳으로 바뀌었다.

내가 소연의 전화를 받은 것은 1999년 3월, 그러니까 내가 군의관 때였다.

"김도훈 선생님 되시나요?"

처음 듣는 여자 목소리였다. 물건을 사라거나 신용카드를 발급받으라는 전화가 국군병원 진료실에까지 걸려오지는 않는다.

"그렇습니다만, 누구신가요?"

"저, 기억하실지 모르겠지만, 소연이에요. 정소연."

물론 나는 기억하지 못했다. 소연은 섭섭하다고 했다. 그런데 그 목소리에 장난기가 묻어 있었다. 당황스러웠다.

"10년도 안 지났는데, 벌써 잊으신 모양이네요?"

그 말을 듣는 순간 생각이 났다. 목소리도 변하고 말투도 변해 있었지만, 정소연이라는 이름이 기억 속에서 별안간 튀쳐나왔다. 반갑기도 했지만 어딘지 모르게 불안하기도 했다. 연이어 궁금증이 밀려왔다. 이 아이가 왜 전화를 걸었지? 가만 있자, 이제 몇 살이나 된 거지? 내 전화번호는 어떻게 알았지?

"아~, 그 소연이구나. 기억 못해서 미안해."

"치, 이제야 아시겠어요? 캔디 아찌."

캔디 아찌. 사탕 봉지를 자주 건네주던 나를 소연이 자기 마음대로 그렇게 불렀었다. 나를 그렇게 불렀던 사람이 있었다는 사실도 까맣게 잊고 있었다.

"그래 소연이. 요즘은 어떻게 지내니? 이제 몇 학년이지?" 여전히 불안했다. 나는 이 아이가 내게 왜 전화를 걸었는지 도무지 알 수가 없었다.

"1학년이요."

"음, 그래. 벌써 고등학교 갔구나. 야~, 세월 참 빠르네."

"대학교 1학년인데요?"

"엉?"

손가락을 짚어보니 벌써 세월이 그렇게 흐른 것이 맞다. 나는 그 꼬마 아이가 대학생이 되었다는 게 놀라웠다. 하지만 소연의 다음 이야기를 듣고는 그보다 백배쯤 놀랐다. 그가 정말로 의대에, 그것도 내가 졸업한 의대에 입학한 것이었다. 그리고 모든 궁금증이 풀렸다. 소연은 의대에 입학했음을 나에게 말하고 싶었던 것이다. 아무리 의예과 1학년 학생이라 해도 마음만 먹으면 12년 선배의 전화번호를 알아내는 것은 그리 어려운 일이 아니니까.

소연은 며칠 후 내게 편지를 보내왔다. 종이에 쓰인 편지를 받는 것은 정말 오래간만이었다. 소연의 집은 서울 면목동이었다. 소연이 살던 곳이 개발되면서 보상금이 나왔고, 소연의 부모는 그 보상금을 밑천으로 서울로 이주해 세탁소를 운영하고 있었다. 그리 넉넉하지는 않아도 생활하는 데는 큰 어려움이 없다고 했다. 소연이 어린 시절의 꿈을 이루게 된 것이 너무도 기뻤다. 소연은 나를 만나고 싶다고, 이제는 자기도 다 컸으니 사탕 말고 맥주를 사 달라고 했다.

한 달 쯤 후에 나는 소연을 만났다. 처음에는 전혀 못 알아보겠다 싶었지만, 자꾸 바라보니 어릴 때의 모습이 남아 있었다. 남자 아이의 귀를 붙잡고 질질 끌고 오던 그 씩씩한 이미지도 그대로였고, 간결하게 환자들의 지난 생활을 일러바치던 총명함도 그대로였다. 그리고, 스무 살 여대생이 다 그렇듯이, 코를 대고 냄새를 맡으면 싱싱한 풀 냄새가 날 것 같았다.

나와 함께 진료봉사를 나갔던 그 많은 사람들 중에서 소연은 나에게만 연락을 했다. 그리고 나 이외에는 누구의 이름도 기억하지 못했다. 소연은 그때도 유독 나를 따랐었다.

"아저씨, 결혼하셨어요?" 소연이 물었다. '아저씨'라는 호칭은 좀 낯설다. 나는 주로 선생님이라 불렸고, 지금은 대위님으로 불리고 있었다.

"아니."

"사귀는 사람은요?"

"없는 셈이지." 나는 혜수를 여전히 좋아하고 있었지만, 혜수와 사귀고 있지는 않았다.

"에이, 애인 있구나?"

"없다니까."

"다행이네."

"뭐? 내가 애인 없는 게 왜 다행인데?"

"애인 있는 사람을 좋아할 수는 없잖아요?"

"너 많이 컸다. 아저씨를 다 희롱하고."

"알 수 없죠. 열두 살밖에 차이 안 나는데 뭐."

나는 소연과 내가 띠동갑이라는 사실을 그때 처음 알았다.

그날 낮, 예정됐던 교수회의가 열렸다. 내년도 레지던트 선발과 관련이 있다는 것만 알려졌을 뿐, 자세한 내용은 교수들 대부분이 모르고 있었다. 주임교수가 입을 열었다.

"이번에 우리 외과에 새로운 인재가 한 사람 지원을 했습니다."

아직 공식 발표만 없었을 뿐, 신입 레지던트 합격자 명단은 사실상 결정되어 있었다. 하지만 교수회의까지 소집한 주임교수는 '인재'라는 표현을 썼다. 저건 새로운 지원자를 꼭 뽑을 터이니, 내정된 합격자 중 한 사람을 제외하자는 뜻이다.

"어떤 사람입니까?" 최기태가 물었다.

"이름은 다니엘 한스. 네 살 때 미국으로 입양된 한국인입니다. 토마스 제퍼슨 의대를 졸업했고, 거기서 인턴 과정도 마쳤습니다."

주임교수는 다니엘의 이력서를 교수들에게 돌렸다. 영어로 된 이력서 뒤에는 성적증명서와 더불어 한국어로 된 자기소개서가 붙어 있었다.

"우리말은 할 줄 압니까?"

"서툴긴 해도 제법 합니다. 거기 그 자기소개서도 본인이 직접 쓴 겁니다."

"교수님은 만나 보셨습니까?"

주임교수가 고개를 끄덕였다.

"한국에 오고자 하는 이유는 뭐라고 하던가요?"

"한국 사람이 한국에 오는데 뭐 특별한 이유가 있겠습니까? 저도 자세한 이유는 잘 모릅니다."

"한국 의사가 얼마나 불쌍한지 모르니까 오겠다는 거겠지, 아마?" 누군가의 농담에 모두가 웃었다. 모르긴 해도 미국에서 인턴까지 했다면, 우리 의료 시스템을 경험하면 적잖이 놀라고 당황할 터였다.

"우리나라 의사 면허가 없으면 여기서 레지던트를 못하지 않습니까?"

"원칙적으로는 그렇습니다만, 내년에 시험을 치르는 것을 조건으로 해서 선발하기로 했습니다. 병원장님하고도 이야기가 됐고, 보건복지부에서도 양해를 했습니다."

대단히 파격적인 일이었다. 하지만 그 파격에는 이유가 있었다. 다니엘의 아버지, 그러니까 미국인 양아버지는 필라델피아에서 제법 큰 기업을 경영하고 있었다. 그는 이십 년 넘게 데리고 산 다니엘이 굳이 고국에 가서 의사 노릇을 하겠다고 하자 처음에는 강하게 만류했지만, 자식의 고집을 꺾지 못했다. 그리고 내친 김에 기부금까지 내기로 했다.

다니엘의 아버지는 1년에 백만 달러씩 3년간 3백만 달러를 기부하는 조건으로 두 가지를 내걸었다. 첫째가 다니엘이 외과 수련을 받아야 한다는 것이었고, 둘째는 기부금 전액이 이식외과 발전을 위해서 쓰여야 한다는 것이었다.

병원 측으로서는 마다할 이유가 없었다. 3백만 달러는 약 30억 원이다. 이는 우리 병원의 1년 연구비 총액의 10% 가까운 돈이었다. 외국의 유명 대학병원은 1년에 수천억 원의 연구비를 쓰지만, 우리나라 대학병원들의 연구비 규모는 기껏해야 수백억 원이었다. 게다가 이식외과는 상대적으로 우리 대학병원이 다른 대학병원에 비해 경쟁력이 약한 분야였으니 금상첨화였다.

"그런데 왜 하필 우리 병원에 오겠다는 건가요?"

"다니엘이 어릴 때 이 근처에 살았던 것 같답니다." 모두가 다시 한 번 웃었다. 너무도 간단한 이유였다.

"이식외과에만 써야 한다는 건 왜죠?"

"다니엘 부친의 아내가 몇 년 전에 심장이식 수술을 받았지만 사망했다고 합니다." 이번에는 아무도 웃지 않았다. 우리 병원에서는 심장이식 수술을 아직 시도조차 못 하고 있었기 때문이다.

교수들 중에서 다니엘을 뽑을 것인가 말 것인가에 대해 토의하고자 하는 사람은 아무도 없었다. 우리는 다니엘을 굴러들어온 복으로 생각하면서, 지난번 회의 때 가장 낮은 성적으로 합격권에 들었던 지원자 한 사람을 탈락시켰다. 그 결정에는 5분도 걸리지 않았다.

14

 1995년 2월 초순이었다. 1년차들은 모두 들떠 있었다. 이미 1월부터 2년차 대우를 받고 있었지만, 3주만 더 지나면 공식적으로 2년차가 되기 때문이었다. 의사의 삶에서 최악의 시기로 자타가 공인하는 인턴과 1년차를 무사히 통과했다는 사실은 성취감과 안도감을 동시에 주었다. 1년차를 마칠 때쯤 되면 이제야 비로소 의사가 되었다는 느낌도 든다. 드디어 환자에게 뭔가 도움을 줄 수 있는 능력이 생겼다는 느낌은 말로 표현하기 어려울 정도로 벅찬 감정이기도 하다.

 우진이 도망을 간 것은 그래서 더욱 의외였다. 여기서 도망이란, 인턴이나 레지던트가 무단으로 병원을 떠나는 것을 말한다. 아주 흔한 일은 아니지만 그렇다고 아주 드문 일도 아니다. 1년차가 도망을 가는 경우가 가장 흔하고, 인턴도 가끔 도망을 간다. 시기적으로는 3월부터 몇 개월 동안이 가장 흔하다. 제대 말년의 군인이 탈영하는 경우가 별로 없듯이, 인턴이나 1년차 말에 도망을 가는 경우는 흔하지 않다. 3년차나 4년차 레지던트가 도망을 가는 경우는 더 드물다.

물론 도망을 간다고 해서 모두가 수련을 아예 그만두는 것은 아니다. 간혹 아예 병원을 떠나는 경우도 있지만, 대부분의 도망자는 제 발로 돌아온다. 그게 비록 몇 달에 불과하더라도, 영영 수련을 받지 않기로 작정하지 않는 이상, 이미 지나간 수련기간이 아깝기 때문이다. 다른 사람들도 돌아온 탕아를 대체로 너그럽게 받아준다. 도망을 갈 만큼 힘들다는 것을 알기 때문이고, 자신도 그렇게 하고 싶은 충동을 여러 번 느껴보았기 때문이고, 대부분의 도망은 이삼일 아니면 길어도 일주일 안에 끝나기 때문이다.

사람들이 도망을 가는 이유는 크게 몇 가지로 나뉜다. 일 자체가 너무 힘들어서 체력적으로 한계에 다다른 경우가 가장 많고, 윗사람으로부터 모욕이나 폭력 등 부당한 대우를 받았을 때 항의의 표시로 도망을 가는 경우가 그 다음이다. 단지 적성에 맞지 않아서 떠나는 경우도 가끔 있는데, 이 경우에는 돌아올 확률이 높지 않다. 또 다른 이유로는 실연이 있다. 하지만 이 경우는 사람들의 심정적 지지를 별로 받지 못한다. 아무리 고귀하고 열렬한 사랑이라도, 적어도 병원에서는, 레지던트가 병원을 뛰쳐나갈 합당한 이유로 취급되지는 않는다.

도망자들이 하는 일도 뻔하다. 갑자기 병원을 나가봐야 마땅히 할 일도 없고 갈 곳도 없다. 가족들에게도 체면이 상하는 일이라서 집에도 잘 가지 않는다. 기껏해야 근교로 여행을 가서 여관방에서 며칠 잠이나 자다가 돌아올 뿐이다. 그리고 모두들 약속이나 한 듯이 자장면을 먹는다. 병원에서도 자주 시켜 먹는 것이 자장면이지만, 불어터져서 잘 비벼지지도 않는 자장면과 방금 만든 매끈매끈한 자장면은 이름만 같을 뿐 다른 음식이기 때문이다.

우진은 내과 1년차였고, 의대생 시절에 함께 진료봉사를 다녔던 친구였다. 그는 특별할 것이 하나도 없는 그저 평범한 의사였고, 다른 많은 동료들처럼 힘든 1년차 시절을 꿋꿋하게 잘 견뎌왔었다. 그런 그가 어느 날 갑자기 사라진 것이었다. 그가 병원을 떠나는 날 새벽에 동료 1년차인 상준에게 전화를 걸어 '급한 일이 있다'는 이야기를 남기긴 했지만, 자세한 이유를 아는 사람은 아무도 없었다.

사람들은 의아해했다. 정말 중요한 일이 있으면 윗분들에게 보고를 하고 잠시 다녀올 수도 있었을 터이니, 그가 뭔가 다른 이유로 인해 도망을 간 것이 아닐까 하는 의구심이 들었던 것이다. 이유 없이 떠난 사람은 오히려 잘 돌아오지 않는 법이다.

병원에서 우진에게 연락을 취할 방법은 없었다. 그 때는 휴대전화가 매우 드물던 시절이었고, 우진은 병원에서 지급한 것 말고는 호출기도 갖고 있지 않았다. 인사기록부에 있는 자택 전화번호는 우진의 자취방 전화였다.

우진은 나흘 후에 돌아왔다. 그는 어두운 표정으로 교수님들과 윗년차들에게 죄송하다고, 집안에 급한 일이 있어서 어쩔 수 없었다고만 말했다. 동료 1년차들과 픽턴들에게도 미안하다는 말 외에는 별다른 설명을 하지 않았다. 그의 어두운 표정을 보면서 많은 사람들이 뭔가 안 좋은 일이 있다는 것은 짐작했지만, 굳이 복잡한 사연을 캐묻는 사람은 없었다.

상준에게 전화가 온 것은 우진이 돌아온 다음날이었다. 아무래도 우진에게 무슨 일이 있는 것 같으니, 위로도 해 줄 겸 함께 술이나 먹자고 했다. 상준과는 가끔 만났지만 우진과는 졸업 후 함께 술을 마신 적이 한 번도 없는 듯했다. 우진에게 무슨 일이 생긴 건지는 알지 못했지만, 오랜만에 우진과 이야기도 나누고 싶었고 1년차가 거의 끝나가는 것을 자축하고 싶기도 했다.

상준은 술집에 앉자마자 윽박을 지르듯이 무슨 일이 있냐고 물었지만, 우진은 한참 동안 자기 이야기를 하지 않았다. 상준은 계속해서 무슨 일이 있는지 알아야 돕든지 위로를 하든지 할 것 아니냐고 우진을 다그쳤다.

그래도 빙그레 웃기만 할 뿐 아무 말도 하지 않던 우진은 술이 몇 잔 들어간 다음에야 이야기를 시작했다. 부모님이 이혼하기로 했다는 것이었다. 우진은 고등학교를 졸업한 이후 줄곧 집을 떠나 있어서 몰랐지만, 두 분의 사이는 이미 오래 전부터 금이 가 있었던 것이다. 우진의 부모는 이미 모든 것을 결정한 상태였고, 법적 절차를 마무리하기 직전에 우진에게 알린 것이었다.

예상치 못한 우진의 이야기에 우리는 무슨 말을 해야 할지 몰랐다. 두 분이 어떤 이유로 이혼에 이른 것인지도 몰랐고, 부모의 이혼 소식을 접한 심정이 어떤 것인지도 상상하기 어려웠다.

우진은 애써 태연하게 말했지만 눈시울이 붉어져 있었다. 아버지가 한두 번 바람을 피웠었다는 것은 대충 알고 있었지만, 환갑을 코앞에 둔 지금에 와서 갑자기 이혼을 한다는 것은 도저히 이해할 수 없다고 했다.

"부모님 설득해 보려고 내려갔던 거냐?" 내가 물었다.

우진이 고개를 끄덕였다.

"잘 안 됐구나."

우진은 대답 대신 다시 고개만 끄덕였다.

"세상에 갑자기 생기는 일은 없는 법이다. 두 분에게도 어려움이 많이 있었겠지. 이미 결정하셨으면, 두 분의 결정을 존중해 주는 게 자식의 도리 아니겠냐. 술이나 마셔라."

상준은 이렇게 말하면서 우진의 잔에 소주를 부었다.

"나도 그렇게 생각하려 애는 쓰는데, 자꾸 아버지가 원망스럽다." 우진이 말했다. 더 자세한 이야기는 안 했지만, 이혼의 원인 제공자는 역시 아버지인 모양이었다.

"어머니가 그러시더라. 내가 고등학교 때는 나 대학만 붙으면 이혼할 생각이었는데 못했고, 그 다음에는 내가 의사만 되면 이혼하려 했는데 또 못했었다고. 나에게는 미안하지만 더 이상은 못 참는다고." 우진은 술을 한 잔 더 마신 다음 말을 계속했다.

"내가 그랬지. 이왕 참은 거, 며느리 볼 때까지만이라도 함께 사시면 안 되겠냐고."

"그랬더니 뭐라셔?"

"미안하다고, 이해해 달라고 그러시더라. 눈물까지 흘리시면서."

상준과 나는 한숨만 쉬었다. 어떤 식으로든 우진을 위로하고 싶었지만 적당한 말이 떠오르지 않았다.

"그래도 살아계시잖아. 돌아가시는 것보다는 이혼하시는 게 백배 나으니까, 그렇게 생각해라, 우진아." 상준이 말했다. 그가 생각해 낸 위로의 말이었다.

"그래. 고맙다, 상준아." 내 생각에는 별로 좋은 위로가 아닌 듯했는데, 우진은 이렇게 말하며 고개를 끄덕였다.

"바람을 피우든 이혼을 하든, 오래오래 우리 곁에 있어 주시기만 하면 고마운 거야. 우리 아버지 봐라. 너무 일찍 가 버리시니까 나는 효도할 기회도 없지 않냐." 상준은 돌아가신 아버지가 생각나는 듯했다.

상준의 아버지가 우리 병원에 입원했을 때가 떠올랐다. 우리가 본과 3학년 때였고, 임상실습을 시작하기 몇 달 전이었다. 담배를 피우긴 했지만 평소 건강했던 상준의 아버지는 기침이 며칠 동안 계속 되어 동네의원을 찾았다가 폐암 판정을 받았었다. 폐암이 흔히 그렇듯이, 발견되었을 때 이미 수술을 할 수 있는 시기는 지나 있었고, 항암치료를 한다 해도 별로 가망이 없는 상황이었다.

"생각나냐? 너 그때 의사들 엄청 욕했었잖아."

상준은 아버지의 짧은 투병 기간 동안 선배 의사들에 대해 크나큰 실망과 분노를 느꼈었다. 그는 당시 나를 붙잡고 아버지 걱정을 했다가 의사들 욕을 했다가 눈물을 흘리기를 반복했었다.

상준의 마음에 가장 큰 상처를 입힌 일이 무엇이었는지 나는 안다. 이미 자신의 병세를 알아버린 상준의 아버지는 항암치료를 거부했었고, 어머니는 그런 아버지와 실랑이를 벌였다. 상준은 아버지가 생의 마지막 순간을 고통 속에 보내는 것도 원하지 않았지만, 아무런 노력 없이 아버지를 그냥 보내는 것은 더 싫었다. 하지만 아버지는 상준과 어머니의 설득에도 완강했다. 그래서 어머니는 오후 회진을 돌고 나가는 레지던트를 병실 밖까지 따라가서 이렇게 물었다.

"저희 남편이 항암치료를 받지 않겠다고 하시는데 어떻게 하면 좋을까요, 선생님?"

그러자 레지던트는 쏘아붙이듯 이렇게 말하고는 획 돌아서버렸다.

"치료 안 받을 거면 왜 입원하셨어요?"

옆에서 이 모습을 지켜본 상준은 정말 어이가 없었다. 하도 답답해서 의사에게 대신 설득을 부탁하려 했던 것인데, 그 레지던트는 그걸 정말 몰랐던 것일까 싶었다. 어머니는 별다른 내색 없이 조용히 돌아섰지만, 그의 그 한마디는 상준의 가슴에 비수가 되어 꽂혔다. 상준은 나중에 자신의 의국 선배가 된 그 레지던트의 이름을 지금도 기억하고 있다.

그 뿐만이 아니었다. 환자 보호자의 눈으로 바라본 대학병원은 정말 불편하고도 불합리한 곳이었다. 그리고 의사들은 너무 바빴고 너무 불친절했다. 상준은 설명을 제대로 해 주지 않는 의사들에게 실망했고, 알았다고만 할 뿐 아무 것도 해결해 주지 않는 간호사들에게 화가 났고, 거들먹거리는 태도로 이래라 저래라 하며 환자를 죄인 취급하는 방사선 기사에게 분노했다. 모두가 그런 것은 물론 아니었지만, 그리고 평소에는 느끼지 못했지만, 환자의 가족으로서 경험한 병원은 그렇게 각박한 곳이었던 것이다.

"그때는 정말 열 많이 받았었지." 상준이 말했다.

"그렇게 욕하던 모습 그대로 닮아가는 거 같지 않아?" 내가 물었다.

"닮아가지는 않아. 이해는 하게 됐지만." 상준이 대답했다.

나는 내가 그 모습을 닮아가고 있다고 생각해 왔다. 다른 동료들도 다 마찬가지라고 생각해 왔다. 하지만 상준은 그렇지 않다고 자신 있게 대답하고 있었다. 나는 속으로 조금 놀랐다.

"상준이야 설명은 정말 열심히 하지. 가끔 환자하고 싸워서 그렇지." 우진이 웃으면서 거들었다.

실제로 그랬다. 상준은 생긴 것과 달리 정말 친절하고 자상한 의사였지만 가끔씩 환자나 보호자들과 싸웠다. 환자나 보호자들 중에는 별 사람이 다 있었고, 터무니없는 요구나 불평을 하며 의사에게 욕지거리를 하는 사람도 적지 않았다. 그럴 때면 다른 의사들이 아무도 없는 곳에 가서 혼자 화를 삭이거나 눈물을 흘리는 것과 달리 상준은 같이 소리를 지르곤 했다.

"야, 요즘은 안 싸워. 도사 다 됐다." 상준이 억울하다는 듯 이렇게 말했다.

의사로 2년쯤 살면서 한 가지 깨달은 것이 있다. 의사라는 직업과 택시 기사 사이에 커다란 공통점이 하나 있다는 것이다. 택시 기사에게 승차 거부 금지의 의무가 있듯이, 의사에게는 진료 거부 금지의 의무가 있다. 의사도 사람인지라 치료하고 싶지 않은 환자도 만나지만, 그래도 의사는 최선을 다해 환자를 치료해야 한다. 거창하게 말하면 그게 의사의 숙명이다.

하지만, 모르긴 해도, 상준이나 우진이나 나 때문에 마음의 상처를 입은 환자나 보호자들도 분명히 많았으리라. 환자는 몸만 약해진 것이 아니라 마음도 약해져 있는 사람들이다. 그리고 의사 개개인으로서는 도저히 어쩔 수 없는 일들이 너무 많다. 우리나라의 의료 시스템은 가장 가까워야 할 환자와 의사 사이를 아주 멀리 떼어놓는 잔인한 구석이 많다.

　우진을 위로한다면서 시작한 술자리는 밤이 깊어지면서 우리의 1년차 시절이 끝나 감을 자축하는 자리로 바뀌었다. 우리는 서로를 격려하고 칭찬했다. 그건 사실 스스로를 향한 격려와 칭찬이었다. 1년차 기간을 통틀어 집에 가서 잠을 잔 날은 두 달이 채 안 됐다. 삼백육십오일 중에서 삼백일을 병원에서 먹고 자면서 우리는 치열한 전투를 벌였다. 숱하게 실수도 하고 꾸지람도 많이 듣고 창피도 엄청나게 당했지만, 우리는 그 모든 것을 다 견뎌냈다. 수많은 환자들을 저세상으로 보냈지만, 그 과정에서 우리는 살아남았고 훌륭한 의사에 한발 더 다가섰다. 이런 생각들을 하다 보니 소주도 달콤하기만 했다.

　물론 2년차가 된다는 것이 마냥 기쁜 일만은 아니었다. 1년차 때에는 웬만한 실수를 해도 '1년차니까'라는 말로 용서가 되었지만, 2년차가 되면 그런 관용은 기대하기 어려워질 것이었다. 게다가 새로 들어온 1년차에게 모범을 보여야 하는 부담도 있었다. 하지만 지난 1년 동안 이를 악물고 버텼던 그 마음을 잊어버리지만 않는다면, 아마도 2년차로서의 역할도 잘 수행할 수 있으리라는 자신이 있었다. 어차피 인생은 시험의 연속이다.

　테이블 위에 빈 소주병이 아홉 개가 되자 우진이 고개를 파묻더니 코까지 골면서 잠을 자기 시작했다. 상준은 열 병은 채우고 가자고 했지만, 그도 이미 상당히 취해 있었다. 내가 그만 일어나자고 하니 상준은 시계를 힐끗 보더니 선선히 그러자고 했다.

술과 잠에 취해버린 우진을 부축해서 거리로 나왔다. 꽃샘추위인지 꽤 쌀쌀한 바람이 불었다. 병원 앞 건널목에 도착했을 때, 상준이 갑자기 말했다.

"나 집에 갈래."

"야, 이 시간에 집에는 왜 가?" 자정이 조금 넘은 시각이었다.

"엄마 보러 갈래."

"나 혼자서 이 인간을 어떻게 끌고 가라고?"

"우진아, 집에 가자!" 상준이 우진의 어깨를 흔들면서 버럭 소리를 질렀다. 그 바람에 우진도 조금은 정신을 차리며 다리에 힘을 줬다.

"지금 가 봐야 주무실 텐데, 그냥 들어가서 자자." 내가 말했다.

"아직 안 주무셔. 오늘 집에 간다 그랬거든. 잘 들어가라." 상준은 이렇게 말하고는 손을 번쩍 들어 택시를 잡았다.

15

크리스마스를 며칠 앞둔 날이었다. 출근을 해 보니 병원 복도에 '올해의 교수상' 수상자 명단이 붙어 있었다. 올해의 교수상은 본과 4학년 학생들이 졸업 직전에 투표를 통해 결정하는 상으로, 기초 교수와 임상 교수가 각각 1명씩 선정된다. 상금도 없고 시상식도 없이 작은 상패만이 전달될 뿐이지만, 학생들이 직접 스승에게 주는 상이라는 점에서 그 가치는 여느 상에 못지않은 것이다. 기초와 임상 교수를 모두 더하면 거의 사백 명 가까이 되니 이 상을 받기란 그리 쉬운 일이 아니다.

교수들은 적어도 겉으로는 이 상에 대해 별 관심을 보이지 않는다. 하지만, 해마다 수상자가 발표되면 한동안은 그에 관한 이야기가 주요한 화제로 오른다. 이 상은 수상자 이름만 발표될 뿐, 수상의 이유 같은 것은 전혀 발표되지 않는다. 때문에 누가 상을 받았다는 소식이 전해지면 교수들은 상을 받은 교수의 어떤 면이 학생들에게 어필했는지를 궁금해 하는 것이다. 사실 같은 의대 교수라 해도 다른 교수가 어떻게 학생들을 지도하는지는 잘 알지 못한다. 교수가 되기는 하였으나 교육학 과목을 이수한 적도 없고 그와 관련된 직무교육을 받은 것도 거의 없다. 그저 자신이 학생 시절에 보고 듣고 배운 것을 참고하여 '알아서' 할 뿐이다. 하지만 자신이 많이 아는 것과 그걸 다른 사람에게 전수하는 것은 사실 별개의 일이기 때문에, 교육을 잘 하기 위해서는 별도의 노력과 준비가 필요하다. 하지만 특히 임상 교수들은 환자 진료 및 연구의 부담이 크기 때문에 상대적으로 교육자로서의 역할에는 소홀할 수밖에 없다. 물론 최근에는 의학교육학과도 따로 개설되고 교수들을 상대로 의학교육 방법론에 대한 교육 프로그램도 운영되고 있지만, 여전히 의대 교수들에게 '교육'이라는 건 조금은 부담스럽고 조금은 귀찮은 일이다. 사정이 이렇다 보니, 처음에 그런 목적으로 만들어진 것은 아니었지만, 이 상은 결과적으로 의대 교수들에게 1년에 한 번씩이라도 의학 교육의 중요성에 대한 주의를 환기시키는 역할을 하고 있었다.

어쨌거나, 올해 수상자는 파격적이었다. 우선 둘 다 여교수라는 점이 파격이었다. 내가 기억하기로 이런 적은 처음이다. 그보다 더 놀라운 것은 두 사람의 나이였다. 기초 부문에서 상을 받은 정혜연 교수는 나보다 '겨우' 4년 선배였고, 임상 부문에서 상을 받은 이윤미 교수는 나보다 3년 후배였다. 이윤미 교수는 역대 수상자 명단을 들쳐볼 필요도 없이 압도적으로 최연소 수상자였다. 그는 이제 겨우 서른 여섯 살이었고, 내년 3월이 되어야 전임강사에서 조교수로 승진할 예정이었다.

 이 상이 처음 생긴 것은 내가 졸업하기 몇 년 전이었으니, 벌써 스무 해 가까이 되었다. 초기에는 정년퇴임 직전의 노교수들이 주로 수상을 했고, 작년에 내과였으니 올해는 외과 하는 과별 안배도 있었다. 학생들은 사전에 이런 논의를 거쳐 사실상 수상자가 결정되었거나 후보가 한두 사람으로 압축된 상태에서 투표를 했었다. 하지만 이런 관행은 몇 년이 지나면서 없어졌고, 완전히 학생들의 자율적인 추천과 자유로운 투표를 통해 수상자가 선출되게 됐다. 언젠가 처음으로 40대 교수가 수상자로 선정되었을 때, 위로 수많은 선배 교수들을 모시고 있던 수상자가 난색을 표하면서 수상을 고사하는 일도 있었다. 그러나 더 세월이 흐르면서 수상자들의 나이도 점차 젊어졌고, 최근에는 50대 초반이나 40대 교수가 상을 받는 경우는 드문 일이 아니었다. 하지만 서른 여섯 살의 전임강사라니, 게다가 두 명의 수상자가 모두 여교수라니, 이건 정말로 파격적인 일이 아닐 수 없었다.

 이윤미 교수는 나도 잘 아는 후배 교수다. 똑똑하고 일을 잘 한다는 것은 익히 알고 있었지만, 교수가 된 지 불과 2~3년 만에 무엇으로 학생들의 마음을 사로잡았는지는 알 수가 없었다.

우리 의과대학 교수 중에서 여성의 비율은 갓 10%를 넘는 정도다. 전체 의사 중 여의사의 비율이 20%가 넘는 것을 생각하면 매우 적은 것이다. 의과대학 입학생 중에서 여성의 비율이 이십 년 전에도 30% 내외였고 2000년 이후에는 거의 절반인 것을 생각하면 더 그렇다. 졸업 성적 상위권을 여학생들이 휩쓴다는 점을 생각하면 더더욱 그렇다. 다른 직종에 비해서는 성차별이 적은 곳이 의사 사회라고들 하지만, 적어도 아직은 여성이 의대 교수가 되기란 쉽지 않은 일이다.

두 사람의 여교수가 올해의 교수상을 받았다는 소식을 접하자, 얼마 전 사표를 내고 대학을 떠난 고정화 교수가 자연스레 떠올랐다. 나와는 대학 동기인 정화는 우리 병원 신경과 최초의 여교수였다. 학생 때부터 '엑설런트' 하다는 소리를 많이 들었던 그녀가 그토록 어렵게 차지한 교수 자리를 스스로 내놓은 데는 남모를 사연이 있었다.

정화는 두 아들을 두었는데, 큰 아들이 발달장애를 갖고 있었다. 흔히 자폐증이라고 부르는 발달장애는 원인 불명의 난치병이다. 지능이나 언어 능력이 제대로 발달하지 않는 것도 문제지만 발달장애 아이들의 가장 큰 문제점은 대인관계를 잘 맺지 못한다는 것이다. 정도의 차이는 있지만, 대체로 발달장애 아이들은 다른 사람과 눈을 마주치고 웃고 정서적 교감을 나누는 일에 익숙하지 않다. 물론 부모와도 마찬가지다. 자신이 낳은 아이와 서로 감정을 나눌 수 없다는 것이 부모에게 얼마나 큰 고통일지 짐작하기는 어렵지 않다. 모르긴 해도 발달장애는 아이들의 다양한 질병 중에서 부모가 가장 견디기 힘든 편에 속할 것이다.

정화의 아들은 장애의 정도가 심한 편이었다. 이미 다섯 살이었지만 말할 수 있는 단어는 불과 몇 십 개였고, 잠시도 혼자 둘 수 없어서 늘 누군가가 옆에 지키고 있어야만 했다. 정화의 남편도 의사였고 다른 대학에서 교수로 일하고 있었지만, 부모가 모두 의사라고 해도 아이의 발달장애 앞에서는 똑같이 무력했다. 어쩌면 의사이기 때문에 더 힘들었을 것이다. 정화는 자신이 의사였기 때문에, 아이가 좋아질 전망이 별로 없다는 절망적인 사실을 더 정확히 알 수 있었기 때문이다. 게다가 의학적으로는 별 근거가 없었지만, 정화는 자신이 늘 바깥일에 몰두하느라 신경을 많이 못 썼기 때문에 아이가 저렇게 된 것일지도 모른다는 죄책감을 떨치지 못했다. 자신이 의사이면서도 왜 좀 더 일찍 아이가 이상하다는 것을 발견하지 못했을까 하는 자책감에 사로잡혀 있었고, 거의 방치하다시피 하고 있는 둘째 아들에 대해서도 미안한 생각에 괴로워했다.

정화는 미국으로 이민을 갈 계획이었다. 남편은 미국의사시험에 도전할 예정이었고, 정화는 더 늦기 전에 아이에게 집중할 생각이었다. 오죽 힘들었으면 이십 년 넘게 고생하며 이룩한 모든 성과를 포기할까 싶기도 했지만, 꼭 그런 결정을 내려야 하는지는 의문이었다.

나는 정화가 사표를 낼 것이라는 소문을 듣고 그녀의 방에 찾아갔었다. 나는 정화에게 사표를 내는 것은 이해할 수 있지만 꼭 미국까지 가야겠냐고 물었다. 정화는 담담하게 자신이 그런 결정을 내리게 된 계기를 말해주었다.

"도훈아. 미국 가 봤니?"

"학회 때문에 몇 번 가 보기야 했지."

"내가 3년 전에 미국 연수를 다녀왔잖아."

"그렇지." 정화는 남편과 함께 보스턴에서 1년을 지냈었다. 그때 두 살이었던 정화의 큰 아이는 시부모에게 맡겨져 있었다.

"내가 살던 동네에는 작은 스키장이 하나 있어서 자주 갔는데 말야, 어느 날 리프트를 타려고 줄을 서 있는데 갑자기 리프트가 딱 멈추는 거야. 무슨 일인가 봤더니 하반신이 마비된 어떤 노인네가 특수 제작된 외날 의자 스키에 앉아 스키장 직원의 도움으로 리프트를 타고 있더라구. 물론 그 노인네가 내릴 때도 리프트가 섰지. 나를 포함한 수많은 사람들이 허공에 매달린 채로 한참 동안 기다렸는데, 아무도 불평을 안 하는 거야. 오히려 그 사람의 용기에 경의를 표하는 표정이었지. 선진국에선 장애인에 대한 배려를 많이 한다고 말로만 듣다가 그 실체를 보니까 정말 감동이더라."

"말하자면 의자 달린 썰매 같은 건가?"

"뭐 비슷해. 하지만 그건 아무 것도 아니었어."

"또 뭘 봤는데?"

"하루는 말야 야간 스키를 타고 있는데, 멀리서 열 한두 살쯤 돼 보이는 한 아이를 스키 강사 두 사람이 양쪽에서 팔을 낀 채 슬로프를 내려오는 거야. 근데 그 사람들 옷이 좀 이상했어. 흰색 줄이 그어진 주황색 조끼를 입고 있더라구. 그 왜 청소부들이 입는 그거 있잖아."

"뭐였어? 부상잔가?"

"나도 그런 줄 알았는데, 나중에 가까이서 보니까 글쎄, 조끼에 글자가 있더라구."

"무슨 글자?"

"블라인드 스키어(BLIND SKIER)!"

"야아!"

"숨이 꽉 막히더라. 지금도 그 강사가 외치던 소리가 생생해."

"뭐라 그랬는데?"

"캔 유 필 더 스노우?(Can you feel the snow?)"

나는 아무 말도 하지 못했다. 정화가 들려준 이야기 자체도 감동이었지만, 지금 정화가 그 이야기를 하는 이유를 생각하니 더 할 말이 없었다.

"나는 그때, 혹시 내가 사고를 당하거나 해서 장애인이 되면 미국에 와서 살아야겠다 생각했었지. 아이 때문에 미국에 가게 될 줄은 몰랐지만 말야."

나는 긴 한숨을 내쉬었다. 정화가 오히려 나에게 핀잔을 줬다.

"애도 없는 네가 웬 한숨? 나도 이렇게 씩씩하게 잘 사는데."

"근데 발달장애는 다른 신체장애와 좀 다르지 않니? 영어도 새로 배워야 하고…."

"나도 그것 때문에 고민 많이 했어. 하지만 처음에만 좀 고생하면 애든 어른이든 적응하겠지. 어차피 우리말도 아직 잘 못하는데 뭐. 그리고 거기 가면 적어도 애 아픈 걸 숨기느라 애쓰지는 않아도 될 것 같아서."

사실 정화는 아이 이야기를 다른 사람들에게 거의 하지 않았다. 사실 아는 사람이 적지는 않았지만, 자존심 강한 그녀를 생각해서 모른 척 했을 뿐이었다.

정화의 경우는 좀 극단적인 사례이지만, 사실 여의사들은 여러 가지로 고충이 참 많다. 직장 생활을 하는 여성들은 모두 마찬가지이긴 하지만, 의사라는 직업은 노동 시간이 길고 노동 강도도 세기 때문에 더 힘들다. 육아도 문제지만 특히 곤란한 것이 임신과 출산인데, 결혼을 하고 출산을 하는 시기가 레지던트 기간과 겹치기 때문이다.

레지던트 기간 중에 결혼을 하고 출산을 하는 경우는 드물지 않다. 하지만 레지던트의 업무라는 게 남자들도 견디기 어려울 만큼 체력적 부담이 큰 일인데, 임신까지 한 몸으로 지탱하기는 정말 어렵다. 과도한 업무 때문에 유산을 하는 여의사들도 종종 생긴다.

물론 요즘은 상황이 많이 좋아졌다. 적어도 법으로 정해져 있는 3개월의 출산휴가는 쓸 수 있으니 말이다. 불과 몇 년 전까지만 해도 여의사의 출산 휴가는 1개월이었다. 산전 휴가와 산후 휴가를 합쳐서 그랬다. 출산 예정일이 다 되도록 병원에서 일을 하다가 아이를 낳는 경우는 보통이었고, 환자를 보던 중 진통이 와서 곧바로 분만실로 직행한 사례도 전설처럼 전해진다. 자신의 일을 대신 하느라 고생하고 있을 동료들을 생각하여 한 달을 채우지 못하고 며칠쯤 일찍 출근하는 경우도 부지기수였다. 심지어 그런 걸 은근히 부추기기도 했다.

하지만 여성의 권익이 신장되고 근로자들의 권익도 신장되면서 대학병원의 이런 관행도 바뀌기 시작했다. 적어도 공식적으로는 3개월의 출산휴가가 주어지기 시작했고, 실제적으로도 최소한 두 달 이상은 쉴 수 있게 된 것이다.

여의사에게 3개월의 출산휴가를 보장하는 것이 옳으냐는 질문에 아니라고 답할 사람은 별로 없을 것이다. 하지만 그 여의사가 인턴이나 레지던트 신분일 때는 한 가지 미묘한 문제가 발생한다. 인턴의 수련 기간은 1년, 레지던트의 수련기간은 4년으로 정해져 있다. 그 기간을 채워야만 레지던트 과정에 들어가거나 전문의 자격시험을 치를 수 있는 것이다. 물론 군 복무 때문에 어쩔 수 없는 경우에는 10개월 혹은 3년 10개월만 채워도 인턴이나 레지던트 수련을 마친 것으로 인정하는 예외 규정은 있지만, 3개월의 출산휴가를 쓰면 실제로 수련 받은 기간은 3년 9개월밖에 안 된다. 출산 때문에 3년 9개월만 수련을 받은 사람에게 전문의 자격시험 응시 자격을 주는 것은 과연 옳은 일인가? 그게 옳다면 아이를 둘 낳아서 3년 6개월만 수련 받은 사람은? 아이를 셋 낳아서 3년 3개월만 수련 받은 사람은 또 어떤가?

이런 고민에 대해 재작년에 국가인권위원회가 답을 내놓은 적이 있다. 인턴 수련 중 3개월의 출산휴가를 사용했다는 이유로 인턴 수련 인정을 받지 못한 어느 여의사가 낸 진정에 대한 대답이었다.

인권위는 당시 "전공의는 피교육자적인 지위 뿐 아니라 근로자로서의 지위를 함께 가지고 있고 출산휴가 3개월을 사용하는 것도 근로기준법을 근거로 하기 때문에 출산휴가 3개월은 당연히 근속기간, 즉 수련기간에 포함돼야 한다"고 밝혔었다.

하지만 나는 이 결정이 어리석은 것이었다고 생각한다. 여의사의 인권을 보호하는 데에 오히려 해롭게 작용할 것이며, 전공의 수련이 갖고 있는 고유의 목적을 달성하는 데에도 부정적으로 작용할 것이라 보기 때문이다.

우선, 인권위의 발표 자체에 모순이 있다. '전공의는 피교육자적인 지위 뿐 아니라 근로자로서의 지위를 함께 가지고 있으므로 근로기준법을 똑같이 적용해야 한다'는 것이 인권위의 주장인데,

그렇다면 '전공의는 근로자로서의 지위 뿐 아니라 피교육자적인 지위를 함께 가지고 있으므로 근로기준법을 똑같이 적용할 수는 없다'는 문장은 왜 틀렸는가? 물리적 시간이 수련의 질을 보장하는 것은 아니지만, 전체 인턴 기간의 4분의 1에 해당하는 3개월 동안의 수련 중단으로 인해 저하되는 수련의 질은 누가 보장한단 말인가?

또한 인권위의 견해를 따르자면 당연히 레지던트의 출산휴가 기간도 수련기간으로 인정해 주어야 하는데, 만약 레지던트 수련 기간 동안 3명의 아이를 낳은 여의사에게(실제로 이런 경우도 없지 않다)도 3개월씩 세 번, 모두 9개월의 휴가를 보장해야 하는가? 48개월 동안 꼬박 수련을 받은 사람과의 형평성 문제는 차치하더라도, 39개월만 수련 받은 사람에게도 48개월치 월급과 레지던트 수료증을 주는 것이 과연 합리적인가?

나는 이 문제에 대해 동료 교수나 레지던트들과 대화를 해 봤다. 모두들 고개를 갸웃했다. 한 번의 출산휴가는 대다수가 용인했지만 세 번의 출산휴가는 대다수가 용인하지 않았다. 요즘은 워낙 저출산의 시대이고 결혼 연령도 자꾸 높아지고 있으니 이런 걱정은 불필요한 것인지도 모른다. 하지만 뭔가 원칙이라는 게 있어야 하지 않을까 싶다.

많은 선진국에서는 출산을 하는 여자 전공의는 3개월의 유급 혹은 무급 분만 휴가를 받고, 대신 그 기간만큼 수련기간을 연장하는 방식을 택하고 있다. 여자에게만 이런 방식을 적용하는 것이 아니라 질병이나 사고 등으로 인해 장기간 수련을 받지 못한 남자 의사에게도 같은 방식을 적용하고 있다.

이런 방식이 꼭 여의사에게 불리한 것도 아니다. 오히려 무조건적으로 출산휴가를 주도록 강제되는 경우에는 레지던트 선발 과정에서 오히려 불이익을 당할 수도 있다. 그렇지 않아도 '우리 과는 여자는 안 뽑는다'고 공공연히 말하는 과들이 많이 있음을 생각해 보면 쉽게 알 수 있다. 실제로 내가 대화를 나눠 본 여의사들도 이런 방식에 찬성하는 비율이 훨씬 높았다.

물론 당장 이런 방식을 취하기는 쉽지 않다. 지금은 전국의 모든 병원에서 같은 날에 인턴이나 레지던트가 시작되고 전문의 시험도 1년에 딱 한 번만 치러지기 때문이다. 하지만 전공의 임용이나 전문의 시험 제도에 약간만 융통성이 부여된다면, 아주 어려운 일도 아니다. 남자든 여자든 현재의 관행에 다들 너무나 익숙해져 있지만, 어느 쪽이 더 여성을 보호하는 제도이며 어떤 제도가 더 합리적인 것인지는 조금만 생각해 보면 쉽게 알 수 있는 일이다.

2007년의 첫날이 밝았다. 휴일이라 늦잠을 자고 일어나니 목이 칼칼했다. 날씨가 너무 건조한 탓인 듯했다. 냉수 두 잔을 연이어 들이켰다. 마흔 살이 되었다는 게 실감이 나지 않았다. 부모님께

전화를 걸어 새해 인사를 드렸다. 집으로 오지 않고 전화로만 새해 인사를 하느냐는 질책에, 저녁에 들르겠다고 약속을 했다.

군대를 가면서 자연스럽게 집을 떠났고, 3년이 지나 서울로 돌아온 후에는 작은 오피스텔을 얻어 독립했었다. 병원이 멀다는 핑계를 대긴 했지만, 언제 결혼할 거냐는 잔소리를 듣기 싫은 것이 진짜 이유였다. 처음에는 2년의 계약기간을 다 채울 것이라고는 전혀 생각하지 않았었는데, 벌써 3번째 계약기간이 거의 끝나가고 있었다.

오늘 저녁에는 오랜만에 결혼 독촉을 받게 될 것이 분명했다. 새해도 새해려니와 올 가을에 어머니가 칠순을 맞기 때문이다. 나는 결혼과 관련해서는 이미 두 번의 약속을 지키지 못했다. 군대에 가면서는 제대하기 전에는 결혼을 하겠노라고 약속을 했었고, 제대한 후에는 아버지의 칠순 전에는 결혼을 할 것이니 걱정 말라고 큰소리를 쳤었다. 아버지의 칠순은 이미 재작년에 지나갔다.

눈곱도 떼지 않은 채 습관적으로 컴퓨터를 켜고 인터넷에 접속했다. 인터넷은 중독성이 있다. 맨 먼저 이메일을 확인했다. 수많은 기업들이 새해 복 많이 받으라는 내용의 이메일을 보냈지만, 제목만 보고는 모두 지워버렸다. 한 일간지 홈페이지에 접속했지만 특별한 기사는 없었다. 많은 사람들이 해가 바뀌는 순간에 문자메시지 전송을 예약해 둔 바람에 적체 현상이 빚어져 새벽에야 문자메시지가 도착한 경우가 많았다는 기사가 눈에 들어온다. 그러고 보니 내 휴대전화도 새벽에 꽤 여러 번 딩동거렸던 것 같다.

변의를 느껴 화장실에 갔다. 변기가 좀 더럽다는 생각을 했다. 파출부가 일주일에 한 번씩 와서 청소를 해 주지만, 변기는 열심히 닦지 않는 모양이다. 새해를 맞은 기념으로 변기나 한번 닦아 볼까 생각을 하며 용변을 보았다.

그때까지는 아무런 문제가 없었다. 하지만 물을 내리려는 순간 뭔가 이상한 점을 발견했다. 좀 묽다 싶은 대변의 색깔이 좀 붉었던 것이다. 출혈의 양이 많지는 않았지만, 그건 분명히 혈변이었다. 상부 위장관에서 생긴 출혈은 장을 통과하면서 검게 변하기 때문에 흑색변(melena)으로 나타나지만, 혈변(hematochezia)은 대장이나 직장 등 하부 위장관에서의 출혈을 의미한다.

기분이 무척 나빴다. 아니 기분이 나빴다기보다 걱정과 두려움이 몰려오면서 맥박이 빨라졌다. 혈변이 나타날 수 있는 질병은 매우 많다. 머릿속에서 수많은 질병들의 이름이 떠올랐다. 치질, 대장 용종, 대장 게실, 궤양성 대장염, 크론병, 그리고 대장암, 직장암 등등.

물론 아무 것도 아닐 수 있다. 내일부터는 사라질지도 모른다. 그러면 좀 찜찜하기는 해도 별다른 검사 없이 그냥 지낼 것이다. 하지만 증상이 또 나타난다면? 뭔가 병이 생긴 거라면?

증상이 없다가 갑자기 나타나는 치질도 있으니, 치질일 가능성도 있다. 확률적으로 보면 이게 가장 가능성이 높다. 하지만 더 심각한 병일 수도 있다. 현재로서는 아무 것도 알 수 없다. 검사를 해 보는 수밖에 없다. 무슨 검사부터 하지? 대장 내시경 검사를 받는 것이 가장 확실할 텐데, 그건 고통이 뒤따른다, 고 알고 있다. 늘 검사를 하는 입장이었지 검사를 받아 본 적은 없었다. 나는 아프다며 몸을 뒤트는 환자들에게 소리를 지르기만 했을 뿐, 그 검사를 받는다는 것이 실제로 어떤 기분인지는 알지 못했다.

고통이 없는 방법은 조영제를 먹은 후 엑스레이를 찍는 방법이 있다. 그건 단지 맛이 밍밍한 허연 액체를 삼키는 수고만 참으면 된다. 하지만 정확성이 떨어진다. 그걸 찍어서 아무런 이상이 발견되지 않는다고 해서 안심할 수 없다는 뜻이다. CT나 MRI는 적어도 지금 상황에서는 도움이 되지 않는다. 아무리 생각해도 대장 내시경 검사를 받아야 할 것 같다. 하지만 단 한 번의 혈변이다. 아직은 좀 기다려 봐도 된다. 건강염려증 환자도 아닌데, 혈변을 한 번 보았다고 해서 호들갑스럽게 대장 내시경이라니. 아니다. 기다리는 동안 불안에 떠느니 차라리 검사를 받아 보는 게 나을 수도 있다. 나도 이제 마흔이다. 군의관 복무를 마치고 병원에 복귀할 때 의무적으로 받았던 기본적인 검진 말고는 지금껏 건강검진을 받은 적이 한 번도 없었다.

이런 고민을 하다가 문득 생각이 났다. 치질이라면 눈으로 보아 알 수 있는 경우도 있다. 혹시나 하는 마음으로 손거울을 들고 항문을 살펴보았다. 영 자세가 나오지 않는다. 겉으로 대충 보기에는 아무런 이상도 없어 보인다. 손가락을 집어넣어 만져보는 것도 좋은 방법이다. 샤워를 하면서 항문 주변을 만져 보았지만 특이한 점은 느껴지지 않는다. 좀 더 깊이 손가락을 넣어볼까 하다가 그만뒀다. 새해 첫날 아침부터 이게 무슨 난리인가 싶다.

내일 출근해서 대장 내시경 검사를 받아보기로 마음을 정한다. 아, 하제를 먹어 대장을 비워야 검사를 할 수 있으니 내일은 안 된다. 밥도 미리 굶어야 한다. 그리고 나니 대장 내시경 검사를 누구에게 부탁할지도 정해야 했다. 우리 병원에서 대장 내시경 검사를 제일 잘 하는 교수가 누구더라? 대장 내시경은 내과에서도 하고 외과에서도 한다. 원래는 외과의사가 개발했고 외과의사가 시행했지만, 요즘은 내과에서 더 많이 한다. 어쨌든 수술은 아니니까. 소화기내과의 후배 교수인 이동훈 선생이 떠오른다. 아무래도 선배보다는 후배가 편하다.

다음날 오전 출근을 하니, 다니엘 한스라는 이름의 레지던트가 외과에 들어오게 됐다는 소식이 이미 병원 전체에 퍼져 있었다. 엄청나게 미남이라는 출처를 알 수 없는 소문도 돌았고, 양아버지가 재벌이라서 병원에 삼천만 달러를 기부하기로 했다는 이야기도 돌았다. 삼백만 달러의 기부금이 여러 사람의 입을 거치면서 열 배로 부풀어 있었다.

교수들도 마찬가지였다. 다니엘의 아버지가 내기로 한 기부금에는 이식외과의 발전을 위해 써야 한다는 조건이 붙어 있었기 때문이다. 우리 병원 이식외과에는 교수가 두 명밖에 없었다. 한 사람은 최기태였지만 다른 한 사람은 정년이 몇 년 남지 않은 노교수로, 실제로 대부분의 이식수술은 최기태가 집도하고 있었다.

당연히 이식외과 교수를 충원하는 문제가 대두됐다. 아직은 소문에 불과했지만, 병원 측에서 기존의 외과 교수 중 한 사람을 이식외과 쪽으로 돌리고 이식외과를 전공한 신임 교수를 하나 더 뽑아서 이식외과 교수진을 총 네 명으로 구성할 계획이라는 이야기가 그럴듯하게 퍼져 있었다. 기존 교수들 중에서 누군가가 이식외과로 옮긴다면 그건 어차피 젊은 교수들 중에서 나와야 할 터였다. 결국 후보는 너덧 명에 불과했고, 그 중에는 나도 있었다. 하지만 나는 이식외과로 옮길 마음이 별로 없었다. 이식외과는 분명히 매력적인 분야였고 발전 가능성도 컸다. 게다가 거액의 연구비도 확보되어 있었다. 그러나 내가 이식외과로 가기에는 몇 가지 걸림돌이 있었다. 내 동기이면서 선임 교수이기도 한 최기태가 이식외과에 있다는 사실도 한 가지 이유였다.

아침 회진을 도는 내내 머릿속이 복잡했다. 회진을 끝낸 후 소화기내과 외래로 갔다. 마침 이동훈 교수의 외래가 열려 있었다. 가운을 입은 채 접수창구로 가서 내가 외과 교수임을 밝히고 순서를 당겨 달라고 부탁을 했다. 3분도 기다리지 않고 이 교수의 진료실에 들어갈 수 있었다. 이건 별로 누리고 싶지 않았던 특혜이다.

"어? 웬일이세요?" 이 교수가 나를 보고 묻는다.

"새해 인사 하려구." 내가 실없는 농담을 했다.

이 교수는 모니터를 슬쩍 보고는 내가 환자로 그 방에 들어왔다는 사실을 알아차린다.

"어디 불편하세요?"

"어제 헤마토케지아가 있어서."

"처음이세요?"

"응."

"원래 치질 있으셨나요?"

"아니."

"오늘은요?"

"오늘은 아직 화장실에 안 갔어."

"내시경 하시게요?"

겨우 한 번인데, 조금 더 지켜보지 않고 벌써 내시경 검사를 받으려는 거냐고 묻는 것일까? 내가 지레짐작으로 그렇게 느끼는 것일 뿐, 아마 그렇지는 않을 것이다.

"아니 뭐, 이제 마흔도 됐고 해서." 나는 짐짓 아무렇지도 않은 척을 했지만, 아마도 내 불안이 완전히 숨겨지지는 않았을 것이다.

"와, 정말 선배님이 벌써 마흔이시네요."

"너도 얼마 안 남았다." 그는 나보다 3년 후배였다.

"혹시 대장 내시경 해 보신 적 있으세요?"

"물론 많이 해 봤지. 당해 보지는 않았지만." 다시 실없는 농담을 했다.

이 교수는 웃지 않고 이렇게 말했다.

"내일 오후 괜찮으세요?"

"내일 오후는 내가 외랜데, 조금 일찍 안 될까? 아니면 외래 끝나고 하거나."

"외래 시작하기 직전에 하죠, 뭐. 저녁때까지 있으면 배도 고프실 텐데."

오후 한 시로 약속을 잡은 후 진료실에서 나왔다. 우리는 헤마토케지아가 뜻하는 수많은 가능성들에 대해서는 아무런 말도 하지 않았다. 서로 뻔히 아는 사실이기 때문이었다. 하지만 나는 왠지 그가 별일 아닐 것이니 걱정하지 말라는 말을 해 주지 않은 것이 서운했다. 나는 순식간에 환자가 되어 있었다. 그건 단순히 내 이름으로 된 진료기록이 만들어졌기 때문만은 아니었다.

그날 저녁은 굶었다. 오후에 검사를 받기로 했으니 조금은 뭘 먹어도 상관없었지만, 이왕이면 완전히 장을 비우는 것이 좋을 듯했다. 사실 입맛도 없었다. 그리고 어차피 하제를 먹어야 했다.

하제는 4리터를 마셔야 한다. 검사 전날 저녁에 2리터, 그리고 검사 당일 아침에 2리터. 2리터는 정말 많았다. 맥주라면 모를까,

이상한 맛의 하제를 2리터나 마시는 것은 정말 고역이었다. 많은 환자들에게 하제를 먹도록 시켰었지만, 실제로 내가 먹어보기는 처음이었다. 하제를 먹으면 어떻게 되냐고 묻는 환자들에게 나는 대략 한 시간 후에 설사를 하게 된다고 말해 주곤 했었다. 시계를 보았다. 정말 한 시간이 걸리는지 궁금했다.

하제의 효과는 확실했다. 사십 분쯤 지났을 무렵에 소식이 왔고, 나는 화장실에서 설사를 했다. 좀 전에 마신 2리터가 거의 그대로 쏟아져 나오는 느낌이었다. 나중에 두 번 더 설사를 하고 나니 기운이 하나도 없었다.

다음날 아침에 다시 2리터의 하제를 마셨고, 또 몇 차례 화장실에 다녀왔다. 열 두 시가 되니 배가 무척 고팠고, 조금 어지럽기까지 했다. 이제 나올 것이 다 나왔는지, 속이 편안해졌다. 하지만 그와 동시에 불안감이 엄습했다. 화장실을 들락거리느라 잊고 있었던 불안감이 검사 시각이 다가오자 갑자기 튀어나온 것이었다.

대장 내시경 검사는 30분에서 한 시간 정도 걸린다. 무슨 소견이 보이느냐에 따라 달라진다. 수술도 그렇듯이, 일찍 끝난다고 해서 좋은 것도 아니고 오래 걸린다고 해서 나쁜 것도 아니다.

내시경실로 내려갔다. 이 교수는 이미 준비를 마친 상태였다.

"점심도 못 먹은 거 아냐?"

"먹었습니다. 다행히 외래가 제 시간에 끝나서요."

이 교수가 수면마취 여부를 물었다. 나는 그냥 받겠다고 했다. 아픈 것은 싫었지만, 몽롱한 상태에서 오후 진료를 할 수는 없었다.

엉덩이 부위에 구멍이 뚫린 바지로 갈아입고 침대에 누웠다. 어떤 자세를 취해야 하는지는 너무도 잘 안다.

"자세 아주 좋~습니다, 선생님." 이 교수가 농담을 했다.

예상은 했지만, 예상했던 것보다 더 불쾌했다. 아프기도 했고 부끄럽기도 했다. 하지만 그 모든 감정은 불안감에 묻혔다. 수면 마취를 할 걸 하는 생각이 들었다. 통증 때문이 아니라 검사 받는 내내 지속될 불안 때문이었다.

"헤모로이드가 조금 있기는 하네요." 이 교수가 검사를 시작한 후 얼마 지나지 않아 입을 뗐다. 헤모로이드(hemorrhoid)는 치질이란 말이다. 이건 반가운 소식에 해당한다. 치질로 인한 혈변이었다면 문제는 간단해진다. 하지만 아직은 모르는 일이었다.

그리고 10분쯤 지났을까, 이제 좀 검사 받는 일에 익숙해진다 싶은 참에 이 교수가 다시 입을 열었다.

"폴립이 제법 있네요. 모니터 보시겠어요?" 폴립(polyp), 즉 용종은 점막으로부터 비정상적으로 돌출해 있는 성장물을 말한다. 상당히 흔하고 많은 경우에 양성이지만, 악성일 수도 있다.

고개를 꺾어 곁눈질로 모니터를 쳐다봤다. 내 몸 속이지만 처음 보는 풍경이었고, 거기에는 몇 개의 폴립이 자라 있었다. 언제부터 자라난 것인지, 그리고 정확한 정체가 무엇인지 궁금했다. 나는 금세 고개를 돌렸다. 목이 아프기 때문이기도 했고, 육안으로 보아서는 양성인지 악성인지 쉽게 구별되지 않는 경우가 많기 때문이기도 했다.

"많아?"

"열 댓 개는 되겠는데요."

"모양은 어때?"

"예쁘게 생겼어요."

눈으로 보기에 확실한 악성 종양은 아니라는 뜻인 듯했다. 일단 아직 최악의 상황은 아니었다. 이 교수는 내시경을 통해 여러 개의 폴립들을 모두 떼어냈다. 그것들은 병리학교실로 보내질 것이었다. 얼마 전까지 내 몸의 일부였던 그것들은, 파라핀으로 처리되어 표본으로 만들어진 다음 얇게 잘라져서 현미경 위에 놓일 것이었다.

"병리 쪽에 빨리 봐달라고 얘기해 놓겠습니다. 결과 나오는 대로 연락드리지요."

병리학교실에서 최종 결과가 나오려면 일주일이 걸린다. 이건 새치기를 한다 해도 그리 앞당겨지지도 않는다. 표본 처리 과정에 시간이 필요하기 때문이다. 앞으로 일주일 동안은 계속해서 불안감을 안고 살아야 한다는 사실이 끔찍했다.

"어떨 것 같아?" 침대에서 내려오면서 내가 물었다.

"양성이겠죠, 뭐."

"40세 남자, 헤마토케지아로 인해 실시한 대장 내시경 검사에서 폴립 열다섯 개 발견. 가족력 없음. 이러면 몇 퍼센트나 될까?"
나도 답을 알고 있는 것이었지만, 그의 입을 통해 듣고 싶었다.

"글쎄요, 팔구십 퍼센트는 되겠죠."

양성일 확률, 즉 내가 대장암 환자가 되어 수술을 받지 않아도 될 확률이 팔구십 퍼센트라는 이야기다. 하지만 바꾸어 말하면 악성일 확률이 일이십 퍼센트라는 뜻이다. 이건 낮은 확률이 아니다. 통계는 그저 통계일 뿐이다. 게다가, 나는 구십 퍼센트라고 생각하고 있었는데, 그는 팔구십 퍼센트라고 말했다. 순식간에 악성 종양일 확률이 두 배로 뛴 느낌이었다.

나는 내시경실에서 나와 나의 진료실로 걸어갔다. 항문이 뻐근해서 걷기가 좀 힘들었다. 진료실의 의자에 앉는데도 느낌이 좀 달랐다. 내가 진료한 마흔 명쯤의 환자 중에도 헤마토케지아로 병원에 온 환자가 몇 있었다. 늘 있었던 일이지만 오늘은 왠지 더 많게 느껴졌다. 나는 그들에게 대장 내시경 날짜를 잡아주고 하제를 처방했다. 그리고 왜 검사를 하는지, 가능성 있는 질병들은 어떤 것들이 있는지를 설명했다. 내가 나에게 설명하는 기분이었다.

외래 진료를 마친 후 컴퓨터를 켜고 내 진료기록을 열람해 보았다. 진단명을 쓰는 곳에 헤모로이드, 멀티플 폴리포시스(multiple polyposis) 등의 병명과 함께 '룰 아웃 말리그넌시(rule out malignancy)'라고 적혀 있었다. 새삼스럽게 가슴이 철렁했다. 룰 아웃은 제외시킨다는 말이고, 말리그넌시는 악성종양을 통칭하는 말이다. 즉 '룰 아웃 말리그넌시'라는 말은 '악성 종양의 가능성을 배제할 수 없으니 철저한 검사를 통해 악성종양 여부를 확인해야 함'이라는 뜻이다. 룰, 아, 웃, 말, 리, 그, 넌, 시. 천천히 다시 읽어보았지만 실감이 나지 않았다. 이게 진정 내 차트에 쓰인 말인가 싶었다.

환자를 진료하다 보면 악성종양을 의심해야 하는 경우가 매우 많다. 그런 경우에 의사들은 룰 아웃 말리그넌시라고 쓴다. 물론 그 의미는 천차만별이다. 암일 것이 거의 확실해 보이지만 아직 최종 진단이 내려지지는 않았을 때에도 룰 아웃 말리그넌시라고 쓰고, 암일 확률이 별로 높지 않지만 혹시나 하는 마음으로 확인을 해야 하는 상황에서도 룰 아웃 말리그넌시라고 쓴다. 나는, 굳이 말하자면, 후자다. 일이십 퍼센트만 피하면 된다. 하지만 단 1퍼센트라 하더라도, 아직 완전히 '룰 아웃' 되지 않았다는 것은 언제든 그 1퍼센트가 100퍼센트로 바뀔 수 있다는 뜻이다. 앞으로 일주일 후에 내 운명은 갈린다.

16

다음날 이른 아침이었다. 전날 밤의 과음 탓에 머리가 아팠다. 평소보다 30분이나 늦게 일어나는 바람에 회진 준비를 하느라 더 정신이 없었다. 병동에 서서 새벽에 실시된 환자들의 혈액 검사 결과를 체크하고 있는데, 간호사가 전화를 받으라고 했다. 연극부 후배 진영의 목소리가 들려왔다. 3월 초면 언제나 공연이 있었으니, 이 무렵에 후배들에게서 걸려오는 전화는 대개 공연을 보러 오라는, 좀 더 정확하게는 공연회비를 내 달라거나 뒷풀이에 와서 술값을 내 달라는 전화였다. 하지만 그런 전화를 하기에는 조금은 부적절한 시각이었다. 아침 6시 30분에 1년차 레지던트에게 그런 내용의 전화를 거는 정신 나간 후배는 없다. 그리고 진영도 이미 본과 4학년이었으니 그런 전화를 걸 군번이 아니었다. 그의 목소리는 조금 떨리고 있었다.

"형, 좋지 않은 소식인데요. 상준이 형이……."

이렇게 시작되는 전화를 4년 전에도 받은 적이 있었다. 그때는 상준의 아버님이 돌아가셨다는 내용이었다. 나는 '혹시 어머니가?' 하는 생각이 퍼뜩 떠올라서 되물었다.

"상준이가 뭐?"

"상준이 형이 교통사고를 당해서요."

교통사고? 내가 상준과 헤어진 것이 불과 여섯 시간 전이었다.

"언제? 어디서? 어떻게?"

"오늘 아침에요. 지금 응급실에 있어요."

나는 갑자기 가슴이 쿵쾅거리기 시작했다. 불길한 예감이 스쳐 지나갔다. 숱한 응급실 당직 경험에 비추어 볼 때 새벽에 일어나는 교통사고는 큰 사고가 많다.

"많이 다쳤어?"

"아직 정확히는 모르겠는데요, 별로 안 좋아요. 의식상태가, 코마인 것 같아요."

더듬거리면서 진영이 내뱉는 음절 하나하나가 마치 화살인 양 내게로 날아와 박혔다. 코마는 혼수상태를 뜻하는 말이다. 의식의 수준을 다섯 단계로 구분했을 때 가장 나쁜 상황. 즉 죽느냐 사느냐의 갈림길에 서 있는 상황을 이르는 용어다.

나는 진영의 의학적 판단을 믿을 수 없었다. 의학적 지식이 부족한 그가, 단지 정신을 잃은 상준의 상태를 그렇게 험한 말로 표현한 것이라 믿고 싶었다.

"뭔 사고가 어떻게 났는데?"

나는 마치 진영에게 사고의 책임이라도 있는 것처럼 다그치며 물었다.

"저두 아직 자세한 것은 모르는데요, 오늘 새벽에 상준이 형이 타고 가던 택시가 트럭과 정면충돌했나봐요. 지금 선생님들이 응급조치를 하고 계세요."

"알았다. 내려갈게."

전화를 끊고 나서 응급실로 뛰었다. 응급실까지의 거리가 이렇게 먼 줄은 미처 몰랐다. 응급실로 뛰어내려가는 동안 오만가지 불길한 상상들이 떠올랐다. 나는 이미 너무 많은 교통사고 환자들을 목격했고, 그들의 상태는 그야말로 천차만별이었다.

응급실 입구에서 중선과 마주쳤다. 상준과 같은 내과 1년차였고, 나의 동기이기도 했다. 그도 달리고 있었다.

"들었어?"

중선은 말없이 고개만 끄덕이면서 계속 달렸다.

"어떻게 된 거야?" 내가 물었다.

"몰라, 씨발. 가 봐야지." 중선도 자세한 상황은 모르고 있었다.

응급실은 이미 난장판이었다. 의사들만 십여 명에다 간호사들 여럿까지 모두가 한곳에 모여 있었고, 아직 어두운 유리창에는 상준을 태우고 왔음직한 구급차의 경광등이 붉은 빛을 언뜻언뜻 비추고 있었다. 내게 전화를 건 진영은 가운을 입은 채 멀찌감치 서 있었다. 응급실 실습을 돌고 있는 모양이었다. 나는 수많은 흰 가운들과 어수선한 분위기에서 느껴지는 불길한 예감을 떨어내기 위해 심호흡을 한 번 하고, 그 가운들 속으로 들어갔다.

아니기를 바랐지만, 응급실 간이침대 위에 누워 있는 사람은 분명히 상준이었다. 눈이 감겨 있었고 얼굴은 부어 있었다. 몸 여기저기에 핏자국이 묻어 있었고, 이미 기도 삽관이 되어 있었고, 여러 곳의 혈관으로는 수액이 공급되고 있었다. 배도 빵빵하게 부풀어 있는 듯했다. 그는 저기에 저런 모습으로 있어서는 안 되는 사람이었다.

벽에 걸려 있는 상준의 엑스레이는 양쪽 폐가 온통 하얀색이었다. 공기가 들어차 있어 검게 보이는 정상적인 폐와 정반대로 보인다는 것은, 내출혈로 인해 그의 흉강에 피가 가득 고여 있음을 의미했다. 응급실에 도착했을 당시에 이미 상준에게는 의식도 맥박도 호흡도 반사도 없었다고 했다. 동공도 이미 풀려 있었다. 최악의 상황이었다. 자동차 사이에 끼면서 가슴에 치명적인 부상을 입은 데다, 구조대가 그를 구출하는 데에도 시간이 많이 걸려서 출혈이 너무 많았던 것이다.

바이탈 사인(vital sign, 활력징후)을 되살리기 위한 필사의 노력이 시작되었다. 기도에 집어넣은 관을 통해 고농도의 산소를 강제로 공급했지만 혈중 산소 농도는 별로 올라가지 않았다. 흉강에 피가 고여 있으니 산소를 줘도 폐가 제 기능을 못 하고 있기 때문이었다. 이런 상태가 계속 지속되면 저산소증으로 인해 뇌 손상이 일어나게 된다. 사람의 뇌는 4~5분만 산소 공급이 중단돼도 치명적인 손상이 생긴다. 1분 1초가 아쉬운 순간이었다. 답답한 것은 아직 어디 어디에 손상을 입었는지조차 완전히 파악되지 않았다는 점이다. 하지만, 일단은 산소 공급이 중요했고, 흉강에 고인 피를 빼내기 위해서는 흉관을 삽입해야 했다. 흉부외과 선생님이 양쪽 폐에 흉관을 삽입했다. 관을 삽입하자마자 시뻘건 피가 쏟아졌다.

누군가가 말했다.

"상준이 집에는 연락했나?"

아무도 연락한 사람이 없었다. 모두들 나를 쳐다봤다. 나는 이 상황을 도대체 어떻게 전해야 할지 난감한 생각이 들었지만, 어쩔 수 없이 수화기를 들었다.

"여보세요."

몇 번 뵌 적이 있는 상준이 어머니의 목소리가 들렸다.

"저, 여기 병원인데요."

어머니께 인사도 드리지 못하고 머뭇거리는 사이에 어머니가 '병원'이라는 말만 듣고 말씀하셨다.

"아이구, 오늘 상준이가 좀 늦었죠. 죄송합니다. 제가 늦게 깨우는 바람에 그렇게 됐습니다."

나는 목이 꽉 막혀 오는 것을 느끼면서 힘겹게 대답했다.

"저, 어머니, 그게 아니구요……."

내가 뭐라고 말했었는지는 잘 기억이 나지 않는다. 상준이 교통사고를 당했고 꽤 많이 다친 것 같지만 지금 치료 중이니 너무 걱정 마시라고 말했을 것이다. 다른 말은 사실이었지만 너무 걱정 마시라는 말은 거짓이었다.

내 삐삐가 울렸다. 병동에서의 호출이었다. 전화를 받으니 치프 선생님의 호통이 쏟아졌다.

"어디서 뭐해? 회진 안 돌아?"

"저, 응급실인데요, 내과 임상준 선생님이 교통사고를 당해서요….."

나는 자초지종을 설명했다. 치프 선생님은 잠깐 뜸을 들이더니 이렇게 말했다.

"외과 문제도 있냐?"

"그게, 아직은 잘…."

"알았다. 회진은 우리끼리 돌 테니까, 좀 있다가 수술실에는 들어와라."

얼마 후, 희미하게나마 상준의 맥박이 다시 뛰기 시작했다. 쏟아 붓다시피 한 약물의 효과이기도 했지만, 생각하기에 따라서는 가장 중요한 고비를 넘겼다고도 할 수 있었다. 하지만, 여전히 의식은 전혀 없었다. 이제 CT 촬영을 할 차례였다. 동공이 풀려 있는 것으로 보아, 뇌 손상이 동반되었을 가능성이 높았다. 나는 CT 촬영실까지 따라가서 거의 기도하는 심정으로 컴퓨터 화면에 나타나는 상준의 뇌 단층사진을 바라보았다. 잠시 후 내 입에서 탄식과도 같은 한숨이 터져 나왔다. 뇌부종(뇌실질이 붓는 것)이 너무나 심해서 뇌실(뇌 속에 정상적으로 존재하는 몇 개의 공간, 뇌척수액이 차 있다)이 거의 보이지 않을 지경이었고, 외상성 거미막하출혈 소견도 보였기 때문이다. 엎친 데 덮친 격이었다. 이렇게 뇌압이 상승된 채로 시간이 지체되면, 이미 진행되고 있을 저산소증에 의한 뇌 손상이 더욱 심각해지는 것이다. 다행히 복부에는 큰 손상이 없는 듯했지만, 그건 이미 중요한 문제가 아니었다.

상준은 CT 촬영을 마친 후 곧바로 중환자실로 옮겨졌다. 시간은 속절없이 흘러가고 있었다. 연락을 받고 급히 달려오신 신경외과 교수님은 고개를 가로저었다. 다른 모든 문제를 떠나서, 일단 상승해 있는 뇌압을 떨어뜨리기 위해서는 두개골의 일부를 절개하는 수술이 필요했지만, 수술 자체의 위험이 너무 컸기 때문이었다.

신경외과 교수님이 나에게 물었다.

"보호자는?"

"아까 연락드렸으니 곧 도착하실 겁니다."

교수님은 말이 없었다.

"내과 1년차라고?"

"예."

교수님은 한숨을 내쉬었다.

"어떻습니까, 교수님?"

"자네는?"

"외과 1년차 김도훈입니다. 제일 친한 친굽니다."

"쉽지 않겠는데…."

"꼭 좀 살려주십시오. 선생님." 보호자들에게 내가 흔히 듣는 말이다. 이런 말을 들을 때마다 나는 그저 최선을 다하겠다는 말밖에는 할 말이 없었다. 하지만 나도 이 상황에서는 이렇게 매달릴 수밖에 없었다.

"자네도 알지 않나. 우리가 할 수 있는 일에는 한계가 있다는 거." 교수님이 말했다. 내가 의사이기에, 조금은 다르게 대답하셨을 터다.

중환자실을 나오니 상준의 어머니가 와 있었다.

"어머니, 언제 오셨어요?"

어머니는 경황이 없어 나를 못 알아보았다.

"저 도훈입니다, 어머니."

어머니는 이미 응급실에서 상준의 상태에 대한 기본적인 설명을 들은 후였다. 교수님과 나는 어머니를 모시고 다시 중환자실로 들어갔다. 원래 중환자실 면회는 정해진 시각 외에는 허용되지 않았지만, 지금은 그런 걸 따질 상황이 아니었다.

어머니는 상준이를 보자마자 흐느끼기 시작했다. 옆에서 지켜보는 나는 어머니가 혹시 쓰러지지 않을까 걱정스러웠다. 어머니는 차마 상준의 부은 얼굴은 만지지 못하고 상준의 발만 어루만졌다. 발에는 아무런 상처도 없었다.

신경외과 교수님이 어머니에게 설명을 했다.

"상황이 많이 안 좋습니다. 마음을 단단히 먹으셔야겠습니다."

"선생님, 살려주세요. 제발 살려주세요."

"……." 교수님은 더 이상 하실 말씀이 없는 듯했다.

"그래도 수술은 해 봐야…." 내가 옆에서 거들었다.

"뇌압을 떨어뜨리기 위한 수술을 해 볼 수는 있겠는데요, 수술 도중에 사망할 확률이 절반 이상입니다." 교수님이 말했다. 나도 짐작은 했었지만, 이 말을 들으니 다리에 힘이 빠졌다.

"그렇다고 아무 것도 안 할 수는 없지 않겠습니까, 선생님." 중환자실 앞 장의자에 털썩 주저앉아 울고 있는 어머니를 대신해서 내가 말했다.

"이미 저산소성 뇌 손상이 심해서, 수술이 혹 성공해도 식물인간이 될 가능성이 높습니다."

결국 수술을 하기로 결정이 났다. 도저히 그냥 보낼 수는 없었다. 나는 신경외과 레지던트에게 잘 부탁한다는 인사를 건넨 후 수술실로 갔다. 상준이 저렇게 사경을 헤매고 있지만, 내 앞에는 역시 죽음과 맞서 싸우고 있는 다른 환자들이 있었다. 그날의 첫 수술은 이미 시작되어 있었다. 뒤늦게 수술대에 선 나를 향해 교수님이 물었다.

"어떻게 됐어?"

"NS(신경외과)에서 수술을 하기로는 했는데요, 이미 브레인 데미지(뇌 손상)가 심한 것 같습니다."

미칠 것 같았다. 내 몸은 그곳에 있었지만, 내 마음은 상준이 뇌수술을 받고 있는 옆 수술실에 가 있었다. 수술을 보조하는 역할이 내게 주어져 있기에 망정이지, 내가 직접 집도해야 하는 수술이었다면 감당할 수 없었을 것이다.

어떻게 시간이 흘렀는지도 모르게 첫 수술이 끝났다. 다음 수술을 준비하는 동안 잠시 짬을 내어 상준의 수술 상황을 알아봤다. 그 수술은 아직 진행 중이었다. 더 이상의 나쁜 소식이 아직 들려오지 않은 것만으로도 다행이라 생각했다.

두 번째 수술이 거의 끝나갈 무렵, 수술실 내 순환 간호사가 우리 방으로 와서 상준의 수술이 성공적으로 끝났음을 알려줬다. 도중에 위험한 순간도 있었지만, 상준은 다행히 다시 중환자실로 옮겨졌다. 바이탈 사인도 거의 정상으로 유지되고 있다고 했다.

그날 오후, 나는 수술실에서 나와 몇 가지 자질구레한 일을 처리했다. 수술실에서 나온 이후 곧바로 상준에게 가고 싶었지만 도저히 미룰 수 없는 일들이 몇 가지 있었다. 다시 중환자실을 찾은 시각은 오후 4시였다. 면회 시각이 아니어서 중환자실 앞에는 보호자들이 많지 않았다. 상준의 어머니는 여전히 중환자실 앞 장의자에 고개를 숙인 채 앉아 있었다. 내가 아침에 보았던 모습 그대로였다.

어머니께 인사도 드리지 못한 채 나는 중환자실 문 옆에 붙어 있는 환자명단을 확인했다. '임상준, 남/28'이라고 쓰인 글자를 발견하는 순간, 나는 혹시 모든 것이 꿈일지도 모른다는 생각을 접어야만 했다. 무거운 문을 밀고서, 나는 덧가운을 입고 중환자실 안으로 들어갔다. 낯익은 얼굴들 몇몇이 보였다. 동료 레지던트들, 그리고 후배들이었다. 모두들 심란한 표정이었다.

나는 몇 걸음을 더 옮긴 다음 상준의 얼굴을 보았다. 그리고 절망했다. 병원에서 몇 년을 보내면서 수없이 많이 보았던 전형적인 중환자의 모습이었지만, 나는 그렇게 낯익은 얼굴이 그 모습의 일부가 되어 있는 그 상황을 도무지 납득할 수가 없었다.

언제부터인가 번갈아가며 병상을 지키고 있었을 동료의사들과 허망한 눈인사를 나눈 다음, 나는 거의 직선에 가까운 모양만을 꾸역꾸역 토하고 있는 뇌파 모니터를 원망스러운 눈으로 잠깐 동안 바라보았다. 심전도는 정상에 가까웠지만, 뇌파가 거의 직선이라는 것은 나쁜 징조였다. 그건 이미 치명적인 뇌 손상이 왔다는 것, 그리고 이미 되돌릴 수 없는 상황으로 가고 있다는 뜻이었다. 뇌만 문제인 것도 아니었다. 대량수혈에 의한 부작용의 위험도 있었고, 폐 손상도 심각하여 언제든 호흡 상태가 급격히 나빠질 가능성도 있었다. 어쩌면 이대로 상준을 떠나보내야 할지도 모른다는 사실을 처음으로 실감했다.

나는 오전에 상준의 어머니가 그랬던 것처럼, 꼼짝하지 않고 누워 있는 상준의 발을 쓰다듬었다. 오전과 달리, 상준의 다리에는 탄력 스타킹이 신겨져 있었다. 다리를 조여 혈액순환을 도와주는 기능을 하는 것이다. 바로 어제까지만 해도 상준을 지탱하며 온 병원을 휘젓고 다니던 그 튼튼한 발이, 지금은 주인에게 무슨 일이 일어났는지도 모른 채 병상에 '놓여' 있었다.

나는 불과 몇 분 만에 도망치듯 중환자실을 나왔고, 상준 어머니의 안타까운 눈빛과 마주했다. 어머니께 조금이라도 희망적인 말씀을 드리고 싶었지만, 나는 그러지 못했다. 내가 그저 상준이의 친구이거나 차라리 지나가는 사람이었다면, 곧 병상에서 일어나 건강을 되찾을 것이라고 말할 수 있었을지도 모르지만, 나는, 의사이기 때문에, 그러지 못했다. 내가 어떤 종류의 희망적인 말을 한다고 해도 그것은 거짓말일 수밖에 없는 상황이었다. 때로는 의사들이 선의의 거짓말도 하고, 거짓말인 것을 뻔히 알면서도 듣는 사람이 용기를 얻는 경우도 많이 있지만, 나는 마땅한 거짓말을 생각해 내지 못했다. 나는 그 순간, 내가 의사라는 사실이 무척이나 싫었다.

저녁 회진 준비를 하고 치프 선생님과 함께 회진을 돌았다. 너무도 당연한 일이지만, 상준이 사고를 당한 일은 몇몇 사람들에게만 엄청난 일일 뿐, 세상은 평소와 똑같이 돌아가고 있었다. 회진을 도는 내내 우리는 상준에 대해서는 아무런 대화도 나누지 않았다. 다행히 오늘은 당직이 아니었다. 나는 회진만 마친 후 오늘 당직에게 내 삐삐를 건네주고 병원 밖으로 나왔다. 휘척 휘척 병원 문을 나서면서, 나는 후배 종현에게 전화를 했다.

"상준이 소식 들었지?" 내가 물었다.

종현은 잠시 뜸을 들인 다음 힘이 하나도 없는 목소리로 되물었다.

"제가 알고 있는 것보다 더 나쁜 소식인가요?" 종현도 이미 알고 있었다.

"혹시 어디 모여 있나 해서."

예상했던 대로, 연극부 선후배들을 비롯한 몇몇 사람들이 이모 집에 모여 있었다. 수많은 젊은이들이 웃고 떠들며 술을 마시고 있었지만, 딱 한 테이블만 무거운 침묵이 흘렀다. 우리는 한참 동안 말없이 소주만 마셨다.

"야 이 나쁜 새끼야." 낙경이 내게 말했다. 나는 낙경이 무슨 말을 할지 알고 있었다.

"술을 처먹었으면 곱게 병원에 기어들어와 잘 것이지, 집에는 왜 보내고 지랄이야?"

모두가 어제의 일을 알고 있었다. 그리고 모두가 나를 원망했다. 상준이 저렇게 된 책임이 나에게 있다고 생각하는 듯했다. 하지만 별로 억울할 것도 없었다. 그건 사실이었다. 나는 상준의 다리를 부러뜨려서라도 병원으로 끌고 들어왔어야 했다. 하지만 나는 그러지 않았다. 상준이 엄마 보고 싶다며 집에 가겠다고 했을 때, 나는 그를 말리지 않았다. 아니 처음엔 말렸었다. 하지만 내과 1년차 시절을 3주일 남긴 그가, 집에 혼자 계실 어머니를 일주일 만에 보러 가겠다는데, 그때로서는 말릴 이유가 없었다.

낙경은 이미 취해 있었다. 그는 갑자기 소리를 버럭 지르며 내게 말했다.

"술을 더 먹어서 완전히 보내버렸으면 되잖아, 씨발."

나는 낙경의 말을 허탈한 농담으로 받았다.

"알잖아. 나는 상준이를 보낼 만한 술 실력이 없어."

이렇게 말하면서 나는 웃었다. 웃고 있는데 이상하게 눈물이 핑 돌았다.

"상준인 원래 강한 놈이니까 곧 일어날 거야." 누군가가 말했다.

그랬다. 강한 놈. 상준을 생각함에 있어 가장 먼저 떠오르는 것은 바로 그 강인함이었다. 삼국지의 '장비'를 연상시키는 남자다운 외모와 커다랗고 굵은 목소리, 누구도 따라갈 수 없는 엄청난 주량, 불의를 그냥 넘기지 못하는 정의감, 상준은 세상의 대부분을 차지하는 유약한 남자들과는 다른 진짜 '남자'였다.

"생각 나? '라쇼몽' 공연할 때 말야, 상준이가 혜선이를 번쩍 안고서 무대를 걸어가다가 압정이 발바닥에 박혔었잖아."

"그래, 그 자식, 쫑파티 때가 되어서야 그 얘길 했었지."

"양말까지 벗어서 보여줬잖아."

"야, 상준이 자식 깨어나면, 완전히 정신차리기 전에 우리가 한 번 술로 보내 보자."

모두 한마디씩 한 다음 소주를 들이키더니, 다시 모두가 조용해 졌다.

그때 두 사람이 더 나타났다. 이미 전문의까지 따고 나가 개원해 있는 연극부 선배들이었다. 나쁜 소문은 빨리 퍼진다. 그 중 한 선배가 자리에 앉기도 전에 내 등을 퍽 때렸다. 말은 하지 않았지만, 그도 나를 원망하고 있었다.

"상준이는 보고 왔어요?"

선배들은 말없이 고개를 끄덕였다. 그리고는 잔뜩 풀이 죽어 있는 우리들을 격려하기 시작했다.

"야 야, 기운들 내라. 일어나겠지, 뭐. 아직 젊잖아."

하지만 별 소용이 없었다. 서로 시선을 피하면서, 다들 젖은 목소리로 한마디씩 했다.

"자식, 연애도 한번 제대로 못해 보고."

"상준이, 이대로 죽으면 너무 불쌍하지 않냐. 고생만 죽도록 하고."

"죽긴 누가 죽는다고 그래? 곧 일어난다니깐."

빈 소주병들이 길게 늘어서 있었지만 우리는 별로 취하지도 않았다. 취하고 싶었고 잊고 싶었지만, 점점 더 많은 기억들이 되살아났다. 우리 모두는 상준과의 추억이 너무 많았다.

17

일주일은 매우 더디게 흘렀다. 나는 아무런 내색도 하지 않으려 애썼지만, 얼굴에 나타나는 근심을 숨기지는 못한 모양이었다. 일주일 동안 나는 여러 번 '무슨 일 있느냐'는 질문을 받았고, 그때마다 나는 짐짓 태연한 표정으로 아무 일 없다고 대답했다. 하지만 하루 종일 그 생각이 머리에서 떠나지 않았다. 외래에서 환자를 보다가도 떠올랐고 수술을 집도하는 도중에도 불현듯 생각이 났다. 내가 만나는 환자들 중에는 암 환자가 적지 않았기에 더 그랬다.

하루에도 수십 번씩 '만약 암이라면 어떻게 하지?' 하는 생각이 떠올랐다. 그리고, 상상하지 않으려 했지만, 암 진단이 나왔을 경우에 나에게 벌어질 여러 가지 일들이 파노라마처럼 생생하게 눈앞에 펼쳐졌다. 나는 우선 수많은 혈액검사들을 받게 될 것이고,

MRI를 찍게 될 것이고, 심전도와 흉부 엑스레이 검사를 비롯한 많은 검사들을 받게 될 것이고, 내가 늘 옆에 서서 수술을 집도하던 그 수술대 위에 눕게 될 것이고, 마취를 당할 것이고, 괴롭게 기침을 하면서 마취에서 깨어날 것이고, 통증을 참으며 수술은 잘 끝났냐고 물을 것이고, 병문안을 받을 것이고, 부모님의 눈물과 한숨 소리를 듣게 될 것이고, 동료들과 제자들의 위로를 받게 될 것이고, 병원장과 주임교수가 보낸 화분이 '쾌유를 기원합니다'라고 적힌 리본을 늘어뜨린 채 내 병실에 놓일 것이고, 병원 복도를 어기적거리면서 걷게 될 것이다.

나는 약속되어 있던 몇 개의 모임에도 적당한 핑계를 대고 나가지 않았다. 사람들과 어울려 자연스럽게 대화를 나눌 자신도 없었고, 술을 마실 기분도 아니었다. 암이 아닐 확률이 팔구십 퍼센트나 된다는 사실을 너무나 잘 알면서도, 나는 왠지 자꾸만 불길한 느낌이 들었다. 이럴 줄 알았으면 진작 결혼이나 할 걸 하는 생각을 했다가, 공연히 과부 하나 만들지 않게 되어 오히려 다행이라고 마음을 고쳐먹었다. 남들 다 들었다는 그 흔한 암보험 하나 들어두지 않은 것이 후회스러워지다가, 우리 병원에서 치료를 받으면 진료비가 50% 할인되니 당장 큰돈이 들지는 않겠다는 생각도 했다.

아침에 눈을 뜨자마자 맨 먼저 떠오르는 생각도 오로지 내 몸 속에서 자라고 있을지도 모르는 암세포에 관한 것이었다. 평소에는 늘 숙면을 취했었지만, 유난히 어지러운 꿈도 많이 꾸었다. 오늘 새벽에 꾼 꿈에는 혜수가 나타났다. 꿈속의 나는 본과 4학년 학생이었고, 혜수는 본과 1학년 학생이었다. 하지만 우리가 만난 장소는 김포공항이 아니라 인천공항이었다. 그리고 우리 곁에는 상준이가 없었고, 이제는 이름도 기억나지 않는 혜수의 친구들도 없었다. 그런데 나는 혜수에게 내가 헤마토케지아가 생겨서 대장 내시경 검사를 받았다고, 조직검사 결과를 기다리는 중이라서 초조하다고 말을 했다. 혜수는 헤마토케지아가 무엇이냐고 물었고, 나는 마치 강의를 하듯이 그게 무엇인지를 열심히 설명했다. 그리고는 만약 암인 것으로 판명이 나면 어떻게 해야 할지 모르겠다고 말을 했다. 혜수가 뭔가 말을 하려 했지만 그 순간에 내가 잠에서 깨어나는 바람에 혜수의 말은 듣지 못했다. 허탈하기도 하고 아쉽기도 했다.

의사는 '일주일 후에 결과 보러 오세요'라고 말한 다음 그 환자를 잊는다. 하지만 그 환자가 일주일 동안 어떻게 지내는지에는 관심을 기울이지 않는다. 나도 그랬다. 모든 환자들이 저마다 인생이라는 드라마의 주인공이라는 사실을 미처 알지 못했다. 일일연속극에서 주인공이 나오지 않는 날은 없다. 그는 매일같이 숨쉬고 움직이고 생각하고 즐거워하고 괴로워한다. 하지만 나는 그가 잠깐 스쳐 지나가는 엑스트라인 줄 알았었다. 겨우 3분 동안 출연하기 위해 일주일이나 한 달을 그저 기다리기만 하는 사람인 줄 알았던 것이다.

조직검사 결과는 대개 일주일 정도 걸리는 것이 기본이다. 보아야 할 표본이 많거나 세포들의 모양이 애매하거나 할 경우에는 더 오래 걸리기도 한다. 하지만 병리과의사가 특별히 신경을 쓴다면 하루 이틀 정도는 당겨질 수도 있다. 나는 이렇게 불안하고 초조한 시간을 조금이라도 줄이고 싶었다. 비록 나쁜 결과가 기다리고 있다 할지라도 말이다.

하지만 병리학 교실에는 가까운 교수가 없었다. 좀 망설였지만, 그래도 전화를 걸었다. 내 조직 표본이 어느 교수에게 보내졌는지는 미리 알아 두었었다. 내가 이름을 말하자 그가 먼저 아는 체를 했다.

"예, 김 선생님. 이동훈 선생님께 말씀 들었습니다. 최대한 꼼꼼하게 살펴보구요, 결과 나오면 곧바로 알려드리겠습니다. 핸드폰 번호 좀 알려 주시죠."

나는 별로 덧붙일 말이 없었다. 그래도 자존심이 있지, 언제쯤 알려줄 것인지까지 물으면서 징징거리기는 싫었다. 나는 내 휴대전화 번호를 불러줬다. 그러면서, 수술실에 들어갈 때에도 휴대전화를 끄지 말아야 하나, 하는 생각을 했다.

주말이 되었다. 내가 대장 내시경 검사를 받은 것이 수요일 오후였으니, 겨우 사흘이 지났을 뿐이다. 조직검사 결과는 이르면 월요일이나 화요일에도 나올 수 있다. 이제 며칠만 더 기다리면 된다 싶기도 했지만, 지금까지 기다린 것만큼은 시간이 더 흘러야 했다. 한가한 주말이 되니 더 시간이 더디게 흘렀다. 만약 암이라면, 지금 이 시간에도 암세포들이 열심히 분열을 하고 있을 터였다. 암은 응급질환이 아니라고, 검사나 수술이 몇 주 정도 지체된다고 해서 크게 달라질 것은 없다고, 나는 늘 환자들에게 말해 왔다. 물론 이게 사실이다. 하지만 나는 며칠 동안 암세포가 몇 개나 늘어날 것인지까지 걱정하고 있었다.

  혜수를 만나고 싶었다. 혜수를 만나 나의 이런 걱정을 털어놓고 위로 받고 싶었다. 그러면 혜수는 나의 등을 토닥이면서 별 일 아닐 것이라고 말해줄 터였다. 혜수에게 내기를 제안할까 하는 생각도 했다. 내가 대장암으로 판명나면 말고, 대장암이 아닌 것으로 판명나면 결혼하자고 말이다. 하지만 내가 생각해도 터무니없는 제안이었다. 혜수가 그러자고 할 리도 없었지만, 그런 유치한 방법으로 청혼을 하기는 싫었다. 나는 곧 마음을 고쳐먹었다. 대장암이 아닌 것으로 밝혀지면, 내가 며칠 동안 찍은 드라마 내용을 웃으며 이야기해 주리라. 그 드라마에는 어린 혜수와 어린 내가 인천공항에서 촬영한 장면도 포함될 것이다. 그러면 잠시 동안 걱정하는 표정을 짓던 혜수는 이내 밝게 웃으며 다행이라고, 이제부터는 몸 관리도 좀 하고 살라고 말해줄 것이다. 그때 정식으로 청혼을 하리라. 건강관리에는 아무래도 외과의사보다는 내과의사가 한 수 위이니, 함께 살면서 내 건강까지 책임져 달라고 말하리라. 조금은 귀여운 표정을 지어도 좋으리라. 이미 내 마음을 알고 있는 혜수는 아마도 크게 당황하지 않을 것이고, 어쩌면 어이없다는 듯 피식 웃을 것이다. 그리고 어쩌면, 아닐지도 모르지만, 고개를 끄덕일 가능성도 있다. 혜수의 태도는 예전과는 많이 달라져 있었다. 꼬집어 말할 수 있는 건 없었지만, 나를 대하는 혜수의 모습이 아주 편안해 보이는 것이 가장 큰 변화였다.

혜수에게 전화를 걸었다. 불과 몇 마디 인사말을 주고받았을 뿐인데, 혜수가 갑자기 물었다.

"어디 아파?"

혜수가 내 목소리만 듣고서 이런 반응을 보일 수 있다는 것이 기뻤다. 아픈 데는 없었지만 나는 이미 전형적인 환자였으니까. 하지만 나는 거짓말을 했다.

"아니, 괜찮아."

"목소리가 별론데?"

"어제까지 좀 바빴어." 몸이 바쁘지는 않았다. 마음이 바빴을 뿐.

"언제는 안 바빴나 뭐. 과음했구나?"

"해 바뀌고 아직 한 모금도 안 먹었다." 이건 확실한 사실이었다.

"뭐해요?"

"오늘 약속 없지?"

"어허, 자기 아니면 나 찾을 사람이 없을 거라는 이 무모한 태도는 뭐지?"

혜수가 밝은 목소리로 농담을 했다. 이런 게 혜수가 달라진 점이다. 몇 달 전만 해도 이런 식으로 말하지 않았었다. 하지만 사실은 이게 원래 혜수의 모습이었다.

우리는 시내의 한 쇼핑몰에서 만나 영화를 보고 밥을 먹고 맥주를 마셨다. 혜수를 만나기 전에는 혜수에게 내 걱정을 들키지 않을까 염려가 되었지만, 혜수의 얼굴을 보자 갑자기 마음이 편안해지고 즐거워졌다. 맥주를 마시면서 아주 잠깐 동안 폴립을 떼어낸 자리가 혹시 덜 아물었을지도 모른다는 생각을 했지만, 그건 어차피 중요한 일이 아니었다.

"사람은 누구나 변하는 것 같아."

맥주를 마시던 혜수가 불쑥 이렇게 말했다. 밤이 깊은 시각이었다. 당연한 말이지만, 누가 언제 그 말을 하느냐에 따라서 당연한 일이 아닐 수도 있다.

"그렇지. 안 변하는 게 오히려 이상하지."

"오빠도 많이 변했어."

"나라고 별 수 있겠어? 세월의 복수를 받는 거지. 머리숱이 얼마나 줄었는데."

"몸이 늙는 것 말고, 마음이."

"내 마음이 어떻게 변했다는 건데?" 혜수가 무슨 말을 할지 궁금했다.

"뭐랄까. 좋게 말하면 성숙해졌고….."

"나쁘게 말하면?"

"음, 나쁘게 말하면…, 타협적이 됐다고 할까?"

무슨 뜻인지 잘 알 수가 없었다. 내가 타협적이 되었다는 말에는 공감할 수 있었지만, 내 생각에 그건 의사로서의 나였다. 혜수가 보는 나는 의사가 아니라 그냥 나였다.

"글쎄, 무슨 말인지 잘 모르겠는걸."

"그냥 그런 생각이 들어. 옛날에는 불의를 보면 못 참았잖아?"

혜수는 웃으면서 이렇게 말했다. 문득 상준이 떠올랐다. 불의를 보면 못 참는 사람이라는 말을 들으면 나는 아직도 상준을 생각한다. 나는 끝없이 불의를 못 본 체 하며 살아왔다.

"옛날에도 잘 참았던 것 같은데? 지금도 그렇고."

"다른 사람들과는 타협해도 스스로와 타협하지 않았었잖아?"

이유는 알 수 없지만, 그렇게 비친 모양이다. 나는 스스로와도 많이 타협했었다.

"그렇다 치고, 타협하지 않는 것은 성숙하지 않은 거야?"

"그런 말은 아냐. 타협하지 말아야 할 때도 분명히 있으니까."

"왜 지금 그 얘기를 하는 거지?" 답답함을 이기지 못하고 직접 물었다.

"나는 오빠가 지금 적당히 타협하고 있는 게 아니면 좋겠어."

혜수는 이렇게 말하고 나를 빤히 쳐다봤다. 눈빛으로 뭔가를 말하고 있었다. 그제야 나는 혜수의 말뜻을 짐작할 수 있었다. 대놓고 프러포즈를 하지는 않았지만, 내가 혜수와 결혼하고 싶어 한다는 것은 그녀도 이미 알고 있었다. 그녀는 내 사랑이 타협이 아니라 진짜 사랑이 맞느냐고 묻는 것이다. 타협을 할 것이면 아직 안 했을까. 오래 전에, 혜수를 더 세게 붙잡지 못했던 것이 오히려 타협이었을 게다. 갑자기 맥박이 빨라졌다.

"타협할 수 있는 일, 타협해도 되는 일과 그렇지 않은 일을 구별 못할 만큼 멍청해지지는 않았어, 아직은."

"원래 좀 먼천하잖아?"

나름대로 고민한 끝에 내뱉은 나의 진지한 말을 혜수는 다시 농담으로 받았다. '멍청하다'를 흔히 '먼천하다'고 발음하는 것은 혜수의 오랜 버릇이었다.

"내가 좀 먼천한 건 사실이지만, 아주 많이 먼천하지는 않다니깐."

잠시 둘 다 말없이 맥주를 마셨다. 맥주 두 병을 다시 주문했다.

"사람이 왜 변하는지 알아요?" 혜수가 이번엔 존댓말로 물었다.

"글쎄, 변하지 않으면 힘드니까, 변하지 않으면 살아남기 어려워서가 아닐까?"

"좋은 쪽으로도 변하고 나쁜 쪽으로도 변하잖아요?"

"거기에도 유전적 요인과 환경적 요인이 있지 않을까?"

이건 의과대학 시절, 시험 답안지에 흔히 썼던 말이다. 질병의 원인을 묻는 문제가 나왔는데 아는 게 하나도 없을 때, 일단 이렇게라도 쓰곤 했다. 대부분의 질병이 다 그러니까. 답안지를 비워두지 않았다는 생각에 마음은 조금 편해졌지만, 너무나 당연한 말이어서 실제로 점수를 받지는 못했다.

"나는 옮아서 변한다고 생각해요."

"옮아서 변한다니?"

"혼자서 변하는 게 아니라 다른 사람들의 영향을 받아서 변한다구요."

"무인도에 있으면 안 변한다?"

"그건 적응하는 거지, 사람 자체가 변하는 건 아니잖아요."

"누가 감염내과의사 아니랄까봐."

세균의 자연발생설이 떠올랐다. 지금은 당연한 이야기지만, 파스퇴르가 세균의 자연발생설이 틀렸음을 증명한 것은 불과 백여 년 전의 일일 뿐이다. 혜수의 전공은 내과 중에서도 감염내과였다. 감염내과의사는 모든 것을 아(我)와 비아(非我)의 투쟁으로 보는 걸까?

"옛말에도 있잖아요. 근묵자흑(近墨者黑) 근주자적(近朱者赤)."

혜수가 정말 말하고 싶은 것은 내가 변했다거나 모든 사람이 변한다는 것이 아니라 자신이 변했다는 것인지도 몰랐다. 지금의 혜수는 누구의 영향을 받아서 어떻게 변해온 결과일까. 지금의 나는? 혜수와 나도 지금 서로를 감염시키고 있는 중일까?

"듣고 보니 그럴듯한걸. 인간의 본질은 감염이다. 논문 하나 쓰지 그래?"

"문화라는 게 다 그런 거 아냐? 다른 사람들이 먹는 걸 함께 먹고, 다른 사람들이 생각하는 방식과 비슷하게 생각하고, 다른 사람들이 떠들면 같이 떠들고…."

"하긴, 하품도 전염되고 비만도 전염된다고 하니까."

"감염시키는 인간. 호모 인펙티쿠스(Homo Infecticus)."

"그런 말이 진짜 있어?"

"그럼. 얼마나 유명한 말인데."

"호모 루덴스나 호모 이코노미쿠스는 들어 봤어도 그건 처음 듣는걸."

"사실은 없어. 내가 만들어낸 말이야." 혜수는 피식 웃었다.

"뭐? 너의 실없음이 내게 전염될까 두렵다, 야."

"이미 전염됐을걸. 이건 백신도 없고 항생제도 없어."

"불치병이네."

인간이 정말 호모 인펙티쿠스라면, 우리는 더더욱 좋은 사람을 만나야 한다는 생각이 들었다. 그 많은 인간들 중에 좋은 사람이 더 많으면 세상은 점점 좋아지고, 나쁜 사람이 더 많으면 세상은 점점 나빠지는 것일까? 나쁜 사람의 숫자가 적어도 그들이 훨씬 더 전염력이 세다면? 내 곁에는 좋은 사람들이 얼마나 많이 있었을까?

카페에서 나온 직후 놀라운 일이 벌어졌다. 혜수가 나의 팔짱을 낀 것이다. 칠 년 아니면 팔 년 만의 일이었다. 혜수는 마치 늘 그랬던 것처럼, 아무 말도 하지 않은 채 내 팔을 붙잡았다. 나는, 아주 오랜만에 자전거를 탄 것처럼, 한편으로는 낯설고 한편으로는 익숙했다. 조직검사 결과가 악성이 아닌 것으로 나오기만 하면, 이런 편안함이 앞으로도 계속 이어질 수 있을 거라는 희망이 생겨났다. 악성이 아닌 것으로 나오기만 하면.

다음날, 저녁 회진을 돌기 위해 병동에 올라갔다. 병동이 어딘지 모르게 어수선했다. 우리 파트 1년차 정석이 간호사들과 실랑이를 벌이고 있었다.

"도대체 환자 관리를 어떻게 하는 겁니까?" 정석이 말했다.

"아니, 무슨 말씀을 그렇게 하세요?" 간호사가 말했다.

"환자를 잘 지켜야 할 것 아닙니까. 에이 씨, 교수님 오실 시간 됐는데."

"우리가 간숩니까? 발 달린 환자가 돌아다니는 걸 어떻게 일일이 감시해요?"

"누가 감시하랍니까? 답답하니까 그렇죠."

"그래도 그렇게 말씀하시는 게 아니죠. 우리는 뭐 앉아서 놀고 있는 줄…." 나를 발견한 간호사가 말을 멈추었다.

"무슨 일인데 그래?" 내가 물었다.

"저…, 교수님, 701호 강영은 환자가 안 보입니다."

강영은 환자는 갑상선 수술을 위해 입원한 환자였다. 아마 내일이 수술일 게다.

"안 보인다니?"

"그게…, 아무리 찾아도 없고 원내 방송을 해도 오질 않습니다. 아마도 무단외출이 아닌가 싶습니다."

"보호자는?"

"보호자도 아직 연락이 안 되고 있습니다."

"일단 다른 환자 회진부터 돌지. 문하윤 선생은 어디 갔나?"

하윤은 우리 파트 3년차였다.

"예, 조금 전까지 여기 계셨는데…."

그때 하윤이 휴대전화로 누군가와 통화를 하면서 걸어오는 모습이 보였다. 하윤은 내게 다가와 꾸벅 인사를 하더니 이렇게 말했다.

"방금 강영은 환자 보호자와 통화가 됐습니다. 어디로 갔는지 자신도 모르겠다고 합니다."

"그래?"

"죄송합니다. 교수님."

"자네가 죄송할 게 뭐 있나. 나타나겠지."

"죄송합니다." 하윤은 다시 이렇게 말하며 고개를 숙였다.

강영은 환자는 그로부터 1시간이 채 지나지 않아 우리 앞에 나타났다. 나타나긴 했지만, 제 발로 걸어온 것이 아니라 구급차에 실려 온 것이 문제였다. 외출을 했다가 자동차에 치인 것이었다.

회진을 멈추고 모두가 응급실로 내려가 보니 상황이 심각했다. 사고가 병원 앞 횡단보도에서 발생한 것이 그나마 다행이긴 했지만, 복강내 출혈이 심해 의식이 없어진 상태였다. 다리에도 외상이 있었고, 머리도 다친 듯했다. 응급의학과 의사들이 이미 중심정맥을 잡고 기도 삽관을 마친 상태였지만, 바이탈 사인이 흔들리는 통에 아직 검사는 전혀 하지 못하고 있었다.

"혈압 잡힙니까?" 내가 이렇게 묻는 것과 거의 동시에 심전도 모니터기가 삐~하고 소리를 냈다. 심정지가 왔다는 뜻이다.

어레스트(arrest), 라는 외침과 동시에 심폐소생술이 시작됐다. 1분이 지나고 2분이 지나도록 환자의 심장 박동은 돌아오지 않았다.

"교대해요." 심폐소생술을 하던 응급의학과 레지던트를 밀치면서 하윤이 환자 위로 올라갔다. 심폐소생술은 생각보다 힘이 많이 든다. 무작정 가슴을 누른다고 되는 것이 아니라 인공호흡과 심장 압박의 타이밍이 잘 맞아야 하고, 정확한 위치에 적절한 압력을 가하는 것도 중요하다. 한 사람이 오래 지속하는 것보다 손을 바꾸는 것이 좋다.

3분이 지나고 4분이 지나도록 심전도는 여전히 '플랫(flat)'이었다. 심폐소생술은 5분이 지나가면 성공할 가능성이 급격히 떨어진다. 시간은 무심히 흘러가고 있었다.

그때였다. 5분이 거의 다 되었을 무렵, 환자의 심박이 되돌아왔다. 일차 고비는 넘긴 셈이다. 환자는 몇 가지 응급 검사를 시행한 다음 곧바로 수술실로 옮겨졌다.

한 시간이 채 걸리지 않는 갑상선 수술을 위해 입원한 환자는 무려 일곱 시간 동안이나 수술을 받았다. 일반외과와 정형외과 수술팀이 모두 투입됐다. 다행히 머리 손상은 크지 않았다. 아직 안심하기는 이르지만, 운이 좋으면 환자는 큰 후유증 없이 회복될 수 있을 터였다.

수술실에서 나오니 새벽 두 시였다. 지친 표정의 하윤에게 수고했다는 말을 건네며 돌아서는데, 하윤이 나를 불렀다.

"저…, 교수님. 드릴 말씀이 있습니다."

"응? 지금?"

"예."

편의점에서 음료수를 사서 들고는 어둠침침한 병원 로비에 앉았다. 늦은 시각이라 오가는 사람은 아무도 없었다.

"그래, 할 말이 뭔데?"

하윤은 잠시 머뭇거리다가 입을 열었다.

"강영은 환자 말입니다, 제가 외출 보냈습니다."

"응? 그게 무슨 소리야?"

"꼭 나가봐야 할 일이 있다면서, 늦어도 다섯 시까지는 돌아오겠다고 해서…."

"수술 전날 외출 내보내는 경우가 어디 있나?"

"죄송합니다, 교수님."

"서약서도 안 받았고, 차트에도 그런 내용이 없잖아?"

"원칙을 깨는 일이라서…, 교수님께서 허락하실 것 같지도 않고 1년차 보기도 그래서…, 하지만 꼭 나가야 할 것 같아서, 이런 일이 있을 줄 모르고 제가 그냥…."

"그걸 왜 이제야 말해?"

"아까는 너무 경황이 없어서…. 일부러 숨긴 것은 아닙니다. 선생님."

"무슨 일로 외출해야 했는데?"

"그 환자는 사법연수원생인데요, 자신이 맡고 있는 국선변호 건 때문에 서초동 법원에…."

어이가 없는 행동이었지만, 환자의 외출 이유를 듣고 보니 하윤이 왜 원칙을 깨뜨렸는지 짐작할 수 있었다. 하윤은 법대를 졸업하고 의대에 편입한 이력을 갖고 있었다. 법대 4학년 때에 이미 사법시험 1차에 합격한 재원이기도 했다.

"왜? 옛날 생각이 나던가?"

"예? 아, 그건 아니구요…."

"아니긴 뭘 아냐. 다른 일로 나간다고 했으면 허락 안 했을 거잖아."

"드릴 말씀이 없습니다. 선생님."

"이만하기 다행이지, 환자가 사망하기라도 했으면 어쩔 뻔했나. 법 공부했으니 더 잘 알 것 아냐."

하윤은 아무런 말도 하지 않은 채 그저 입술을 지그시 깨물고 있었다.

"뭐 하나 물어봐도 될까?" 내가 말했다.

"예, 선생님."

"사법시험까지 포기하고 의사가 된 특별한 이유라도 있나?"

"그게…, 저…." 하윤은 한참을 머뭇거렸다.

"말하기 싫으면 안 해도 괜찮아."

"고등학교 2학년 때 아버지가 돌아가셨습니다. 병원에서 고관절 치환 수술을 받으신 직후에…."

"엠볼리즘?"

하윤이 고개를 끄덕였다. 엠볼리즘(embolism, 색전증)은 혈전, 공기, 지방 등이 혈관을 막는 증상으로, 심장이나 뇌의 큰 혈관을 막을 경우 갑자기 사망할 수도 있다. 몇몇 수술의 합병증으로도 잘 생기지만, 예방을 위한 노력들에도 불구하고 비교적 흔히 발생한다.

"소송…, 했었나?"

색전증에 의한 사망은 예기치 못하게 발생하기 때문에 유족들은 당연히 의료진의 과실 때문이라 생각하고 소송을 제기하는 경우가 많다. 하지만 부검 결과 사망 원인이 색전증인 것으로 밝혀지면 특별한 이유가 없는 한 의료진의 책임이 인정되지는 않는다.

"네."

"결과는?"

"선생님께서 짐작하시는 대로요. 부검 결과가 너무도 확실한 엠볼리즘으로 나왔거든요."

"많이 힘들었겠구나."

"지금 생각하면 법원의 판결이 참 재미있었어요. 병원 측의 과실은 없다, 하지만 환자가 죽었으니 삼천만원을 배상하라는 게 판결의 요지였으니까요."

"우리 법원의 태도가 대체로 그런 편이니까."

"그때, 좀 웃기지만, 법은 차갑지만 판사는 따뜻하다고 생각했었죠."

"이쪽도 그래. 의학은 차갑지만 의사는 따뜻해야지."

"그래서 법대에 갔고, 1학년 때부터 사법시험 준비를 했었죠."

"판사가 되어서 나쁜 의사들을 벌주려고?"

"아뇨. 변호사가 되어서 불쌍한 사람들을 도와주려고요." 하윤이 웃으면서 대답했다.

"억울한 마음이 더 컸던 건 아니고?"

"그럴지도 모르죠. 의료사고 전문 변호사가 될까 싶은 마음도 있었으니까요. 사실 지금도 억울하긴 해요."

"운이 좀 없었던 건데, 이제 억울한 마음은 잊을 때도 안 됐나?"

"정말 그렇게 생각하세요?"

"뭘 묻는 거지?" 나는 하윤의 질문을 정확히 이해할 수가 없었다.

"법적으론 책임이 없지만 실제로는 책임이 있는 의료사고도 있잖아요."

물론이다. 하지만 정반대의 경우도 있다.

"그렇지. 하지만 실제로는 책임이 없지만 법적으론 책임을 져야 하는 경우도 있다는 걸 알잖아." 나는 방어적으로 말하고 있었다.

"의사가 언제나 유리하면 공평한 게임이 아니죠."

"의사가 언제나 유리하다고 생각해?"

"그런 얘기가 아니잖아요, 선생님. 막을 수 없는 게 맞지만 어쩌면 막을 수도 있었던 의료사고도 있다는 거죠."

하윤의 말이 옳았다. 결코 막을 수 없는 사고도 있지만, 하윤의 말대로 막을 수 없지만 막을 수 있었던 사고도 있다. 다른 사람은 몰라도 의사들은 안다. 다른 의사는 몰라도 담당 의사 본인은 안다.

"네 말이 맞아. 하지만 법적인 책임 여부와 무관하게 의사는 환자에 대해 무한책임을 지지. 환자는 죽어서 의사 마음에 무덤을 남긴다는 말도 있잖아."

"그건 선생님같이 훌륭한 의사나 그런 것 아닌가요?" 하윤이 미소를 머금고 이렇게 말했다.

"나처럼 평범한 의사들은 다 그래. 간혹 안 그런 사람이 있는 거지."

내 마음 속 곳곳에 솟아 있는 무덤들이 생각났다. 나는 아직 한 번도 의료분쟁을 겪지 않았지만, 후회가 남아 지워지지 않는 환자들이 몇 있다.

"어쨌든, 그런 이유로 법대를 갔는데, 어쩌다가 칼잡이가 됐나?"

"그러게요."

"그런 대답이 어딨어?"

"선생님, 그 이야기 하려면 밤새겠는데요. 다음에 말씀드릴게요."

"뭐야. 잔뜩 궁금하게 해 놓고."

"맨 정신에 말하긴 힘들어요. 언제 술 한 잔 사 주시면 알려 드리죠."

시계를 보니 벌써 두 시 반이 넘어 있었다. 하윤의 사연이 궁금하긴 했지만, 오밤중에 더 캐물을 일은 아닌 듯했다.

"알았다. 가서 쉬어라."

그렇게 자리에서 일어서다가 문득 떠올랐다. 원래 하려던 이야기는 이게 아니지 않았던가.

"잠깐, 문하윤. 어딜 얼렁뚱땅 넘어가려 그래?"

"예?"

"우리가 왜 이 시간까지 이러고 있는지 잊었나? 함부로 외출 허락하는 일이 다시 있으면 안 되는 건 알지?"

"예, 선생님. 주의하겠습니다."

씩씩한 목소리로 하윤이 대답했다. 좀, 아니 제법 많이 화를 내야 하는 상황이었는데, 어떻게 하다 보니 그럴 타이밍을 놓쳤다. 하윤은 의국으로 돌아갔다. 아까보다 훨씬 밝은 표정이었다. 나는 고민스러웠다. 이 일을 상부에 보고해야 할지 말아야 할지 모르겠어서다. 환자가 살았으니 보고를 하든 안 하든 크게 달라질 것은 없었다. 하지만 환자가 사망했더라면, 상당히 복잡해질 수도 있었을 듯하다. 다행이었다. 하윤이 왜 그토록 열심히 심폐소생술을 했었는지 이해가 된다. 하윤이 좋은 의사가 되었으면 하는 생각과 함께, 좋은 변호사, 아니 좋은 판사가 되었어도 좋았겠다는 생각이 들었다.

18

상준은 벌써 일주일째 중환자실에 말없이 누워 있었다. 상태가 악화된 것은 아니었지만, 처음부터 더 이상 나빠질 것이 없을 정도였던 것을 생각하면, 더 나빠지지 않았다는 사실만으로는 전혀 기뻐할 일이 아니었다. 거의 매일같이 중환자실에 들르던 어느 동료는 심하게 부어 있는 상준의 얼굴을 보고는 구겨진 표정으로 이렇게 말했다.

"짜식, 라면 잔뜩 먹고 자는 것 같은데, 더럽게 안 일어나네."

이제는 누구도 '곧 일어나겠지'라고 쉽게 말하지 못했다. 모두가 알량한 의사 면허증을 손에 쥐고 있는 사람들이기 때문에, 흰 가운 입은 사람 아무나를 붙들고 '제발 우리 상준이 좀 살려 주세요'라고 절규할 수도 없었다. 그저 모두가 애써 눈물을 감추고 있었고, 또한 곧 닥칠 미래에 대해서는 모두가 애써 생각하지 않으려 했다. 상준이를 떠나보낼 마음의 준비를 해야 하는 상황이었지만, 그따위 준비를 하고 싶어 하는 사람은 아무도 없었던 것이다.

상준이가 정상적인 사회생활을 다시 할 수 있게 될 가능성은, 아니 좀 비정상이면 어떤가, 그저 다시 허튼소리라도 주고받을 정도로 회복될 가능성조차, 거의 없었다. 모든 상황이 상준과 우리가 함께 힘겹게 쥐고 있는 희망의 끈을 놓기를 강요하고 있었다.

세상의 누구보다도 더, 우리들이 상준을 생각하는 것보다 백 배 천 배는 더 상준을 사랑하시는 어머니께서도, 믿고 싶지 않은 현실이고 받아들이고 싶지 않은 운명이지만, 어쩔 수 없이 상준이를 당신의 가슴속에 묻어야만 하는 날이 다가오고 있다는 것을 느끼고 계신 듯했다. 어머니는 더 이상 상준의 상태를 묻지 않았다. 그건 그나마 다행이었다. 우리도 설명할 내용이 없었기 때문이다.

마침내 상준에게 뇌사 판정이 내려졌다. 이제 상준은 흔히 말하는 '식물인간'으로서의 삶조차 이어나갈 수 없게 되었다는 뜻이다. 단 0.1%의 가능성도 남아 있지 않지만, 그저 약물과 기계의 도움으로 심장이 뛰고 있을 뿐이었다.

상준의 어머니는 의외로 차분했다. 며칠이 흐르는 동안, 이미 이별을 직감하고 있었기 때문일 것이다. '장기 기증'에 대한 이야기를 먼저 꺼낸 것도 상준의 어머니였다. 의료진들도 한번쯤은 생각해 보았을 뿐 차마 어머니께 꺼내지 못했던 말이었다. 내가 상준 어머니의 손을 잡으며 힘겹게 말했다.

"괜찮으시겠어요, 어머니?"

어머니는 길게 한숨을 내쉴 뿐, 별다른 말을 하지 않았다. 나도 덧붙일 말이 없었다.

"어차피, 어차피 흙으로 돌아갈 건데 뭐, 상준이도 기뻐하겠지 뭐."

마치 남 이야기를 하듯 덤덤한 태도로 이렇게 말했던 어머니였지만, 정작 장기기증 서약서에 서명을 하는 순간에는 눈물을 참지 못했다. 심하게 떨리는 손으로 서명을 마친 어머니는 오랜만에 서럽게 우셨다.

장기이식을 기다리고 있었던 많은 환자들 중에서 상준과 조직 적합성이 잘 맞는 사람들을 찾는 데에는 약간의 시간이 필요했다. 총 여섯 명의 대기 환자들을 찾는 데 이틀이 걸렸다. 각막 이식이 필요한 시력 상실자 두 사람, 신장 이식이 필요한 만성 신부전 환자 두 사람, 간 이식이 필요한 간암 환자 한 사람, 그리고 심장 이식이 필요한 만성 심부전 환자 한 사람이었다. 각막 이식 수술 한 건과 신장 이식 수술 한 건과 간 이식 수술은 우리 병원에서 행해질 예정이었고, 각막 한 개와 신장 한 개, 그리고 심장은 적출 후 다른 병원으로 보내질 예정이었다.

상준의 수술 전날 밤, 나는 거의 잠을 이루지 못했다. 아마도 많은 사람들이 그랬을 것이다. 특히 상준의 몸에서 장기들을 떼어내는 수술에 참여해야 하는 사람들은 더했을 것이다. 다행히 나는 그 수술에는 참여하지 않아도 됐다. 대신 상준의 신장을 다른 환자에게 이식하는 수술에는 참여하게 되어 있었다. 나는 그때 얄궂게도 이식외과 파트에서 일하고 있었다.

  수술 당일, 이른 새벽에 눈이 떠졌다. 기분이 이상했다. 오늘 내가 해야 할 일을 생각하니, 차라리 다시 잠이 들고 싶었다. 중환자실로 갔다. 상준의 어머니가 중환자실 앞 복도의 장의자에 앉아서 두 손을 모으고 있었다. 나는 상준의 어머니와 함께 중환자실로 들어가 상준에게 작별 인사를 했다. 마지막이었다. 나는 이제 곧 수술실로 들어갈 것이고, 상준이 눕게 될 수술실 옆 수술실에서 상준의 신장이 도착하기를 기다리게 될 처지였다. 어머니는 하염없이 눈물을 흘렸다. 어머니의 온몸이 떨렸고, 간혹 꺽꺽 하는 작은 소리만 어머니의 입에서 흘러나왔다. 내 심장이 뛰는 소리도 유난히 크게 들렸다. 조금 있으면 상준은 육중한 수술실 철문 앞에서 어머니와 이별하게 될 것이었다. 아직은 심장이 뛰고 있는 아들을 수술실로 들여보내는 것, 그것도 아들의 몸에서 심장과 신장과 간과 각막을 떼어내려는 사람들이 기다리고 있는 수술실로 들여보내는 것, 그건 정말 어머니에게 가혹한 일이었다.

  상준의 몸에서 장기를 떼어내는 수술은 외과와 비뇨기과와 안과와 흉부외과가 모두 참여하는 큰 수술이었다. 사랑하는 제자,

사랑하는 동료의 몸에, 그를 살리기 위해서가 아니라 그를 이만 떠나보내기 위해서 칼을 대야만 하는 모든 의료진은 마음속으로 눈물을 삼켰다.

그날 수술실의 분위기는 너무도 무거웠다. 상준의 몸에서 장기들을 떼어내는 수술이 행해지는 동안 주변에 있는 네 개의 수술실에서는 그 장기들을 이식 받을 환자들에 대한 수술도 거의 동시에 시작되고 있었다. 그 중 하나의 수술실에 내가 있었다. 상준의 신장을 이식 받게 될 환자는 50대 여성이었다. 오랫동안 신부전을 앓아 온 환자라서, 얼굴색이 까맸다. 그녀는 수술에 대한 두려움과 건강을 회복하는 것에 대한 기대로 긴장하고 있었다. 누가 이야기해 줬는지는 모르겠지만, 자신에게 신장을 주고 떠나는 사람이 누구인지도 알고 있었다. 나는 조금 전에 상준의 어머니의 손을 잡았던 것처럼, 그 환자의 손을 한번 잡아주었다. 그리고 걱정하지 마시라고 말했다. 그 환자의 손이 상준 어머니의 손처럼 떨리고 있었다.

1시간이 조금 넘게 흐른 다음 상준의 신장이 도착했다. 저것이 조금 전까지 상준의 몸속에 있던 것이라 생각하니, 새삼 상준의 죽음이 실감났다. 하지만 눈물이 나오지는 않았다. 교수님이 말씀하셨다.

"자, 모두들 힘들겠지만, 지금부터는 모든 걸 잊고 평소처럼 수술합시다."

그랬다. 그 순간은 나는 상준의 친구 이전에 내 앞에 있는 환자의 담당 의사여야 했다. 수술은 성공적으로 끝났다. 회복실로 나와서 간호사들에게 상준은 지금 어디에 있는지를 물었다. "수술 끝나고 내려가셨습니다"라는 대답이 돌아왔다. 내려갔다? 이건 상준이 영안실로 옮겨졌다는 뜻일 테다.

"사망 시각이 언제였죠?" 내가 물었다.

"아홉시 이십 이 분으로 기록됐습니다." 간호사가 말했다.

시계를 봤다. 열 한 시 사십 이 분이었다. 상준은 두 시간 이십 분 전에 우리 곁을 떠났다. 불의의 사고만 없었더라면 누구보다도 훌륭한 의사가 되어 수많은 사람들에게 인술을 베풀었을 상준은, 그렇게 여섯 사람의 생명을 구하고 아버지의 곁으로 떠났다.

상준의 장례는 병원장(葬)으로 치러졌다. 장례 기간 동안 너무나 많은 친지들과 교수님들, 동료들과 선후배들과 병원 직원들이 다녀갔고, 모두가 너무도 원통하게 생을 마감한 멋진 청년 임상준을 애도했다. 상준의 죽음은 언론에도 보도됐다. 생전에는 한 번도 TV에 나온 적이 없는 상준의 얼굴이, 사진으로나마 '아홉 시 뉴스'에까지 나왔다.

상준의 안타까운 죽음이 언론에 보도된 이후 한 독지가는 그의 뜻을 기리는 일에 써 달라면서 1억 원이라는 거액을 병원에 기증했다. 그는 상준과는 일면식도 없었지만, 과거에 우리 병원에 입원하여 치료를 받은 적이 있는 분이었다. 그리고 어느 낯선 조문객 한 분은 빈소를 지키고 있던 우리 모두의 눈시울을 적셨다. 그 분은 바로 한 달 전에 상준이 담당의사로 열성을 다해 치료했지만 결국 세상을 떠났던 어느 환자의 아드님이었다. 텔레비전 뉴스에서 상준이의 사진을 보고 찾아왔다는 그 분은 '정말 훌륭하고 고마운 선생님이었는데 너무나 아깝다'고 말씀하셨다. 우리는 새삼스럽게 눈물이 났다. 그래, 그 자식 참 괜찮은 놈이었지.

영결식이 거행된 날은 무척이나 추웠다. 식장에 모인 사람들 모두는 서로 눈길을 마주치지 않으려 애쓰고 있었고, 울음을 참고 계신 상준의 어머니와 가족들을 생각하며 차마 먼저 눈물을 흘리지 못하고 있었다. 몇몇 공식적인 순서가 끝난 장례식의 말미에, 상준의 가장 가까운 친구 중 하나였던 낙경이 추모의 글을 낭독했다. 낙경은 나에게 추모의 글을 읽으라 했지만, 나는 도저히 그럴 자신이 없었다. 원래 낮은 목소리의 소유자인 그의 목소리가 오늘은 한없이 더 낮게 가라앉아 있었다.

"열흘 전 새벽, 늦겨울의 차가운 공기를 뚫고 날아온 동료의 사고 소식을 들었습니다. 그의 소식을 들었던 누구나 그랬겠지만, 반신반의하는 마음으로 무거운 발걸음을 재촉하여 병원으로 오는 동안 수많은 생각이 머리를 스치고 지나갔습니다. 침대에 누워 있는 그의 모습을 보기 전까지만 해도, 최악의 상황을 염두에 두어야 하는 직업을 가진 의사의 기우(杞憂)이려니 하였습니다. 하지만 수술을 막 끝내고 온 그의 모습은 그 최악의 상황이 현실임을 알려 주었습니다. 8년 지기인 동료의 모습이 그토록 낯설었던 것은 처음이었습니다. 이제와 생각해 보면 그가 그날 난생 처음 보여준 낯설음은 이미 이 세상 사람이 아닐지도 모른다는 암시였을 것입니다.

지그시 감은 두 눈에서, 아프다는 소리 한번 내지 않고 침묵을 지켰던 두 입술에서, 가끔씩 힘겹게 끄덕거리던 두 발의 움직임에서, 그가 이제 가족과 친구가 속한 이 세상을 떠나 아버지가 먼저 가 계신 저세상을 향해 힘겨운 발걸음을 시작했다는 사실을 깨달았습니다.

그가 저세상으로 가는 것을 허락하는 일이 우리에게 힘든 결정이었던 것처럼 아마 그에게도 그의 가족과 동료들을 뿌리치고 출발하는 것이 쉽지는 않았을 것입니다. 사고 후 일주일 동안 그를 아는 모든 이들이 그의 발걸음을 막기 위해 노력했습니다. 그러나 역시 인명은 재천인가 봅니다. 그를 살리려는 모든 이들의 노력에도 불구하고 그가 우리에게 남긴 것은 그의 차가운 육체와 그의 장기를 받은 환자들이었습니다.

비록 사고 이후 열흘 남짓한 시간이 한 사람의 생과 사를 결정하기에는 너무나도 짧은 시간이라는 것을 알지만, 힘든 출발을 결정한 그를 위해서 우리도 결정을 내려야 할 때인 것 같습니다. 비록 그의 이 세상에서의 짧은 생이 아쉽지만, 그의 영원한 침묵이 현실로 다가오는 것이 두려운 일이지만, 지금 이 순간 여기 계신 모든 이들의 이름을 빌어 그를 보내겠습니다. 그리고 그가 가 버리고 없는 빈자리는 우리의 몫으로 돌리고, 그가 미처 하지 못했던 이야기는 우리의 가슴속에서 스스로 찾겠습니다. 왜냐하면 그가 남겨 둔 빈자리는 우리의 빈자리이고, 그의 영원한 침묵의 말은 아직 아물지 않은 가슴속 상처 안에 있을 테니까요. 이제 먼 길을 떠나게 될, 아니 이미 먼 길을 떠나고 있는지도 모를 상준이에게 잘 가라는 마지막 말을 해 줄 때가 온 것 같습니다.

상준아, 이제 가도 된다. 더 이상 이 세상 걱정으로 멈추거나 되돌아보거나 하지 말고 가라. 이 세상에 남겨 놓은 짐들이 무거워 아직도 천천히 가고 있다면 그 짐들은 우리가 맡을 테니 저세상 가져가지 말고 우리에게 남겨놓고 가라. 우리가 이승의 인연으로 너를 묶어 놓아 지금 이 순간까지 길 위에서 머뭇거리고 있다면, 이제 그 끈을 풀 테니 더 이상 머뭇거리지 마라. 그리고 저 세상 가는 길에 혹 아버님을 뵙거든 수의 대신 입은 흰 가운을 자랑스럽게 보여 드려라. 우리는 이제 더 이상 너와의 짧은 인연이 아쉬워 붙잡지는 않겠다. 옷깃만 스쳐도 인연인 세상에서 몇 해를 같은 지붕 아래 보냈으니 우리가 어찌 이보다 더한 인연을 바라겠느냐. 앞으로 우리가 살았던 시간만큼의 세월이 더 지난 후에 우리의 인연이 질겨 다시 만나게 되면 그때 만나 지금까지 미처 못 다했던 이야기를 하자꾸나."

낙경은 이 글을 읽으며 여러 차례 말을 멈추고 울음을 삼켰다. 너무 많은 사람들이 흐느끼는 통에 몇 마디는 제대로 들리지도 않았다. 추모의 글 낭독이 끝난 후, 모든 사람들이 차례로 상준의 차가운 시신이 누워 있는 관 위에 하얀 국화꽃을 던졌다. 상준의 곁을 지키던 어머니는 새삼스럽게 아프게 다가오는 현실에 소스라치듯 놀라며 털썩 주저앉아 통곡을 했다. 나는 눈물을 감추기 위해 밖으로 나와 하늘을 올려다봤다. 2월의 하늘은 잿빛이었다.

상준은 어머니보다 먼저 세상을 버리는 커다란 불효를 범했기 때문에, 그의 시신은 화장(火葬)하기로 하였다. 많은 동료들이 도저히 발걸음이 떨어지지 않아서 끝까지 동행했는데, 어머니는 뜨거운 불 속으로 상준이를 마지막 들여보내기 전에 상준의 손에 돈을 쥐어주시면서 저승길에 노잣돈으로 쓰라고 말씀하셨다. 거의 실신하다시피 하신 어머니는 '돈이 없어서 상준이에게 못 시킨 것이 너무나 많은데, 억울해서 어떡하나'며 절규하셨고, 우리 모두는 가슴이 콱 막히는 듯한 느낌이 들어 힘겨운 한숨을 반복해서 내쉬고 있을 뿐이었다.

돌아오는 버스 안에서, 4년 전 상준의 아버님이 폐암으로 돌아가셨을 때의 상준의 모습이 새삼 떠올랐다. 누구보다도 강인해서, 단 한 번도 심약한 모습을 보이지 않았던 상준이가 그날만은 무척이나 많이 힘들어했던 기억이 났다. 갓 입문한 의학도로서는 아버지의 고통을 덜어드릴 수 있는 어떠한 방법도 아직 알지 못했을 터였고, 그것이 그를 더욱 안타깝게 하였으리라. 모든 환자들을 자신의 아버지인양 열심히 진료했고, 그렇게 자고 싶다고 말하면서도 위중한 환자가 있으면 밤을 새며 뛰어다녔던 그를, 이제는 정녕 다시 볼 수 없음이 너무나 아쉬웠다. 우리 모두가 그의 몫까지 열심히 산다고 한들, 그가 살아 있어 행했을 그 많은 선행들의 절반이나마 이룰 수 있을지 자신이 없었다.

상준이 가고 나서 49일째 되던 날, 우리 모두는 다시 모였다. 부질없는 일이라는 것을 잘 알면서도 조금 더 많은 사람이 조금 더 오랫동안 상준이를 기억해 주기를 바라는 마음으로 병원 입구의 잔디밭에 나무 한 그루를 심기 위해서였다. 사철 푸르른 저 상록수처럼, 우리가 상준이를 떠나보내며 마음속으로 다짐했던 일들을 영원히 기억하기를 희망했고, 이제는 평화를 얻었을 상준이가 하늘나라에서 영원한 안식을 누리기를 기원했다.

상준의 사고 소식을 들은 지 두 달이 지났지만, 상준을 저 먼 곳으로 보내고 나서도 한참이 지나고 그의 명복을 빌면서 나무까지 심었지만, 우리는 여전히 상준이가 이 세상에 없다는 것을 실감하지 못했다. 지금 당장이라도 특유의 커다랗고 걸걸한 목소리로 '임마!' 하고 나타나서 우리의 머리통을 칠 것만 같은 상준이를 아쉬워하면서, 몇몇이 또 이모집에 모였다. 모두가 오랜만에 만나는 얼굴들이었지만, 서로의 안부를 묻기보다는 상준이에 대한 추억들을 한마디씩 꺼냈다.

"87년 2월에, 신입생 오리엔테이션이란 걸 갔지요. 대개의 신입생들은 어수룩하고 어색하고, 몇 명만 마구 튀죠. 그랬던 사람들 중의 하나가 바로 상준이였죠. 여기저기 쏘다니며 자기 소개하고 친하게 지내자고 하고 술 먹자고 하고 고래고래 소리지르고, 모두들 '의대생 탈을 쓴 망나니'라고 했었지요."

"내 출석번호 110번, 상준인 126번. 거의 모든 실습을 같이 했죠. 예과 1학년 가을 무렵, 우연히 상준이와 함께 공강 시간을 때우게 되었고, 녀석은 저를 연극반에 끌어들이기로 작정을 했는지 그 후로 한 1주일간을 괜히 잘해주고 밥도 사주고 해서 제가 연극반에 들어왔죠. 그해 가을 내내 녀석과 어울렸었는데, 시험공부도 같이 했고 축제도 같이 했고 상준이의 실연도 같이 했죠. 당시 상준이도 가슴 아픈 사랑을 했고 저도 그랬거든요."

"상준이 그놈, 남이 혐오스러워할 만큼 터프한 놈이었지. 누가 밥 먹다 남기면 모두 먹어치우고, 술 먹을 때면 선배고 후배고 가리지 않고 힘으로 제압하면서 술 먹이고 그랬잖아. 걔랑 같이 술 먹다가 필름 끊어진 게 몇 번이지 모르겠다."

"저는 상준이가 지 생일이라고 모여서 술 먹자는 자리에 한 시간 늦게 갔다가 이단 옆차기를 당했는데요, 뭐."

"상준이가 '라쇼몽'에서 산적 역을 맡았을 때 모든 사람들이 상준이에게 딱 맞는 역할이라고 생각했잖아요. 상준이 가슴의 시커 먼 털 기억나요? 그거, 제가 분장한 거라구요. 상준이 가슴에 원래는 털 없어요. 허여멀건 상준이 가슴에 아이섀도로 털 그리고, 구레나룻도 그려 줬더니 연극 끝난 다음에 여대생들한테 팬레터 엄청나게 받았죠. 나는 그 여대생들이 전혀 이해가 안 되지만."

"상준인 정말 멋진 놈인데, 내가 가슴으로 느끼는 만큼을 모두 표현할 어휘력이 너무 부족한 게 답답하다."

"그렇게 뻔뻔하고 뺑이 세면서도 자기 이익 챙기는 잔머리라고는 전혀 없는 인간도 없을 거야."

"모델 하는 돈 많은 집 아가씨가 상준이한테 결혼하자고 했던 거 알아? 상준이가 어머니 모시고 살지 않으면 안 된다고 해서 깨졌잖아."

모두가 슬픈 가운데 미소를 머금으면서 술잔을 기울이고 있는데, 한 녀석의 눈에서 갑자기 눈물이 주르륵 흘렀다. 난데없는 그의 눈물에 우리가 잠깐 당황하면서 녀석의 어깨를 두드리자, 그는 어깨까지 들썩이면서 자신이 갖고 있는 상준에 대한 추억을 하나 꺼냈다.

"상준이가 4학년때 과대표였잖아. 졸업앨범 작업하던 사진관 아저씨가 우리 예과 시절 사진들을 몇 장 잃어 버렸거든. 상준이가 그 무섭게 생긴 얼굴로 아저씨를 엄청 닦달했지. 불쌍한 아저씨가 며칠 있다가 미안하다면서 커다란 독사진 액자 하나를 선물로 갖고 왔었어. 아홉 시 뉴스에 나온 그 사진, 영안실에 놓여 있던 그 사진이 그거야."

갑자기 모두의 얼굴이 굳어져서 앞에 놓인 소주잔을 비웠다. 녀석이 계속 울먹이며 말을 이었다.

"실물보다 잘 나오지 않았냐며 상준이가 좋아하기에, 내가 사진 기술이 정말 많이 발전했다면서 검정색 매직으로 유리 위에다가 영정사진처럼 칠하고 장난쳤었는데, 그 사진이 정말로……."

그는 말을 맺지 못하고 테이블에 얼굴을 묻어 버렸다. 옆 테이블에 앉은 사람들이 우리들을 힐끔거리며 쳐다보았다. 저들은 우리가 왜 울고 있는지 모를 것이다. 상준이가 얼마나 좋은 사람이었는지 절대로 알지 못할 것이다. 우리가 얼마나 상준이를, 아니 상준이 절반만큼 좋은 사람이라도, 다시 만나고 싶어 하는지 저들은 모를 것이다. 임상준. 그가 그립다. 상준아, 보고 싶다.

19

집에 돌아와서도 한참이나 혜수를 생각했다. 내 머리는 혜수의 말들을 기억했고, 내 몸은 혜수의 몸짓을 기억했다. 내 팔과 옆구리의 감각세포들은 여전히 혜수의 손길을 기억하고 있었다. 호모 인펙티쿠스라는 신조어까지 동원하며 혜수가 말하고자 했던 것은 무엇일까. 변화가 곧 진보를 의미하지는 않는다. 어떤 경우에는 변화가 진보이고, 어떤 경우에는 오히려 퇴보이고, 또 어떤 경우에는 그저 수평 이동일 뿐이다. 혜수가 말한 '변화'라는 것이, 혜수의 마음이 변했다는 뜻이었으면 하고 생각했다. 그건 나에게 좋은 변화다. 혜수는 줄곧 나를 거절하고 있었으니까.

그렇게 복잡한 의미가 아니었을 수도 있다. 혜수는 힘든 기억을 조금씩 잊어가고 있을 수도 있다. 혜수는 교통사고로 갑자기 남편을 잃은 후 두 달이 채 지나지 않아 교수직을 사임하고 우리 병원을 떠났다. 많은 사람들이 말렸지만, 그는 그렇게 평택으로 내려갔었다. 혜수가 선택한 병원, 혜수가 선택한 도시에는 아무런 연고도 없었다. 그게 혜수가 그곳으로 간 이유였다. 의료계는 좁다. 의사가 10만 명 가까이 있다 해도, 한 다리만 거치면 다 연결된다. 혜수는 자신이 누구인지 아무도 모르는 곳으로 가고 싶었을 것이다. 위로라는 이름의 타인의 말, 연민이라는 이름의 타인의 눈빛, 배려라는 이름의 타인의 부자연스러움 모두가 그녀에게는 할큄이었을 게다. 자꾸 소금을 뿌려대면 상처는 결코 낫지 않는다. 혜수가 말한 변화가 망각이었다면, 그건 적어도 그녀에게는 좋은 변화다. 그녀는 이제 겨우 서른일곱, 만 나이로는 서른다섯이었다. 세상에는 잊으면 안 되는 일이 있고, 잊어도 되는 일이 있고, 잊어야 좋은 일이 있다.

며칠 후 출근길이었다. 강변북로를 여느 때처럼 달리고 있는데, 언제 생긴 것인지 못 보던 전광판이 하나 눈에 들어왔다. '어제의 시내 교통사고'라는 글자 아래에서 사망 1명, 부상 122명이라는 글자가 선명하게 보였다. 곳곳에 설치되어 있는 저 전광판이 교통사고 예방에 얼마나 효과가 있는지는 모른다. 허다한 교통사고들이 날마다 일어나는데, 저 통계는 어떻게 집계하는 것인지, 얼마나 정확한 것인지도 모른다. 하지만 나는 그 전광판을 싫어한다. 이젠 잊어버릴 때도 된 듯한데, 그 전광판을 볼 때엔 흔히 상준이 떠오르기 때문이다. 교통사고로 사랑하는 사람을 잃은 경험이 있는 이에게 저 전광판은 소금이다. 잊을만하면 다시 상처에 소금이 뿌려진다. 저 전광판을 자꾸만 늘리는 결정은 누가 내리는 것일까.

그날 오전, 외과 주임교수로부터 전화가 걸려왔다. 긴히 할 말이 있으니 방으로 좀 오라고 했다. 나는 그의 목소리만 듣고서 내가 무슨 이야기를 듣게 될지를 직감했다.

"김 교수." 주임교수가 뭔가 부탁할 것이 있는 듯한 태도로 나를 불렀다.

"예, 선생님."

"김 교수도 이미 알겠지만, 우리 병원 이식외과에 사람이 부족합니다."

사람이 부족한 건 사실이지만 그건 지금까지 우리 병원에서 이식외과에 투자를 하지 않았기 때문이다. 대학교수가 대단한 벼슬은 아닐지라도, 선발 공고만 내면 이식외과를 전공한 인재들이 여러 명 지원할 터였다. 우리 병원에서는 지난 10여 년 동안 이식외과 교수를 딱 한 사람만 신규 임용했다. 최기태가 임용된 것도 교수 한 사람이 나갔기 때문이었고, 기태가 교수가 된 이후 7년 동안 한 자리도 새로 만들어지지 않았다. 이식외과의 실적이 부진해진 것과 이식외과에 대한 병원 고위층의 관심이 줄어든 것은 어느 게 먼저라고 할 수 없는, 서로가 서로의 원인이었다. 어쨌든, 한때는 이식수술 분야에서 국내 최고 수준이었던 우리 병원 이식외과의 현주소는 초라했다.

"지난 번 교수회의 때 들어서 대충 짐작하겠지만, 이번에 이식외과 교수 티오와 펠로우 티오가 각각 두 개씩 늘어나게 됐어요."

"최종 결정이 난 겁니까?"

"의료원장님 결재까지 떨어졌어요."

"예…. 잘 됐네요."

"그래서 말인데, 김 교수가 이식외과로 좀 옮기면 어떨까 해서."

"제가요? 이식외과 펠로우들 중에서 선발하는 게…, 아무래도 사기 진작 면에서도 그렇고…."

"물론 한 사람은 펠로우 중에서 뽑아야지. 하지만 신참만 둘 뽑는다는 게 어딘지 미덥지가 않아서…. 왜? 김 교수는 옮기기 싫은가?"

"아니 뭐, 꼭 그렇다기보다도…, 저희 파트에도 사람이 넉넉한 게 아니고, 로봇 수술도 제가 맡고 있고…."

"김 교수 파트에도 한 사람 새로 뽑을 거니까, 그쪽 줄어드는 건 걱정할 필요 없어요. 그리고 로봇 수술 배운 거야 이식외과에서도 써먹을 수 있는 건데 뭘 그러나. 다빈치는 비뇨기과도 쓰고 흉부외과도 쓰는 기계일 뿐이지 않나." 다빈치는 로봇 수술 시스템의 이름이다.

　사실 나는 옮기고 싶지 않았다. 최기태와 늘 마주쳐야 한다는 것도 내키지 않는 일이었고, 그 동안은 그토록 무관심하다가 기부금이 좀 생긴다고 해서 갑자기 호들갑을 떠는 고위층의 태도도 마음에 들지 않았다. 그보다 더 중요한 이유는 이식외과에 대해 내가 갖고 있는 막연한 거부감이었다. 물론 의대생 시절에 보았던 이식수술은 경이 그 자체였다. 한 사람의 장기를 다른 사람에게 옮긴다는 생각은 고대 신화에도 나오는 것이지만, 그게 실제로 가능해진 것은 불과 몇 십 년 전 면역억제제가 개발된 이후의 일이었다. 이식수술은 외과의 꽃이자 현대의학 발전의 상징이었다. 내가 외과를 선택했던 이유 중에는 분명히 이식외과의 존재도 포함돼 있었다. 하지만 나는 이식외과로부터 멀어졌다. 상준의 죽음 때문이었다. 나는 상준의 신장을 손에 쥐었을 때의 그 참담한 기분이 자꾸만 떠오르는 것이 싫었다. 나는 상준의 죽음 이후 2년차 때와 3년차 때에 각각 두 달씩 이식외과에서 일했다. 수많은 이식수술을 했지만, 매번 상준이 떠올랐다. 단 한 번의 예외도 없었던 것 같다. 세부 전공을 무얼 택하느냐에 따라 스케줄이 달라지는 4년차 때에는 아예 이식외과 근무를 빼 버렸다. 나는 이식외과를 선택하지 않은 것이 아니라 선택할 수 없었던 것이다.

　그런데 지금, 상준이 세상을 뜬 지 12년이 지난 지금, 내 앞에 갑자기 이식외과가 나타났다. 기를 쓰고 피하면 피할 수는 있을 것이지만, 대학병원 외과라는 조직 사회에서 편히 지내기는 어려울 터였다. 나는 우리 병원을 평생직장이라 생각해 왔다. 그리고 나는 정년퇴임까지 26년이나 남았다. 상준의 죽음은 이미 12년 전의 일이다. 하지만 나는 지금도 가끔씩은 그를 떠올리고 있다. 오늘 아침에도 그랬다. 그런 내가, 이식외과 교수가 되어 평온한 마음으로 이식수술을 할 수 있을까? 어느 뇌사자의 몸에서 방금 적출한 신장을 손에 쥐고도 흔들리지 않을 수 있을까? 칼잡이들은 토끼 같은 손과 독수리 같은 눈과 사자 같은 심장을 가져야 한다고 배웠다. 비록 그 경지에는 이르지 못했어도 그럭저럭 잘 해 왔는데, 이식외과에서도 그럴 수 있을까? 그럴 수도 있고 아닐 수도 있을 것 같다. 사람은 변하는 법이니까. 불확실성은 꼭 의학에만 있는 것은 아니다.

"김 교수, 생각할 시간이 필요하세요?" 주임교수가 물었다. 그의 얼굴이 조금 굳어져 있었다. 내가 한참 동안 아무 말도 하지 않고 앉아 있었음을 깨달았다.

"죄송합니다. 잠시 옛날 생각이 나서…."

"지금 당장 대답하라는 것은 아니고, 며칠 동안 생각 좀 해 보세요."

"예. 알겠습니다. 다시 찾아뵙겠습니다."

나는 내 방으로 돌아왔다. 의자에 앉으니 잠시 잊고 있었던 사실 한 가지가 새롭게 떠올랐다. 오늘이 벌써 화요일인데, 아직 조직검사 결과가 나오지 않고 있었다. 오늘 오후나 내일쯤에는 결과가 나오지 않을까 싶었다. 만약 악성으로 나온다면, 내가 이식외과로 옮기겠다고 해도 주임교수가 말릴 것이 분명했다. 갑자기 입이 바싹 말랐다. 합격자 발표를 몇 시간 앞둔 수험생의 기분이었다. 하지만 이건 떨어지면 재수를 해야 하는 대학입시와는 전혀 다른 시험이었다.

그날 저녁엔 우리 파트 회식이 있었다. 이틀 후 군 입대를 하는 우리 파트 4년차를 격려하는 자리였다. 장교로 복무한다고는 하지만 서른이 넘어 군대에 가는 사람의 마음은 스무 살 청년의 그것과 크게 다르지 않다. 2월 중순이었지만, 날씨는 여전히 쌀쌀했다. 스포츠머리의 4년차는 잔뜩 움츠려 있었다.

회식은 일찍 끝났다. 나이는 먹었어도 훈련소 입소 직전에는 폭음을 해야 당연한 것으로 여기는 건 똑같아서, 회식의 주인공 녀석이 일찌감치 뻗어 버렸기 때문이다. 1년차와 2년차가 4년차를 부축하여 병원으로 들어가 버리고 나니 남은 건 하윤과 나 뿐이었다.

나는 술이 좀 부족하다 싶었지만, 거기서 멈추기로 했다. 여자 전공의와 남자 교수가 단 둘이서, 그것도 병원 앞에서 술을 마셨다가는 이상한 소문이 나기 십상이었다. 하윤과 나는 지하철역을 향해 걸었다.

"선생님."

"왜?"

"입 무거우세요?"

"갑자기 그건 왜 묻지?"

"지난번에 물으셨잖아요. 왜 의사가 됐는지. 그거 사실 비밀이거든요. 가족들 말고는 아무도 모르는….."

"입이 무거운지는 몰라도 남의 말 옮기는 일은 없지. 기억을 잘 못하니까."

그건 사실이었다. 은밀한 소문이든 재미있는 이야기든, 나는 들을 때만 아하, 하고 생각할 뿐 금세 잊어버리는 편이었다. 대학병원이라는 곳은 그야말로 소문의 천국이지만, 그걸 퍼뜨리는 역할은 내 것이 아니었다.

"비밀이라면서 갑자기 이야기하려는 건 왜지?"

"글쎄요. 혼자만 간직하려니까 좀 답답하기도 하고…, 왠지 선생님께는 말해도 될 것 같아서요. 비밀은 지켜주실 거죠?"

"알았어. 그건 걱정 말고, 말해."

"법대 1학년 때, 갑자기 시력이 확 떨어졌어요. 졸업하기 전에 고시 붙어 보겠다고 너무 공부를 열심히 했나 싶었는데, 점점 심해지더라구요."

"그래서?"

"동네 안과에 갔더니 큰 병원 가보라고 그러데요."

"그래서?"

"코니얼 디스트로피라고, 기억나세요?"

"코니얼 디스트로피라, 각막이영양증?"

영어로 된 의학용어를 단지 우리말로 바꾸었을 뿐, 그게 어떤 병이었는지는 기억나지 않았다. 의대에서 안과는 그렇게 많이 배우지 않는 과목이다. 솔직히 전혀 기억이 나지 않았다. 왜 생기는지, 어떻게 치료하는지, 예후는 어떤지…, 심지어 내가 그걸 언젠가 공부했다는 사실조차 가물가물했다.

"그게 어떤 병이지?"

"각막이 혼탁해지는 건데, 원인도 잘 모르고 치료 방법도 마땅치 않은 수많은 질병들 중 하나죠."

그랬다. 현대의학이 꽤나 위세를 떨치고 있지만, 왜 생기는지와 어떻게 치료하는지에 대해 거의 아무 것도 알지 못하는 병은 무수히 많다. 나는 하윤의 눈을 바라보았다.

"그래서 어떻게 됐는데?"

"양쪽 눈에 다 생기는 사람도 많은데 오른쪽에만 생긴 건 다행이었고, 천천히 진행되는 사람도 많은데 아주 빨리 진행된 건 불행이었죠. 결국 각막이식수술을 받았어요."

나는 걸음을 멈추고 서서 하윤의 오른쪽 눈을 바라보았다. 눈빛이 맑았다.

"지금은 괜찮아?"

"네. 하지만 재발 가능성은 언제나 있대요."

"그때 의사가 멋있게 보이기라도 했나봐?"

우리는 다시 걷기 시작했다.

"그랬죠. 의사가 참 좋은 직업이구나, 싶기도 했구요."

"그래서 의사가 되기로 결정했다?"

"그때는 아니었어요. 의대를 간다는 게 엄두가 안 나기도 했고, 법률 공부도 재미있었으니까요."

"그런데?"

"법학을 공부하면 할수록 법률가라는 직업에 대해 매력을 못 느꼈어요. 특히 변호사는요. 뭐랄까, 남의 약점을 이용하는 직업이 아닌가 싶기도 하구요. 병원엘 자주 다니면서 보니까 의사가 훨씬 좋은 직업이더라구요." 하윤은 이 말을 하면서, 이야기를 시작한 이후 처음으로 웃었다.

"사법시험은 완전히 포기한 건가?"

"인턴 때까지만 해도 다시 도전할 생각이 있었는데요, 외과 시작하면서 그럴 생각이 없어졌죠. 이젠 못할 것 같아요."

하려고 마음만 먹으면 못할 일은 아닐 것이다. 하지만 어차피 두 가지를 동시에 할 수는 없다. 하윤은 외과의사의 길을 선택한 것이고, 나도 그 선택이 나쁘지 않다고 생각한다.

"듣고 보니 뭐 대단한 비밀도 아니구만."

"불편할 것 같아서요. 선생님도 아까 제 눈을 한참 동안 들여다

보셨잖아요. 시력에 문제가 있는 외과의사를 좋아하는 사람이 어디 있겠어요?"

"지금은 괜찮다며?"

"사람들이 문제가 있을 거라고 생각하는 게 싫은 거죠."

"그래, 그럴 수 있겠다."

"오늘이 그날이에요."

"무슨 날?"

"저도 몰랐는데, 이야기하다 보니 오늘이 제가 각막이식수술을 받은 날이네요."

"그래? 몇 년도지?"

"95년 2월 13일이요."

갑자기 가슴이 콱 막히는 듯했다. 1995년 2월 13일. 나에게도 '그날'이었다. 미처 깨닫지 못했을 뿐, 날짜를 들으니 모든 것이 생생하게 떠올랐다. 상준의 몸에서 떼어낸 신장을 두 손으로 받쳐 들었던 촉감까지 떠올랐다. 내 눈에서 눈물이 주르르 흘렀지만, 수술장갑을 꼈기 때문에 닦을 수도 없었던 기억까지 모두 되살아났다.

"왜 그러세요?" 하윤이 물었다. 그러고 보니 내가 어느새 걸음을 멈추고 서 있었다.

"응? 그냥. 아무 것도 아냐."

"벌써 12년이나 지났네요."

"수술은 어느 병원에서 받았지? 우리 병원에서?"

"아뇨. 서울대병원에서요. 학생 할인 받아야죠."

그게 서울대병원이었는지는 기억할 수 없지만, 상준의 각막 중 하나는 분명히 다른 병원으로 보내졌었다. 상준의 각막이 서울대병원으로 갔었다면, 나를 바라보고 있는 하윤의 눈 속에는 상준의 각막이 있을 터였다. 그리고 그럴 가능성은 매우 높다. 각막이식수술은 그리 흔한 것이 아니다. 수술을 받아야 할 사람은 많지만 기증자가 턱없이 부족하다. 우리나라에서 행해지는 각막이식수술은 기껏해야 일 년에 수백 건 정도다.

"괜찮으세요, 선생님?" 하윤이 물었다.

"어, 괜찮아. 갑자기 술이 좀 오르네."

우리는 어느덧 지하철역에 도착해 있었다. 하윤이 반대편 승강장으로 사라진 후에도 나는 한참 동안 멍하니 서 있었다. 하윤의 눈을 좀 더 바라보고 싶었다. 하지만 하윤은 이미 내 눈앞에서 사라졌다. 내일 아침에는 하윤의 눈을 제대로 볼 수 있을까. 하윤에게 사실을 말할 수는 없었다. 장기이식 수혜자는 기증자에 대해 모르는 것이 보통이다. 알아봐야 마음의 부담만 되기 때문이다. 하윤도 모르는 편이 나았다. 이런 경우라면 더더욱 그렇다.

언제였더라. 아마 5년쯤 전이었을 것이다. 신장내과의 동료 교수로부터 상준의 신장을 기증 받은 환자가 합병증으로 사망했다는 소식을 들었었다. 그 환자는 나와 일면식도 없는 사람이었지만, 그때 나는 상준을 다시 잃은 것처럼 마음 한 구석이 허전했었다. 지금의 기분은 그때와는 분명 다른데, 뭐라고 표현해야 할지는 잘 모르겠다. 반가움도 아니고 슬픔도 아니다. 그나마 가까운 것이 '그리움'이다.

다음날 오전, 출근을 해서 내 방에 들어서는 바로 그 순간에 휴대전화가 부르르 울렸다. 가끔은 내 전화기의 진동에 놀랄 때가 있는데, 지금이 그랬다. 액정 화면에 찍혀 있는 전화번호는 우리 병원 구내 번호이기는 한데 낯선 것이었다. 혹시 병리학교실?

심호흡을 한번 하고 나서 전화를 받았다. 병리과 교수였다.

"많이 기다리셨죠, 선생님?" 그의 목소리를 들으니 순간적으로 심장 박동이 엄청나게 빨라졌다.

"아, 예, 조금…. 결과 나왔습니까?"

"비나인입니다."

순간 온몸에서 기운이 쭉 빠지는 느낌이었다. 서론을 생략하고 결론부터 얼른 말해준 그가 고마웠다. 비나인(benign). 말리그넌시의 반대말이다. 나는 합격한 것이다. 합격 소식을 들은 다음에 오히려 더 맥박이 빨라지는 듯했다.

"예, 감사합니다."

"단순한 폴립이니까, 걱정 안 하셔도 되겠습니다."

"예, 감사합니다."

상준을 만날 날이 아직은 꽤 한참 남았다는 뜻이다. 안도감이 밀려왔다. 그래, 아직은 상준을 만날 때가 아니었다. 나는 그를 떠나보내면서 약속했었다. 그의 몫까지 두 배로 열심히 살겠다고. 하지만 나는 여태껏 내 몫도 제대로 해내지 못하고 있었다.

지금까지 나는 내가 과학자라고 생각해 왔다. 내가 공부한 의학은 분명 응용과학의 꽃이었고 생명과학의 첨단이었다. 모든 일에는 이유가 있었고 근거가 있었다. 최소한 모른다는 사실은 확실히 알고 있거나, 경험적 통계라는 일차적인 근거라도 있었다. 왜 검사를 해야 하는지, 왜 수술을 해야 하는지, 백혈구 수치가 증가한 것이 무엇을 뜻하는지, 종양 표지가가 나타난 것이 무엇을 뜻하는지, 과학적으로 설명하고 과학적으로 생각했었다. 그리고 지극히 비과학적으로 생각하고 행동하는 수많은 환자들을 나무랐었다.

하지만 지금 이 순간의 나는 과학자와는 거리가 멀었다. 지난 일주일 동안 내게 벌어진 일종의 소동이, 상준으로부터의 메시지가 아닐까 하는 느낌이 들었기 때문이다. 상준이 내게 하고 싶은 말은 무엇이었을까? 왜 약속을 지키지 않고 대충 살고 있냐는 질책이었을까? 아니면 나약한 모습일랑 이제 그만 버리고 훌륭한 이식외과의사로 다시 태어나라는 뜻이었을까?

상준의 위패는 북한산에 있는 한 암자에 모셔졌었다. 지금도 그 위패가 남아 있는지는 모르겠다. 처음 재를 올릴 때 말고는 가 본 적도 없었다. 위치는 기억에 남아 있지만 그 암자의 이름도 생각나지 않는다. 등산을 별로 좋아하지 않는 편이라서, 북한산에 올랐던 것은 그때가 처음이자 마지막이었다.

혜수에게 전화를 걸었다. 다음 주말에 북한산이나 가자고 했다.

"등산도 해요?" 혜수가 물었다. 눈이 동그래진 모습이 보이는 듯했다.

"원래 잘 안 하는데, 오랜만에 산책 삼아 중턱까지만 가 보게."

"에이, 북한산 가면 백운대까지 가야지. 중턱까지만 가는 게 어딨어?"

"백운대?"

북한산에 인수봉이 있다는 건 알지만, 백운대라는 이름은 잘 몰랐다.

"설마, 백운대에 한 번도 안 올라가 본 거야?"

"아니, 뭐, 나는 원래 등산을 안 하니까…."

"원래 등산을 안 하시는 분께서 북한산은 웬일로 가자고 그러시나요, 그것도 한겨울에?"

"어…, 그냥 한번 가고 싶어서."

"등산화는 있으세요?"

"북한산 가는 데 등산화가 꼭 있어야 되나?"

"내 참, 북한산이 무슨 동네 뒷산인 줄 아나봐? 이런 사람이 꼭 나중에 조난당해서 119 부른다니까. 등산복은 없어도 등산화는 있어야지."

"너는 등산화 있어?" 내가 혜수에 대해 아는 것이 별로 많지 않다는 것을 깨달았다.

"저는 지리산 종주까지 해 봤습니다요." 혜수는 막내 동생에게 말하는 듯한 태도로 말했다.

"등산화야 사면 되지, 뭐. 어떤 걸 사면 되지?"

"그러지 말고, 토요일에 같이 등산화를 사고, 북한산은 일요일에 가요."

토요일, 혜수와 함께 백화점에 갔다. 나는 백화점에 잘 가지 않는다. 백화점은 단순히 물건을 파는 곳이 아니다. 적어도 중산층에게, 백화점은 놀이터다. 함께 가서 물건을 골라줄 가족이 있고, 그 물건값을 지불할 능력이 있고, 물건을 사지 않고도 몇 시간씩 보낼 수 있을 정도의 시간 여유도 있는 사람들이 가는 곳이다. 혼자 사는 서른아홉, 아니 마흔 살의 외과의사에게 백화점은 낯선 곳이다.

하지만 내가 백화점을 싫어했던 것은 아니다. 오히려 나도 주말마다 백화점에 가는 무리에 편입하고 싶어 했지만 아직 그렇게 되지 못했을 뿐이다. 혜수와 함께 백화점을 돌아다니면서, 나는 그 사실을 분명히 확인했다. 나도 주말이면 백화점에 가서 시간을 보내고 싶었다. 혜수가 옷을 고르고 구두를 고르고 화장품을 고르는 동안 멍청하게 서 있다가, 가끔씩 잘 어울린다는 의미로 미소를 지어주다가, 지하의 식품매장에서 고기와 생선과 야채와 과일을 잔뜩 산 다음 양손에 백화점 로고가 찍힌 장바구니를 들고 지하

주차장으로 내려가고 싶었다. 혜수와 함께라면 매주 백화점에 와도 좋을 것 같았다.

나는 혜수가 골라준 등산화를 샀다. 등산화가 그렇게 비싼 줄은 미처 몰랐다. 처음에는 신발만 살 생각이었지만, 결국 등산복도 한 벌 사 버렸다. 혜수가 이렇게 말했기 때문이었다.

"온 김에 등산복도 하나 사요. 가끔 같이 등산도 가면 좋잖아?"

혜수는 이 말을 별 생각 없이 했을지도 모르겠다. 하지만 나는 이 말에 가슴이 뛰었다. 가끔씩, 같은 집에서 출발해서 산에 올랐다가 같은 집으로 돌아가면 좋겠다는 생각을 했다.

"잠깐만요. 이걸로 계산해 주세요."

내가 신용카드를 꺼내 점원에게 건네려는 순간 혜수가 이렇게 말하며 자신의 신용카드를 꺼냈다.

"왜 그래? 내 건데 내가 내야지."

"누가 사 준대? 내 카드로 계산하면 5퍼센트 할인되니까 그러지."

혜수의 신용카드는 백화점에서 발급한 것이었다. 혼자 사는 마흔 살의 외과의사의 지갑에는 없는 물건이었다. 카드를 받은 점원이 싱긋 웃었다. 왠지 조금은 겸연쩍었다. 우리 두 사람의 관계를 어떻게 짐작하고 있는지 궁금했다.

나는 등산복을 입은 채 수유 전철역 3번 출구에서 혜수를 기다렸다. 혜수는 우이동 쪽에서 올라가서 구파발 쪽으로 내려오는 코스를 선택했다. 혜수는 북한산에 여러 번 올랐던 모양으로, 초보자에게는 그 코스가 더 좋다고 했다. 나는 북한산 입구가 양쪽에 있다는 것은 알았지만 그렇게 산을 가로지를 수 있다는 사실은 미처 몰랐었다.

생전 처음 입어보는 등산복과 생전 처음 신어보는 등산화 때문에 기분이 이상했다. 지하철 안에서는 사람들이 자꾸 나를 쳐다보는 듯한 느낌마저 들었다. 하지만 수유 전철역에는 나와 비슷한 차림의 사람들이 아주 많았다. 그 중에는 가족 단위의 등산객도 많았다. 등산은 백화점에 가는 것과는 다른 일인 줄 알았는데, 함께 갈 사람이 있어야 한다는 점에서는 비슷한 일이었다.

저 멀리에서 혜수가 보였다. 등산복 차림의 혜수는 처음이었지만, 잘 어울렸다.

"생각보다 잘 어울리는데?" 혜수가 먼저 이렇게 말했다. 등산복도 혜수가 고른 것이었다.

"남의 옷 입은 것처럼 이상해. 너야말로 잘 어울린다." 내가 말했다.

1217번 시내버스를 타고 종점까지 갔다. 승객 대부분이 등산객이었다.

"택시를 탈까, 아니면 걸어갈까?" 혜수가 물었다.

"택시를 타면 어디까지 가는데?"

"도선사 주차장까지."

"멀어?"

"걸으면 삼십 분."

"거기서부터 백운대까지는?"

"쉬지 않고 가면 한 시간 반쯤."

"택시 타자."

택시를 타길 정말 잘 했다. 그 길은 거리도 제법 됐지만 경사가 만만치 않았다. 만약 걸었더라면 등산을 시작하기도 전에 기운이 다 빠져버렸을 터였다. 택시에서 내리니 주변이 조금은 눈에 익었다. 분명히 와 본 곳이었다. 상준의 위패를 모셨던 암자는 여기서 20분 거리였다. 매표소 옆에 있는 안내도를 쳐다봤다. 정확하진 않았지만, 백운대를 향해 오르는 길에서 오른쪽으로 잠깐 빠지면 있는 한 암자가 그곳이지 싶었다.

혜수와 함께 하는 첫 등산이었다. 어제의 쇼핑은 혜수와 함께 한 첫 쇼핑이었다. 앞으로도 많은 일들을 혜수와 함께 할 수 있다면, '첫'이라는 수식어가 여러 번 붙을 것이었다.

20분쯤 걸어올랐을 때, 오른편에 눈에 익은 암자가 보였다.

"잠깐만 저 암자에 들렀다 가자."

"왜? 벌써 지친 거야?"

"글쎄, 좀 와 봐."

혜수는 궁금한 표정을 지으며 말없이 나를 따라왔다. 나는 암자

앞에서 발걸음을 멈추었다.

"여기가…"

"여기가 뭐?"

"상준이 위패를 모셨던 곳이야."

혜수는 상준이 어떤 사람인지 잘은 모른다. 하지만 나에게 상준이 얼마나 소중한 친구였는지는 알고 있다.

"그렇구나…. 그래서 북한산에 가자고 했던 것이고…."

나는 말없이 고개를 끄덕였다.

"아직도 있을까?" 혜수가 물었다.

"글쎄. 절에 위패를 모시면 얼마나 오랫동안 봉안되어 있는지 잘 모르겠어."

"들어가 보든지."

"됐어. 처음부터 여기까지만 오려고 했어." 사실이었다. 그냥 거기까지만이라도 가 보고 싶었다. 상준의 위패가 아직 그 암자에 모셔져 있든 아니든, 상준의 영혼이 북한산 어느 자락엔가 있을 것만 같았다. 나는 두 손을 모았다. 어떻게 하는 것이 격식에 맞는 것인지도 몰랐다. 그저 눈을 감은 채 두 손을 맞잡고 가만히 서 있었다.

"무슨 생각, 했어요?" 이런 내 모습을 지켜보고 있던 혜수가 물었다.

"오랜만에 와서 미안하다고, 하지만 늘 잊지 않고 있었다고."

혜수의 표정이 어두웠다. 혜수에게는 더 아픈 기억이 있다는 사실이 그제야 떠올랐다. 어쩌면 혜수는 죽은 남편을 생각하고 있을지도 모르겠다. 하지만 묻지는 않았다.

백운대까지는 그리 멀지 않았지만 경사가 심했다. 겨울바람도 제법 매서웠다. 하지만 외과의사에게는 기본 체력이란 게 있다. 백운산장에서 음료수를 하나 사서 마시고는 곧바로 산행을 계속했다. 올라갈수록 혜수와의 대화는 줄어들었다. 처음 만나는 백운대 바위벽은 위압적이었다. 바람은 더욱 세게 불었고, 깎아지른 절벽을 휘돌아가며 놓여 있는 길은 위험해 보였다. 밧줄을 잡고 오르면서 이 밧줄을 처음 설치한 사람은 누구일까 궁금했다.

마침내 정상에 올랐다. 바람에 펄럭이고 있는 태극기가 좀 생뚱맞다 싶기도 했지만, 북한산이 수도 서울의 주산임을 생각하면 있을 법도 하다는 생각도 들었다. 맞은편에 인수봉이 보였다. 그리고 저 아래에는 서울 시내가 한눈에 보였다. 한강이 휘어지는 모양을 따라가면서 내가 근무하는 병원이 대략 저기쯤이겠구나 생각했다.

"어때? 좋지?" 혜수가 가쁜 호흡을 고르면서 말했다.

"응. 좋아." 나는 사실 별다른 감흥은 없었다. 혜수와 함께 오르지 않았다면, 왜들 이렇게 기를 쓰고 올라오는지 모르겠다고 말했을지도 모른다.

"반응이 뭐 이래? 무디게시리." 혜수가 나의 속마음을 알았는지 조금은 퉁명스럽게 말했다.

"아니야, 진짜 좋아. 또 오고 싶어. 너와 같이."

"그러지 뭐. 아니면 등산화도 샀는데 다른 산에도 가 보든지."

나는 최근 며칠 사이에 내게 일어난 일들을 혜수에게 말하고 싶었지만 그렇게 하지 않았다. 백운대에 사람이 너무 많기도 했고, 한참 동안 대화를 나누기에는 너무 춥기도 했다. 우리는 산을 내려오기 시작했다. 올라갈 때는 내가 앞에서 걸었다. 초보자가 앞에 서는 것이라고 혜수가 말했기 때문이다. 하지만 내려올 때는 혜수의 등을 보며 내려왔다. 혜수의 어깨가 작아 보였다.

구파발 쪽 공원 입구까지 거의 다 내려왔을 무렵에 내가 물었다.

"점심은 뭘 먹을까?"

나는 사람들이 등산을 마치고 나면 주로 뭘 먹는지가 궁금했다.

"내려가면 백숙 파는 데 많은데." 혜수가 말했다.

"그것도 좋겠네. 맛있는 집 알아?"

"아는 곳이 한 군데 있기는 한데, 차가 없어서 가기가 좀…."

"차 있어."

"차가 어딨어?"

"저기 주차장에."

"주차장에 차야 많지. 우리 차가 없어서 그렇지." 혜수가 웃으면서 말했다.

"어젯밤에 여기에 갖다 놨어. 드라이브하려구."

"정말? 어떻게 그렇게 기특한 생각을?" 혜수가 더 밝게 웃었다.

혜수가 말한 식당은 장흥으로 넘어가는 고갯길에 있었다. 신발을 벗고 방에 들어가니 바닥이 적당히 따뜻했다. 감자전과 백숙을 먹었고, 닭죽까지 비웠다. 찬바람에 얼었던 얼굴이 그제야 완전히 녹으며 얼굴에서 열감이 느껴졌다.

"갑자기 북한산에 가자고 했던 이유가 궁금하지 않아?"

"상준 오빠 때문 아니었어?"

"갑자기 그 녀석 생각을 하게 된 이유가 뭔지를 맞춰보라는 거지."

"상준 오빠 10주기도 벌써 지났고…, 뭘까?"

나는 담담한 목소리로 내 이야기를 했다. 새해 첫날 헤마토케지아가 있었던 것, '룰 아웃 말리그넌시'라는 말이 내 차트에 적히게 된 것, '비나인'이라는 결과를 들은 것, 이식외과로 옮기라는 주임 교수의 주문, 그리고 내가 이식외과를 선택하지 않았던 이유까지 말했다. 꽤 긴 이야기였지만 혜수는 중간에 단 한 번도 질문을 하지 않고 내 이야기를 듣기만 했다. 하지만 혜수의 표정은 몇 차례 바뀌었다. 조직검사 결과를 말했을 때 혜수의 얼굴에 떠오른 안도의 표정도 확실히 보았다.

"그랬구나…. 마음 고생이 심했겠어요."

"아까 상준이에게 이렇게 말했었어. 나 이식외과로 옮긴다. 너도 찬성이지?"

"상준 오빠가 대답하던가요?"

"그 자식, 대답 안 하던데?"

"격려해 주겠죠."

"너는 어떻게 생각해?"

"찬성 한 표."

"그거 말고."

"그럼 뭐?"

"폴립이 열다섯 개 있기는 했지만 나머지는 멀쩡한 남자랑 결혼하는 거."

"……."

"결혼하자, 우리. 이번에 느낀 건데, 인생은 그리 길지 않아."

"……."

"아직도 안 될 것 같아?"

어느 새 혜수의 눈가가 촉촉해져 있었다.

"미안." 혜수는 손으로 눈가를 훔치면서 이렇게 말하더니 픽 하고 웃었다.

"지금 그렇게 웃는 게 적절하다고 생각해?"

"그럼, 영계백숙집에서 청혼하는 건 적절하다고 생각해?" 혜수가 웃는 얼굴로 눈을 흘겼다.

가슴이 쿵쾅쿵쾅 뛰었다. 혜수는 고개를 젓지도 않았고 안 되겠다고 말하지도 않았다. 어쩌면 혜수는 언제부터인가 내가 정식으로 프러포즈라는 걸 하기를 기다리고 있었는지도 모른다. 혜수에게 다가가 입을 맞추고 싶었다. 15년 전 여름에 그랬던 것처럼. 반지는 없지만, 그리고 입에서는 닭죽 냄새가 나겠지만, 그렇게 함으로써 대충은 결론을 낼 수 있을 것만 같았다. 하지만 그곳은 영계백숙집이었고, 주변에는 사람들이 너무 많았다.

혜수를 데려다주고 집에 오니 다리가 팍팍했다. 안 하던 등산을 해서 그런 모양이었다. 하루 종일 서서 수술을 하는 데는 이골이 나 있었지만, 서 있을 때 필요한 근육과 산을 오를 때 필요한 근육은 다른 것이 확실했다. 하지만 상쾌했다.

한 가지 일이 잘 풀리면 다른 일들도 다 잘 풀릴 것만 같은 생각이 든다. 이식외과로 옮기게 된 것도, 생각을 조금만 달리 하면 나쁠 것도 없었다. 최기태와의 관계도 내가 스스로 불편하게 생각해서 그렇지, 사실 특별한 악연은 아니었다. 같이 레지던트를 할 때에는 차갑고 매정한 사람이라 생각했지만, 기태는 의사로서는 훌륭한 사람이었다. 기태가 아들이나 남편이나 아버지로서 훌륭한 사람인지는 모른다. 개인적으로 행복을 느끼며 살고 있는지 여부도 모른다. 그는 이혼남이었고, 취미도 없었다. 누군가는 기태를 두고 특기는 수술, 취미는 논문이라 말하기도 했었다. 그를 부러워하는 사람도 별로 없다. 하지만 기태는 어느 누구보다도 환자를 열심히 보는 의사였고, 좋은 연구자이자 교육자이기도 했다.

기태는 제약회사의 돈으로 회식을 하거나 학회를 가지 않는 것으로도 유명했다. 과거보다는 많이 줄었지만, 여전히 많은 의사들은 제약회사로부터 접대를 받거나 해외에서 열리는 학회 참가비용을 지원 받는 걸 당연하게 생각한다. 거의 전세계적인 현상이고 많은 경우에는 합법적인 일이지만, 이런 관행에 대한 의사들의 태도는 그 스펙트럼이 매우 넓다. 기태처럼 제약회사들의 로비로부터 '완전히' 자유로운 의사들이 있는 반면, 오로지 '뒷돈'이 얼마나 생기느냐에 따라 제약회사를 선택하는 의사들도 있다. 우리 병원에도 몇몇 악명 높은 교수들이 있다. 하지만 양쪽 극단에 있는 의사들은 소수이고, 대다수의 의사들은, 이유야 어찌됐든, 양쪽 극단에 놓여 있는 동료들 모두에 대해 불편한 심정을 느낀다. 기태에 대해서도 그랬다. 많은 사람들은 부잣집 아들이란 티를 내는 것이라며 못마땅해 했다. 하지만 그는 단지 자기가 하고 싶지 않은 일을 안 하는 것 뿐이었다.

　내일 출근을 하면 기태에게 찾아가 술 한잔 사겠다고 말해야겠다. 왜 갑자기 그러냐고 물으면 이식외과로 옮길 거라서 미리 아부하는 거라고, 웃으면서 말해야겠다. 기태는 예나 지금이나 변한 게 없는데 기태에 대한 나의 견해가 달라지는 건 내가 변했기 때문일 게다. 아니다. 내가 알지 못하고 있었을 뿐, 어쩌면 기태도 많이 변했을지 모른다.

20

상준의 죽음은 많은 사람들에게 큰 충격을 주었지만, 생각보다 금세 잊혀졌다. 인간에게 가장 필요한 능력이 망각이라는 명제는 사실이었다. 하지만 나에겐 망각의 능력이 부족했음이 틀림없다. 나는 그가 떠나고 난 이후에도 꽤 오랫동안 상준을 생각했다. 상준의 동기였던 내과 레지던트들을 만날 때에도 그가 떠올랐고, 그가 생의 마지막 며칠을 보냈던 중환자실에 갈 때에도 거의 언제나 그가 떠올랐다. 특히 그가 누워 있던 그 자리에 내가 담당하는 환자가 있기라도 할 때에는 더욱 괴로웠다. 이식외과에서 일하는 기간 동안에는 거의 내내 그의 모습이 눈에서 아른거렸고, 교통사고로 피투성이가 된 채 응급실에 실려 온 환자를 접할 때에는 더 그랬다. 환자의 죽음을 목도할 때에도 그랬다. 남자든 여자든, 젊은이든 노인이든, 무슨 병으로 죽든, 환자가 세상을 떠나고 가족들이 오열하는 모습을 볼 때면 언제나 나는 상준이 떠올랐다. 그리고 나는 더 이상 이모집에 가지 않았다.

상준의 죽음이 떠올라도 침울해지거나 평정심을 잃지 않게 되기까지는 거의 1년이 걸렸다. 한동안 상준의 부재를 느끼지 못하고 지냈던 내가 갑자기 그를 다시 떠올리게 된 것은 2년차가 거의 끝나갈 무렵이었다. 우리 병원이 외래 공간을 확장하면서 제1중환자실을 다른 장소로 옮기게 된 것이었다. 상준이 생사의 갈림길에서 투병했던 그 공간이 없어진다는 것은 나로 하여금 이유 없는 상실감을 느끼게 했다. 그러고 보니 어느덧 상준의 1주기가 다가오고 있었다.

나는 마음이 급해졌다. 상준은 대단한 위인도 아니고 의로운 일을 행하다 죽은 열사도 아니었지만, 적어도 그를 알고 그를 좋아했던 몇몇 사람들만이라도 조금은 오랫동안 그를 기억해 줘야 한다고 생각했다.

연극부 선후배들에게 연락을 취했다. 한결같이 '벌써 1년이 됐구나' 하는 반응이었다. 젊은 의사들에게 1년은 정말 빨리 지나간다. 거창한 추모 행사를 할 수는 없었지만, 조금씩 돈을 모아 나무 한 그루를 심기로 했다. 상준의 기일을 며칠 앞둔 토요일 오후, 연극부 선후배들을 비롯한 상준의 벗들이 서른 명쯤 모였다. 의과대학 건물 앞의 화단에 적당한 크기의 소나무 한 그루를 심고, 그 앞에 작은 입석도 놓았다. 무슨 글자를 새길지 고민하다가 '故 임상준의 1주기를 맞아 그를 기억하는 벗들이 나무 한 그루를 심다' 라고 쓰고 날짜를 새겼다.

나무를 심는 데는 그리 오랜 시간이 걸리지 않았다. 나무 주변의 흙을 잘 밟아주고 나니 더 이상 할 일도 없었다. 추도사 따위를 준비해 온 사람도 없었기에, 우리는 그저 나무 주위에 빙 둘러서서 잠시 묵념을 한 후 조촐한 행사를 마무리했다. 나무를 심는 도중에도 여기저기서 호출기가 울렸다. 병동에서 일을 하다 잠시 내려왔던 몇몇은 나무를 심다 말고 다시 병동으로 올라갔다. 산 사람들의 생활은 간단없이 지속된다.

그날 모인 사람들 중에서 절반은 다시 병원으로 갔고, 몇몇은 약속이 있다면서 자리를 떴다. 끝까지 남은 열 명이 채 안 되는 사람들은 누가 먼저랄 것도 없이 이모집으로 향했다.

우리들도 모두 오랜만에 얼굴을 맞대는 것이었다. 군대에 가 있거나 다른 병원에서 근무하는 사람들은 물론이고 같은 병원에서 근무하는 사람들끼리도 자주 만나지는 못한다. 술잔을 부딪치며 반갑게 인사를 나누었고 서로의 근황을 물었다. 하지만 아무도 상준에 대해 말하지 않았다. 가슴 속에서 안타까움을 삭히고 있는 것인지 아니면 다들 벌써 잊어버린 것인지 궁금했다. 상준을 떠나보내면서 우리는 '상준이 몫까지 열심히 살자'고 다짐했었다. 나는 거기 모여서 웃고 떠들고 있는 그들에게 묻고 싶었다. 지난 1년 동안 상준이 몫까지 열심히 살았냐고, 상준이과 한 약속을 지켰냐고 말이다. 하지만 나는 묻지 않았다. 나부터 그 약속을 지키지 못했기 때문이다.

문득 지금 당장 내가 상준의 몫을 대신할 수 있는 한 가지 방법이 떠올랐다. 상준이 호스피스 센터에 내던 한 달에 이만 원의 기부금. 상준은 그 기부금을 채 열 번을 내지 못하고 떠났다. 최소한 그것만이라도 내가 대신 내야 한다는 의무감이 밀려왔다. 내일이라도 호스피스 사무실에 가서 자동이체 신청을 해야겠다. 상준의 몫 이만 원에 내 몫 이만 원을 더해서, 사만 원씩을 내야겠다. 상준이 살아 있었다면 또 무슨 일을 했을지, 내가 그를 대신하여 해야 할 일들은 또 무엇이 있을지 궁금했다.

21

3월이 되었다. 인턴들 대부분은 레지던트 1년차가 되었고, 그 자리는 막 의대를 졸업한 후배들이 채웠다. 대학병원의 3월은 모두에게 힘겨운 시기다. 인턴이나 1년차들은 아직 일이 익숙하지 않아 허둥대며 실수를 연발할 수밖에 없고, 윗사람들도 그들이 대형 사고를 치지 않도록 신경을 곤두세워야 하기 때문이다.

선무당에게 일을 시키는 것은 때로는 자기가 직접 그 일을 처리하는 것보다 더 힘들다. 하지만 불안하더라도 인턴의 일은 인턴에게, 1년차의 일은 1년차에게 맡겨야 한다. 환자들이 들으면 기겁을 할지도 모르겠지만, 아무리 훌륭한 의사라 하더라도 처음에는 실수를 통해서 배우는 법이다.

환자라면 누구나 경험이 아주 풍부한 의사로부터 진료를 받고 싶어 하겠지만, 경험이 풍부한 의사는 공짜로 만들어지지 않는다.

그래서, 대학병원에서 일하는 사람들이 흔히 하는 농담 중에는 '3월에는 절대 아프지 말아야 한다'는 말도 있다.

새로 들어온 1년차들은 모두 긴장한 표정이 역력했다. 온 병원을 시끄럽게 하면서 나타난 다니엘 한스는 더욱 그랬다. 다니엘은 우리가 막연히 상상했던 모습과 크게 달랐다. 그는 우선 외모가 '토종' 한국인이었다. 미국에서 온 것이 아니라 지리산 청학동에서 왔다고 하면 더 잘 어울릴 정도였다. 표정 또한 능글맞은 미소와는 거리가 멀었고, 오히려 촌스러워 보일 정도로 경직되어 있었다. 하지만 아직은 모르는 일이었다. 1년차를 처음 시작할 때에는 누구나 긴장하는 법이니까. 14년 전의 내가 그랬던 것처럼.

다니엘의 한국어 실력은 우리가 걱정했던 것보다는 괜찮았다. 하지만 오히려 문제는 그가 말하는 의학용어를 우리가 알아듣기 어렵다는 데에 있었다.

의사들이 일을 하면서 주고받는 대화의 태반은 영어이지만, 같은 단어라도 우리가 읽는 방식은 다니엘이 읽는 방식과는 천양지차였다. 다니엘도 우리가 말하는 내용을 잘 못 알아듣기는 마찬가지였다. 하지만 다니엘과 함께 생활하면서 우리는 그의 발음을 닮아갈 것이고 그는 우리의 발음을 닮아갈 것이었다. 우리는 모두 호모 인펙티쿠스니까.

3월의 첫 주말, 나는 혜수에게 프러포즈를 했다. 꼭 그래야 하는 것인지는 의문이었지만, 남들이 흔히 하는 방식을 택했다. 나는 근사한 레스토랑에서 와인을 곁들인 식사를 마친 후 혜수에게 작은 상자를 내밀며 이렇게 말했다.

"공주님. 저와 결혼해 주시겠습니까?"

혜수는 내가 청혼을 할 것이라는 걸 이미 짐작하고 있었을 것이다. 식사를 하는 동안에도 혜수의 얼굴은 살짝 홍조를 띠고 있었다. 혜수는 대답을 하지 않은 채 물끄러미 내가 내민 상자를 내려다봤다. 분홍색 종이 상자 위에 자주색 리본이 달려 있었다. 나는 아무 말도 하지 않고 그녀의 대답을 기다렸다. 긍정적인 대답을 들을 것이라 생각하긴 했지만, 그래도 조금은 긴장이 됐다.

혜수가 리본을 풀고 상자를 열었다. 혜수의 양미간에 살짝 주름이 갔다. '이게 뭐지?' 하는 표정이었다. 그 상자 안에는 반지가 아니라 에펠탑 모양의 작은 열쇠고리가 들어 있었다. 혜수는 열쇠고리를 꺼내서 손에 들고 흔들면서 나를 물끄러미 쳐다봤다. 무슨 의미냐고 묻는 표정이었다. 나는 말없이 주머니에서 또 다른 열쇠고리를 꺼내들었다. 혜수에게 준 것과 똑같은 것이었다.

"파리에서 산 거야. 15년 전에."

"똑같은 걸 두 개 샀다고?"

나는 고개를 끄덕였다.

"왜?"

"개선문 앞에서 너 만나기 직전에 기념품 가게에 갔었는데, 이 열쇠고리를 보고는 문득 그런 생각이 들었어. 똑같은 것 두 개를 갖고 있다가 언젠가 운명의 여인을 만났을 때 하나를 주면 어떨까 하는. 이제 만났으니까 주는 거야."

"거짓말 아냐?"

"내가 청혼하면서까지 거짓말을 하겠어?"

혜수는 열쇠고리와 나를 번갈아 쳐다봤다.

"벌써 15년이나 지났구나." 혜수가 말했다.

"그동안 갖고 있느라고 힘들었는데, 이제 주인 찾았으니 됐다."

"……."

"그런데, 공주님. 대답은 언제 주실 건가요?"

혜수는 대답 대신 자신의 자동차 열쇠를 꺼내더니 거기에 에펠탑을 매달고는 이렇게 말했다.

"고마워요. 그리고 사랑해요."

오랜 기다림의 끝이 보였다. 좀 더 일찍, 좀 더 적극적으로 다가서지 못했던 것에 대한 후회는 하지 않기로 했다.

"15년 전부터 프러포즈 준비를 하셨는데, 너무 늦으셨네요?" 혜수가 말했다.

"그래 말이야. 대신 백 살까지 살지 뭐."

혜수는 말없이 미소를 지었다.

"나 사실은 신혼여행지도 정했는데."

"어디로? 파리?"

"아니."

"그럼?"

"호주."

"호주는 왜?"

"그냥. 그래야 할 것 같아서."

"그런 말이 어딨어?"

"좋잖아? 계절도 반대고, 캥거루도 뛰어다니고."

"피곤할 텐데, 좀 멀지 않나?"

"사실은 상준이가 가고 싶어 했던 곳이야. 그때 같이 여행하면서, 10년쯤 후에는 호주로 여행가자고 약속했었어."

"그랬구나."

"싫으면 다른 곳에 가도 돼. 호주야 다음에 가도 되니까."

"아니. 좋아. 나도 한번은 가봐야지 했던 곳이야."

중환자실에서 그 소동이 일어난 것은 그로부터 며칠 후였다. 췌장암으로 '휘플'이라는 큰 수술을 받은 70세 남자 환자가 수술 당일 밤에 갑자기 호흡 정지가 왔기 때문이다.

휘플 수술의 정확한 이름은 췌십이장절제술로, 이는 췌장암 등의 치료를 위해 췌장 일부와 담낭, 담도, 십이지장 등 여러 개의 복부 장기를 한꺼번에 절제하고 이어붙이는 고난도의 수술이다. 수술 시간도 10시간 가량 걸린다.

집도의는 나였다. 나는 3월 1일자로 이식외과 소속이 되었지만, 이미 잡혀 있는 수술들은 예정대로 진행해야 했다. 이식수술이 많이 늘어나기 전까지는 앞으로도 당분간 나는 원래 하던 수술들도 맡을 예정이었다. 하지만 휘플 수술은 자주 있는 것이 아니었으므로, 어쩌면 나의 마지막 휘플 수술이 될지도 모르는 일이었다.

수술은 잘 끝났다. 하지만 문제는 환자의 기도에 삽관되어 있던 튜브를 너무 일찍 뽑은 데 있었다. 전신마취를 위해 기도 삽관을 한 환자의 튜브를 뽑는 시점은 수술에 걸린 시간이나 환자의 상태에 따라 다양하다. 수술이 끝난 직후에 뽑는 경우도 있지만 이 환자는 수술 시간이 길었고 고령이었으므로 24시간 정도는 지켜본 후에 뽑는 것이 적절한 경우였다.

하지만 의식이 완전히 돌아온 환자가 기도 삽관 상태를 유지하는 것은 상당히 불편한 일이다. 이 환자도 끊임없이 튜브를 빼 달라고 요청하며 몸을 심하게 움직여서 담당 1년차를 난처하게 했던 모양이었다. 이런 경우에는 환자에게 진정제를 투여하여 잠을 재우는 것도 좋은 방법이며, 환자가 수술 전에 시행했던 폐기능 검사와 현재의 동맥혈 성분검사 등 여러 가지 데이터를 종합적으로 검토하여 괜찮다고 여겨질 때에는 좀 일찍 튜브를 뽑을 수도 있다.

외과 레지던트가 된 지 2주일이 채 안 된 우리 1년차는 후자를 선택했다. 하지만 이 결정은 좀 섣부른 것이었다. 튜브를 뽑은 지

불과 1분이 채 지나지 않아 혈중 산소 포화도가 급격히 떨어지면서 호흡 정지가 왔기 때문이다.

똑같은 상황의 다른 환자라면 아무 일도 일어나지 않았을 수도 있지만 그 환자는 그랬다. 의학은 원래 그런 것이다. 모든 것이 확률일 뿐, 정확한 예측이란 건 어차피 불가능하다.

1년차가 중환자실을 떠나기 전에 호흡 정지가 온 것은 차라리 다행이었다. 부랴부랴 재삽관을 할 수 있었기 때문이다. 하지만 다행은 거기까지였다. 불과 몇 분 동안의 호흡 정지였지만 환자는 의식을 잃었고, 약간의 뇌손상까지 발생했다. 일종의 의료사고였다.

보호자들은 즉시 의무기록을 복사해서 가져갔다. 요즘은 의료분쟁이 흔해지면서 조금만 이상하다 싶으면 의무기록 복사부터 우선 요구하는 보호자들이 많다. 환자의 뇌손상은 그리 심하지 않아서 별다른 후유증을 남기지 않을 가능성이 많아 보였다. 운이 좋으면 아무 일도 없이 넘어갈 수도 있겠지만, 눈에 띄는 후유증이 남거나 중간에 브로커라도 개입한다면 의료분쟁으로 이어질 수도 있는 상황이었다.

의사의 치료 행위는 흔히 침습적이어서, 언제나 나쁜 결과가 생길 가능성이 존재한다. 하지만 사람들은 환자가 잘못되기만 하면 무조건 의사의 잘못이라 생각하는 경향이 있다. 앞뒤 가리지 않고 일단 드러눕고 보는 사람들도 있다. 아직 우리나라에는 의료분쟁을 합리적으로 조정할 수 있는 제도가 마련되어 있지 않기 때문에, 의료분쟁이 생기면 의사와 환자 모두는 큰 불편과 곤란을 겪는다. 외과나 산부인과를 지원하는 의학도가 자꾸만 줄어드는 이유 중에서 가장 중요한 것도 의료분쟁이 자주 일어나는 분야이기 때문이다.

문제가 생긴 지 하루가 지났지만 아직 보호자들은 특별한 반응을 보이고 있지 않다. 하지만, 의료분쟁이 일어나든 일어나지 않든, 이 문제는 짚고 넘어가야 할 문제였다. 특히 지금은 3월이었기에, 1년차들의 주의를 환기시키는 차원에서라도 더 그랬다. 게다가 나는 레지던트 교육 담당 교수였다.

나는 1년차 모두를 의국에 소집했다. 의국에 들어가 보는 것이 정말 오랜만이었다. 의국은 레지던트들만의 공간이기에, 레지던트들은 교수들이 의국에 들락거리는 것을 별로 좋아하지 않는다.

1년차들은 모두 자신들이 소집된 이유를 알고 있었다. 나는 구체적인 언급은 하지 않았다. 1년차의 실수는 이론적 지식이 부족해서 생기는 경우보다 그 지식을 활용하는 방법을 몰라서, 혹은 긴장의 끈을 조금 늦추어서 생기기 때문이다. 다만 인턴과 레지던트 1년차는 그 책임이 하늘과 땅 차이라는 점을, 외과의사라는 직업이 얼마나 엄중함을 요구 받는 직업인지를, 작은 실수가 돌이킬 수 없는 결과를 초래할 수 있음을 이야기하면서 더욱 긴장할 것을 요구했다. 내가 1년차 때에도 숱하게 들었던 이야기였다.

이런 일이 생기면 흔히 '벌당'이라는 것을 준다. 당직을 더 부과

하는 방식으로 잘못한 일에 대한 책임을 묻는 것이다. 하지만 이들은 모두 '100일 당직' 기간이어서 벌당을 줄 수도 없었다. 자신의 잘못 때문에 모두가 싫은 소리를 듣게 되어서인지, 우리 파트 1년차는 특히 고개를 푹 숙이고 있었다. 속마음은 위로를 해 주고 싶었지만, 그런 관용적 태도는 1년차를 훈련시키는 방법으로는 부적절하다.

잠시 침묵이 흘렀다. 1년차들의 굳은 얼굴들 너머로 의국 한쪽 벽에 걸려 있는 액자가 눈에 들어왔다. 1970년대에 미국에서 돌아와 우리 병원 외과 발전에 큰 공을 세운 故 장명호 교수가 걸어 놓은 액자였다. 나는 의대생 시절에 장명호 교수의 특별강연을 들은 적이 있는데, 그의 카리스마 넘치는 모습에 반했었다. 내가 외과를 선택한 데에도 장명호 교수의 영향도 어느 정도 있었다. 그 액자에는 이렇게 쓰여 있었다.

Unity in essentials,
Liberty in non-essentials,
Charity in everything.

"여러분. 이제 막 1년차가 되어 정신이 없겠지만, 저기 저 액자 속의 말을 가슴 깊이 새겨 주시기 바랍니다. 저것이 프로페셔널로서의 의사가 가져야 할 기본자세입니다. 본질적인 것에 대해서는 모두가 똑같이 원칙을 지켜야 합니다. 그걸 지키지 못하는 사람은 의사 자격이 없습니다. 하지만 본질이 아닌 것에 대해서는 자유로운 상상력과 창의력을 발휘해야 합니다. 학문에 있어서나 생활에 있어서나 마찬가지입니다. 남들이 하는 것을 그대로 답습해서는 좋은 의사도 될 수 없고 역사의 발전도 이룰 수 없습니다. 그리고 의사는 언제나 박애와 관용의 정신을 잊지 말아야 합니다. 그게 가장 중요한 덕목입니다."

1년차들은 말이 없었다. 분위기는 엄숙했지만, 아마도 1년차들은 노땅의 연설이 어서 끝나기를 기다리고 있을 터였다. 나도 1년차 때에는 저 말이 지금처럼 절절하게 와 닿지 않았었다.

"자, 다들 더 정신 바짝 차리고, 열심히 하자. 가서 일들 봐라."

나는 자리에 앉은 채 이렇게 말했다. 1년차들이 나의 눈치를 살피면서 하나 둘 자리에서 일어났다. 우리 파트 1년차도 내게 꾸벅 인사를 한 후에 의국을 나갔다.

의국에는 아무도 남지 않았다. 의국 풍경은 내가 1년차 때와 마찬가지였다. 똑같이 지저분했고 똑같이 삭막했다. 퀴퀴한 냄새도 똑같았다. 하지만 나는 그때의 내가 아니었다. 나는 좋은 쪽으로 달라졌을까, 나쁜 쪽으로 달라졌을까. 문득 '초심'이라는 말이 떠올랐다. 자신이 없었다. 나는 혼자서 다시 한 번 중얼거렸다.

'Unity in essentials, Liberty in non-essentials, Charity in everything….'

작가의 말

　의대를 졸업하고 의사가 되었지만, 환자의 곁을 떠나 다른 일을 하게 되었다. 9년째 저널리스트로 살면서, 그 역할을 통해서도 환자들을 위해 뭔가 할 일이 있을 거라 생각했었다. 그 중 하나가 글쓰기였고, 적지 않은 분량의 원고를 써 왔다. 앞으로도 의사-환자 관계를 조금이나마 가깝게 만드는 데 기여할 수 있는 글을 계속 쓸 것이라 생각해 왔다. 기회가 된다면 언젠가는 소설에도 도전해 볼 생각이긴 했다. 하지만 역량의 부족으로 그 계획은 단지 희망사항에 그칠 공산이 컸다.
　막연한 계획이 이렇게 실현된 것은 최완규 작가의 부추김 때문이었다. 그는 지금 대한민국 최고의 드라마 작가가 되었지만, 14년 전에는 '종합병원' 대본 집필을 갑작스레 맡게 된 신인작가였다. 당시 의과대학 학생이었던 나는 이런저런 인연으로 그의 작업을 도왔고, 드라마는 성공했었다. 세월이 한참 흐른 후에 다시 만난 최 작가는 '종합병원 시즌2'를 만드는 것은 자신의 오랜 꿈이었다면서, 내게 원작으로 활용할 만한 소설을 한 편 쓸 것을 강권했다.

  이 책은 그 강권의 결과다. 드라마로 만들기에는 턱없이 부족한 소설이지만, 내가 제공한 부실한 재료들이 그의 요리에 조금이나마 도움이 되었으면 좋겠다.

  의사와 환자는 가장 가까워야 할 존재들이다. 하지만 우리의 현실은 그렇지 못하다. 의사들의 책임이 가장 크긴 하지만, 모든 책임이 의사들에게 있는 것은 아니다. 이 책이 의사와 환자가 서로를 조금 더 이해하고 조금 더 따뜻한 시선으로 바라볼 수 있게 되는 데 작은 기여라도 하기를 희망한다.

  고통스러웠지만 동시에 즐겁기도 했던 경험을 할 수 있게 충동질해 준 최완규 작가에게 감사드린다. 언제나 든든한 버팀목이 되어 주시는 부모님과 장인, 장모님께도 감사드린다. 나의 친구이자 애인이자 후견인인, 사랑하는 아내에게도 고맙다고 말하고 싶다. 너무 일찍 가 버린 멋진 후배 故 임상순의 명복을 빈다.

2008년 10월
박재영

Homo Infecticus

펴낸날 1판 1쇄 2008년 10월 30일
　　　　 1판 4쇄 2021년 7월 14일

지은이 박재영
펴낸이 양경철
편집 김민아
표지 디자인 김성미
내지 디자인 김한나

발행처 ㈜청년의사
발행인 이왕준
출판신고 제313-2003-305호(1999년 9월 13일)
주소 (04074) 서울시 마포구 독막로 76-1(상수동, 한주빌딩 4층)
전화 02-3141-9326
팩스 02-703-3916
전자우편 books@docdocdoc.co.kr
홈페이지 www.docbooks.co.kr

ⓒ 청년의사, 2008

이 책은 ㈜청년의사가 저작권자와의 계약을 통해 대한민국 서울에서 출판하였습니다.
저작권법에 의해 보호를 받는 저작물이므로 무단전재와 복제를 금합니다.

ISBN 89-91232-14-0 (03810)

책값은 뒤표지에 있습니다.
잘못 만들어진 책은 서점에서 바꿔드립니다.